suncol⊛r

suncolor

# The Betrothed

# 決愛后冠

## 誓 I 約

KIERA CASS
綺拉・凱斯
陳岡伯 譯

suncolor
三采文化

獻給我那龐克風的淘氣弟弟傑拉德，
有一天我們將一起橫跨賽倫蓋蒂的草原。

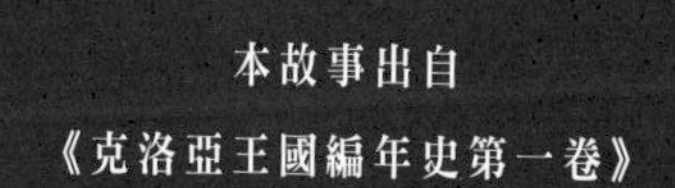


克洛亞人恪守所有律法，
正所謂一法弛，萬法廢。

# 第一章

每年到了這個時節，晨曦中都還透著寒霜。此時冬季已經接近尾聲，花朵也開始綻放，對新季節的美好展望使我心中充滿期待。

「我一直在夢想著春天到來。」我輕嘆一口氣，凝望著窗外飛鳥劃過藍天。

德莉亞．葛瑞斯將最後一束蕾絲固定在我的禮服上，並引導我走到梳妝檯前。

「我也是。」她答道：「比武大賽和營火晚會……加冕紀念日就快要到了。」

她的語調似乎在暗示我應該對此表示出不同於其他平凡女孩的興奮之情，但我還是有我的矜持，只回答了「我想也是」。

我可以從德莉亞的雙手動作感受到她的不悅。「荷莉絲，妳肯定能成為國王陛下在節慶時的舞伴！我真搞不懂妳為什麼還能這麼冷靜。」

「感謝諸神，今年國王終於注意到我們了。」我依舊維持著輕快的語調，看著德莉亞將瀏海前的裝飾編織成穗狀。「否則這裡又會像墳墓一樣冷清。」

「妳把國王的擇偶大事說得像是場遊戲！」她有點驚訝地說。

「本來就是場遊戲。」我堅持。「他早晚會把目光移開，我們得即時享受樂趣。」

我看見德莉亞在鏡前咬了嘴唇，目光低垂。

「怎麼了？」我問。

她很快抬起頭，擠出一個笑容。「沒什麼。我只是不太明白妳怎能對國王陛下這樣漫不經心。我覺得他對妳的關注另有深意，只是妳沒注意到罷了。」

我低下頭，手指輕彈著梳妝檯桌面。

我喜歡傑米森，只有瘋子才不想親近這位俊美、富裕且貴為一國之君的男子。不僅如此，他還是很棒的舞者，更懂得如何逗身邊的人開心。當然，這得是在他心情不錯的時候。但我也不傻，在過去幾個月裡，我見過他和好幾個女孩調情——包括我在內至少有七位，這還只是宮中人盡皆知的數目。我決定在父母將我嫁給某個蠢漢之前好好享受和國王調情的樂趣，至少在我變成一個無聊的老女人時，我還能夠甜美地回憶這段日子。

「陛下還年輕。」我說：「我看他還得在位幾年之後才會定下終身大事。而且他的婚事關係到政治利益，這方面我可一點都幫不上忙。」

此時敲門聲響起，德莉亞一臉失望地前去應門。我知道她是真心認為我會得到國王的青睞，我馬上為剛才的尖酸感到些許罪惡。這十年來我們一直都是好朋友，總是互相扶持，但最近的情況似乎有些變化。

身為宮中仕女，我們的家人都有女僕服侍，但是那些王家成員和高階貴族淑女擁有的是正式的宮廷女侍官。女侍官不僅僅是僕人，她還是心腹、隨從和護衛，是淑女在宮中的一切。德莉亞．葛瑞斯已經開始扮演這樣一個還不存在的角色，深信我將來一定會成為一位真正的貴族淑女。

我難以用言語表達這其中的含意，也無法回應德莉亞的期待。如果一個摯友相信妳能夠做到遠超過自己能力之外的事，妳該怎麼辦？

德莉亞回到我身邊，她手上拿著一封信，眼中閃爍著光芒。

「這上面有王家印記。」她聲音裡帶著挑逗。「不過既然妳一點都不在乎陛下對妳的感覺，那也不用急著打開來看。」

「給我瞧瞧。」我急忙起身，伸手去拿信。但她立刻抽回了手，臉上掛著頑皮的笑容。「德莉亞．葛瑞斯，妳這個壞女孩，快把信給我！」她急退一步，然後在下一秒鐘，我們就繞著整間臥室追逐了起來，一面放聲大笑。我兩度差點將她困在角落，但她的動作還是比我快了一步，總是在我逮到她之前溜開。

最後，我好不容易才抓住她的手腕，差點因為劇烈奔跑和笑鬧而喘不過氣來。她很快地想把信拿到我搆不著的地方，就在我奮力想把她的手拉過來時，我的母親推開了門，從隔壁房間走了進來。

「荷莉絲．布萊特，妳瘋了嗎?!」她破口大罵。

我和德莉亞連忙分開彼此，將手藏在背後，快速地行了屈膝禮。

「隔著牆我都聽得到妳們野蠻的叫聲。妳如果繼續這樣下去，我們要怎麼替妳找到合適的對象？」

「對不起，母親。」我低聲說，表現出痛悔的模樣。

我大著膽子偷眼瞧去，只見母親擺出了那副平常跟我說話時會出現的惱怒神情。

「柯普蘭家的女孩上週剛訂婚，德瓦家正談婚事，而妳卻還像個小孩子一樣。」

我無聲地吞下這句責難，但德莉亞永遠都不知道要閉上嘴巴。「您難道不覺得現在就替荷莉絲定下親事還太早了嗎？她和其他女孩一樣，有很大的機會能贏得國王的心。」

母親幾乎掩飾不了臉上輕蔑的微笑。「眾所周知，國王陛下的目光總是四處游移。荷莉絲根本不是當王后的料，難道妳不同意嗎？」她一邊問一邊揚起眉毛，彷彿在看我們是不是有膽量反駁。「更何況，妳有什麼資格談論這件事？」

德莉亞費勁地吞著口水，臉部變得跟石頭一樣僵硬。這副表情我已看過不下千百次。

「妳們最好安分一些。」母親扔下最後一句話，清楚地表示她對我們的失望，然後轉身離去。

我嘆了一口氣，轉頭對德莉亞說：「真抱歉她這樣對妳。」

「這些話我之前也不是沒有聽過。」她說，然後將信遞給我。「我也很抱歉，我不是故意要讓妳惹上麻煩。」

我從她的手中拿過信，撕開蓋有王家印記的信封。「沒關係。就算不是因為這封信，還是會有別的事惹到我母親。」她扮了個鬼臉，表示同意。於是我展開信紙，讀了起來。

「天啊！」我驚叫出聲，摸著凌亂的頭髮。「妳恐怕得再幫我整理一下。」

「怎麼了嗎？」

我笑著揮動手中的信，宛如一面在風中飄揚的旗幟。「國王陛下要我出席今天的遊河盛會。」

「妳覺得今天會有多少人參加？」我問。

「誰知道呢？不過陛下確實很喜歡身旁有萬人愛戴的感覺。」

我噘起嘴唇。

「這倒是。我希望能有那麼一次，他只屬於我一個人。」

「剛才誰在堅持說這只是一場遊戲？」

我望向她，兩人一起笑了。這就是德莉亞・葛瑞斯：她總是能夠看透那些我不想明說的想法。

我們繞過門廳，看見每一扇門都已經敞開，迎接新春的陽光。走廊底端出現了一道高瘦但結實的身影，披著一件華美的紅色貂皮長袍，我的心跳瞬間飛快了起來。雖然那人並沒有面向我，但僅僅意識到他在此的念頭就讓空氣中充滿了愉悅暖流。

「陛下。」我屈膝深深地行禮，垂首望著那雙閃亮的黑色長靴朝我轉了過來。

# 第二章

「荷莉絲小姐。」國王開口。我伸出了手，他手指上的戒指閃爍著光芒。

我任由他執起我的手掌，站起身來，抬頭深深望進那雙美麗的棕色眼眸。每次相處時他對我的關注都似乎另有深意，這讓我同時感到溫暖和暈眩，有點像是和德莉亞跳舞時不小心轉太快的感覺。

「陛下，我很高興受到您的邀請。我很喜歡柯爾瓦德河。」

「這妳之前有提過。妳看，我總是過耳不忘。」他說，一面握住了我的手掌，但他隨即放低了聲音。「我還記得妳說妳的父母最近對妳有些……過度管教，但是為了不失禮數，我還是得一併邀請他們。」

我偷眼瞄向國王身後，看見了一大群人，這趟郊遊的大陣仗有些出乎我的意料。我的父母和樞密院裡的幾位大人也在其中。我還看見許多仕女正不耐地等待傑米森離我而去，好讓她們也有親近國王的機會。只見諾拉揚著鼻子瞪著我，安娜索菲亞和賽西莉站在後面，一臉自鳴得意的模樣，顯然是認為我對國王的糾纏很快就會結束。

「別擔心，妳的父母不會跟我們同船。」傑米森向我保證，我的微笑裡帶著感激。但很不幸地，這樣的好運並沒有延伸到那段前往河道的蜿蜒馬車路程。

傑米森國王居住的克瑞斯肯城堡坐落在博拉蒂高原的頂端，那裡有著壯闊無比的景致。我們的馬車必須緩慢地駛過王都托巴爾的街道，才能抵達柯爾瓦德河畔。這得花上一段不短的時間。

我的父親眼睛發亮，因為他知道這是和國王長談的絕佳機會。「陛下，最近邊境的情況如何？」於是他開了口。「聽說上個月我們的軍隊被迫撤退。」

我費了一番力氣才忍住不大翻白眼。父親怎麼會認為提醒國王他最近的軍事失利會是開啟話題的好方式？不過面對這個問題，傑米森倒是一派從容。

「沒錯，我在邊境部署軍隊只是為了維持和平，他們並沒有想到會遭遇攻擊。根據情報，昆廷國王堅持伊索特王國的領土應該一路延伸到泰伯倫平原。」

父親迎合地露出嘲諷的微笑。「那片土地世世代代都屬於克洛亞王國。」但他並不像表面上的那樣冷靜。我注意到他正用力扭著食指上的戒指，這是他緊張時的習慣動作。

「毫無疑問。但是我無所畏懼，伊索特的軍隊無法攻擊到王都，而克洛亞人都是勇猛的壯士。」

這個關於邊境小衝突的話題實在無聊透頂，我轉頭望向窗外。傑米森的陪伴能帶來無比愉悅，我的父母卻徹底毀了馬車裡的美好氣氛。

馬車最後在碼頭旁停下，我踏出這個令人窒息的密閉空間，忍不住鬆了一口氣。「看來妳對妳父母的描述一點也不誇張。」在我終於能和傑米森獨處之後，國王如此說道。

「你絕對不會想邀請他們參加宴會，相信我。」

「但他們卻孕育了全世界最迷人的女孩。」他說，低頭吻了我的手。

紅暈湧上我的臉頰，我急忙轉頭，看見德莉亞也爬出馬車，接著是諾拉、賽西莉和安娜索菲亞。德莉亞快步向我走來，緊握的雙拳透露她也經歷了一段難以忍受的旅程。

「發生什麼事了？」我低聲問道。

「還不是老樣子。」她挺起胸膛，身形更高了些。

「至少我們可以在同一艘船上。」我向她保證。「來吧，想想她們看到妳登上國王座船時的表情，豈不是很有趣嗎？」

我們一起來到河畔的平台，傑米森執起我的手，扶著我登上船艙，一股熱流瞬間湧過我全身。德莉亞也跟著登船，除此之外，還有國王的兩位重臣。我的父母和餘下的賓客奉命一起被護送到其他船隻。傑米森的王旗飄揚在桅桿上，克洛亞王國驕傲的紅色如火焰般在河岸的微風中閃動。我滿懷喜悅地在國王的右手邊坐下。在他扶著我就座時，我們的手指依然交纏著。

船上早已備好美饌，還有毛毯幫助我們抵禦涼風。這一刻彷彿我所有的渴望都已經實現：只要能安坐在國王身畔，我別無所求。而我依舊對自己這樣的心境感到無比驚訝。

我們乘船順流而下，兩岸上的人民在看見王旗時都停下腳步，鞠躬行禮，或者高呼對國王的祝福。傑米森莊重地點頭答禮，昂然端坐有如一株參天古木。

我不清楚是否每一位君王都長相俊美，但傑米森確實如此。他很用心打理自己的外貌，保持著俐落的黑色短髮和柔軟的古銅色肌膚。他一向踏在風尚的前端，但又不顯浮誇。當然，身為一國之君，他難免還是會想炫示所擁有的一切，這趟在初春舉辦的遊河盛會就是很好的例證。

我對此並不反感，也許是因為現在坐在國王身邊的不是別人。這讓我感受到王室無可比擬的榮耀。

在河道一側接近一座新建橋梁的地方，坐落著一尊飽經風霜的雕像，她的影子投映在斜坡上，延伸至藍綠色河面。在船隊經過時，所有男士都遵照傳統起身，女士則是懷著敬意低下頭。

許多古籍都記載了艾布拉德王后的故事。當時，伊索特趁著夏恩國王在摩爾蘭處理國事時發動入侵。於是王后代夫出征，馳騁在克洛亞的國土上，擊退來犯的伊索特軍。國王歸來之後，在全國各地建立了七座王后的雕像。從此之後，每年八月時所有宮廷仕女都會手持木劍跳舞，紀念艾布拉德王后的勝利。

綜觀克洛亞王國的歷史，歷代王后總是在人民的記憶中有著比國王更鮮明的形象。而不只是艾布拉德王后備受推崇，遠古時代的霍諾薇王后曾經走到克洛亞最遙遠的地方，用她親吻祝福過的樹木和石頭劃出邊界。一直到今天，克洛亞人還會尋找那些被王后吻過的石頭，他們同樣也會親吻這些石頭，以求得到好運。

同樣活躍在人民記憶中的還有拉赫亞王后。當時一場大瘟疫席捲了克洛亞王國，因為染病而死的人身上的皮膚都會變成有如伊索特國旗般的湛藍色，所以這場災難被稱為「伊索特藍死病」。在疫情達到高峰時，拉赫亞王后勇敢地走進瘟疫肆虐的城市，親自救出那些倖存的孩童，並且將他們安置在新家庭裡。

即使到近代，傑米森的母親拉米拉王后的仁慈名聲也在全國傳唱。她和丈夫馬瑟魯斯國王在性格上是兩個極端，馬瑟魯斯喜歡在還沒談判之前就發動攻擊，而王后則是以追求和平著稱。透過她溫和且理性的交涉，克洛亞至少逃過了三次可能爆發的戰爭。全國上下的年輕男子都對她懷抱無窮的感激。當然，他們的母親也是。

克洛亞歷代王后的傳奇在整個大陸上留下了不可抹滅的印記，這也是傑米森身為國王的另一個迷人之處。他不但英俊富有，他還能夠讓妳成為王后；妳不但能成為王后，還能成為傳奇人物。

「我喜歡待在水面上。」傑米森說，將我從歷史洪流中拉回到美好的當下。「我還小的時候，最愛和父王揚帆航向薩比諾。」

「我記得先王是一位傑出的航海家。」德莉亞說道，硬是插進了我們的談話。

傑米森熱情洋溢地點頭。「那是父王的諸多才能之一。我有時候覺得自己繼承了更多母后的特質，但對於航海的興趣絕對來自於父王。啊，還有對旅行的熱愛。妳呢？荷莉絲小姐，妳喜歡旅行嗎？」

我聳聳肩。「我從來就沒有這樣的機會，我從出生到現在都生活在克瑞斯肯城堡和瓦林哲爾廳之間，但我一直都很想去伊拉多爾看看。」我吸了一口氣。「我很喜歡海，而且我聽說伊拉多爾的海岸是舉世無雙的美景。」

「此言不假。」傑米森微微一笑，轉頭看向遠方。「聽說現在很流行新婚夫妻完婚後一起去旅行。」他的目光與我相觸。「妳可得嫁給一個願意帶妳去伊拉多爾的丈夫。妳的美貌在白色海灘上會更光彩照人。」

國王再次移開目光，將莓果拋進口中，夫妻和旅行對獨身的他來說彷彿是無足輕重的話題。我看向德莉亞，她回望著我，眼中閃著驚訝。如果現在只有我和德莉亞兩人的話，我們一定會仔細推敲這一刻的所有細節，弄清楚傑米森的話究竟是什麼意思。

他是在表示他認為我應該結婚嗎？還是他在暗示我應該……嫁給他？

這些問題在我腦海中盤旋，同時我也起身，眺望河水的另一端。只見諾拉和其他沒那麼幸運的宮中女孩也朝我看來，一臉酸溜溜的表情。我環顧四周，發現許多人根本沒在欣賞今天的美景，而是將目光集中在我身上。其中蘊含著怒氣的一道目光就來自於諾拉。

我拿起一顆莓果朝她扔過去，正中她胸口。賽西莉和安娜索菲亞都笑了出來，諾拉則是愕然張著嘴。但她隨即也拾起自己的水果反擊，表情變得興高采烈。我咯咯嬌笑，收集更多的「彈藥」，和她展開了一場激烈的炮戰。

「荷莉絲，妳到底在幹什麼？」母親的叫聲從另一艘船那邊傳來，幾乎蓋過了船槳拍打水面的聲音。

我故作嚴肅地看向母親。「我在保護自己的榮譽，母親大人。」我轉身再次面對諾拉，眼角餘光瞄到傑米森臉上淺淺的笑意。

歡笑聲和各種莓果向四面八方噴射，我很久沒有這樣開懷地享受玩鬧的樂趣，直到一次決心要命中敵人的投擲之後，我一個重心不穩，跌落到河水中。

旁觀眾人都倒吸了一口氣，紛紛發出驚叫。但我勉強穩住呼吸爬回船上，一口水都沒有嗆到。

「荷莉絲！」傑米森叫道，朝我伸出手臂。我緊握住國王的手，讓他將我安全拉回船艙裡。「親愛的荷莉絲，妳沒事吧？有沒有受傷？」

「沒事。」我有點結巴地說，冰冷的河水讓我開始顫抖。「但我的鞋子好像掉了。」傑米森低頭看看我裹著絲襪的雙腿，忍不住笑出聲來。「我們得想想辦法，是吧？」看見我安然無恙，眾人也露出笑容。傑米森怕我著涼，便解下他的外套披在我身上。

「回岸上吧。」國王下令，臉上依舊帶著笑意。他讓我緊靠在他身邊，深深地注視著我的雙眼。我全身濕透、頭髮凌亂還赤著腳，但我此刻的模樣對他來說似乎有無與倫比的吸引力。然而，我的父母和大批貴族朝臣都在身後，傑米森只能克制自己，行禮如儀地在我冰涼的額頭上印上輕柔但溫暖的一吻。

但這已經足以為我的內心帶來如波濤般的衝擊。我不禁納悶，是不是將來與他的每一次相處都會有這樣的感受？我心中湧起無限的渴望，渴望與他雙唇交疊、渴望能有那短暫的一剎那，他將我攬入懷中。但目前這些都還沒有發生。我知道國王曾吻過漢娜和米拉，但他是不是還有和別的女人接吻，這我一無所知。他此刻對我的自制究竟是好是壞，我也完全沒有半點頭緒。

「妳能自己站起來嗎？」德莉亞問道，將我從混亂的思緒中拉回現實，然後扶著我走到甲板上。

「衣服濕透了之後變得好重。」我認命地說。

「噢，荷莉絲，真抱歉！我不是故意要害妳跌到河裡！」諾拉對我叫道，她此時也已經下了船。

「沒那回事，是我自己不小心。我想我也上了寶貴的一課。從現在開始，我會安分地坐在窗邊欣賞美麗的河景。」我答道，頑皮地眨了眨眼。

她也笑了，這樣友善的態度不太符合她平常對我的成見。

「妳確定妳真的沒事嗎？」

「沒事的，大概明天會流一點鼻水。但現在好得很。我不會往心裡去的，妳放心。」

諾拉臉上漾出一個看起來發自內心的笑容。

「來，讓我扶妳吧。」她向我伸出手。

「我來就好了。」德莉亞立刻擋住了她。

諾拉的笑容瞬間黯淡，原本的愉快心情一掃而空，取而代之的是一陣惱火。「是啊，我敢說妳做得很好。像妳這樣的小女孩永遠都無法吸引傑米森的目光，妳還是乖乖地在後面拉著荷莉絲的裙襬吧，這就是妳最大的能耐。」她揚起眉毛，不屑地轉開頭。「但是妳可得抓牢了。」

我開口想要告訴諾拉，德莉亞的身分地位並不是她自己能夠決定的，但一隻手掌按住了我胸口，阻止我說話。

「傑米森會聽見的。」德莉亞透過齒縫輕聲說道：「我們走吧。」她聲音裡透著受傷的感覺，但她說得沒錯。男人在戰場上兵戎相見，女人則是在花扇和衣裙後較量。

我緊抓著德莉亞的手臂，慢步走回城堡。經過今天下午這樣的對待，我擔心德莉亞隔天會躲進自己孤獨的小世界。在我們還小時她就常常會這樣，脆弱的內心無法承受別人更多的言語。

但是隔日一早，她一切如常地來到我的臥室，替我整理複雜的髮型設計。就在她進行到一半時，敲門聲響起。德莉亞打開門，一群侍女捧著一束又一束的初春鮮花走了進來。

「這是怎麼回事？」德莉亞一面問，一面指揮著她們將花束放在臥室四處。

其中一名侍女向我行禮，然後呈上一張摺起的紙條。當我大聲唸出紙條上的文字時，臉上不禁露出微笑。「如果荷莉絲小姐因為昨天的意外身體不適，而無法參與今天的郊遊，大自然理應帶著最美的花朵來朝拜他的王后。」

德莉亞瞪大了眼睛。「他的王后？」

我點點頭，感到心跳加速。

「找到我那件金色禮服，麻煩妳。我應該好好答謝國王陛下。」

# 第三章

我昂首走過門廊，德莉亞．葛瑞斯亦步亦趨地跟在我右後方。我和那些年長的朝臣目光相接，然後微笑點頭示禮。他們大多毫不理睬，對此我並不驚訝，他們認為我不過是國王一時的新寵，和我拉關係根本沒有任何好處。

來到連結王政大廳的主要走廊時，我才聽見了令我坐立不安的聲音。

「那就是我跟妳說過的那個女孩。」一個女人大聲地對身旁的朋友耳語，她的語調透著清楚的欽羨之情。

我全身如冰封般僵硬不動，看著德莉亞。她側眼一瞥，顯然也聽到了這句話，但一時不知該作何反應。她們談論的對象也有可能是德莉亞，或者她的父母。但關於德莉亞的八卦消息早已不是新聞，只有那些想炒冷飯的無聊年輕仕女才會再拿這些事情開玩笑，大多數的人都期待令人興奮的新故事。

例如傑米森國王最近的寵愛對象。

「深呼吸。」德莉亞提醒我。「國王希望看到妳完美的一面。」

我摸摸耳後的花飾，確定它戴在正確的位置上，然後整理好禮服的裙襬，繼續前進。當然，德莉亞說得沒錯。這數年來她已經熟知該如何面對旁人的議論。

然而，當我們走進王政大廳，四周射來的目光卻有明顯的責難意味。我努力克制自己的表情，不露出半點情緒。但是在冷靜的臉孔之下，我的內心卻是顫抖不止，亂成一團。

一位男士靠著牆，雙手抱胸搖著頭。

「這會讓全國上下蒙羞。」另一人在經過我們身旁時這樣低語。

我的眼角餘光瞥見了諾拉。我放下了一直到昨天為止都還存在的成見，快步朝她走去。德莉亞像一道影子般跟在我身後。

「早安，諾拉小姐。我不確定妳是不是也有注意到，今天宮中有些人……」我不知該如何措辭。

「沒錯。」她平靜地說：「看來有人將我們昨天那場小插曲傳到了宮廷裡。不過倒是沒有人針對我，當然了，這是因為我並不是國王陛下目前的寵愛對象。」

我吞了吞口水。「但是陛下這一年來寵愛過無數女子。他不可能會一直要我陪在他身邊，為什麼所有人要這樣大驚小怪？」

諾拉扮了個鬼臉。「他帶妳出宮，讓妳高坐在王家旗幟之下。妳可能以為昨天只是一場隨興的郊遊，但這可是陛下之前寵愛過的女人從未得到的待遇。」

天啊！

「說話的是那些領主大人吧？」德莉亞問諾拉：「那幾個樞密院的成員？」

諾拉很快地點頭，表情流露出同情之意。這幾年來我第一次看到她們兩人有如此友善的互動。

「這是什麼意思？」我問：「為什麼國王要在意他們的想法？」

德莉亞一向對王政統治和律法頗有了解，聽見這個天真的問題，她忍不住半翻了白眼。「貴族領主為國王治理整個王國，陛下得仰仗他們的力量。」

「如果陛下希望維持王國外圍區域的和平，並且順利收取賦稅，他就需要樞密院的領主大人來處理這些政務。」諾拉接著補充。「如果領主們對國王心懷不滿，那他們可能就不會積極地替陛下辦事。」

啊，所以國王如果和一個重臣們厭惡的對象太過親近，恐怕會同時喪失國庫的收入和領土的安全。例如昨天那個在克洛亞王國史上最偉大王后之一的雕像注視之下，還放肆地朝別人扔水果，最後狼狽跌進河裡的野蠻女孩。

在這一瞬之間，羞愧感排山倒海般掃過我全身。看來我是過度解讀傑米森的言語和對我的關注了，還真的認為自己有可能成為王后。

但我隨即記起自己最初的想法。我一直都知道：自己不可能成為王后。

當然，成為全克洛亞王國最高貴富有的女人一定有無窮的樂趣，說不定死後人們還會立起我的雕像……但這種幻想太不切實際了。我敢肯定傑米森很快就會為另一個女孩的甜美笑容著迷。我能做的只有在恩寵還沒散去之前，盡情享受和國王調情的快感。

我面對諾拉，緊緊握住她的手。「謝謝妳，昨天我們都玩得很開心。也謝謝妳今天坦言相告。我欠妳一次人情。」

她微微一笑。「再過幾週就是加冕紀念日了，如果妳和陛下依然親近，妳到時候就得為他設計一段舞步。讓我也加入吧。」

在每次加冕紀念日的時候，許多宮中女孩都會表演全新的舞蹈來向新王致敬，同時希望能贏得他的青睞。如果那時候傑米森心中還有我的話，他肯定會期待我展現曼妙的舞姿。如果我記得沒錯，諾拉是位優雅的舞者。「我會需要所有的幫助，妳一定得加入。」

我揮手示意德莉亞跟上。「來吧，我得去向國王致謝。」

「妳瘋了嗎？」她一臉驚駭地低語。「妳真要讓她和我們共舞？」

我不可置信地看著德莉亞。「她剛剛對我們展現了極大的善意。這不過是一支舞，而且她是腳步輕盈的好手，這會讓我們到時候的表演更精彩。」

「她今天的善意可沒辦法彌補之前的傷害。」德莉亞頑固地說。

「我們已經長大了。」我告訴她。「沒有什麼是永恆不變的。」

從她的表情可以看出來這句回答並不能平息她的不悅。但是當我們走過擁擠的人群時，她沒有再說一句話。

傑米森國王安坐在王政大廳最前端的石砌高台上。這座高台有很大的空間，能夠容納所有王室成員。不過現在台上除了王座之外，只有在左右兩側各擺放了兩張小椅給國王正在接見的重要賓客。

幾乎所有的宮廷活動都在王政大廳裡舉辦：接見外賓、舞會，甚至是每天的晚宴。東面牆邊有道階梯引導到樂師表演的長廊，充足的陽光透過高聳的窗戶照入廳內。但每次進廳時吸引我目光的是西邊高牆，六面彩繪玻璃窗從我腰間的高度一路延伸到穹頂，玻璃上精緻華麗的圖像描述著克洛亞王國歷史上的重大事件，五彩繽紛的光芒如瀑布般傾瀉進整座大廳。

其中一面玻璃呈現了艾斯圖斯的加冕典禮，另一面則描繪著一名在草原上翩翩起舞的女子。有一扇玻璃的窗櫺毀於先前的戰亂，換上了一幅特勞國王向忒涅洛佩王后屈膝的圖畫。這大概是六幅彩繪中我最愛的一幅。雖然我不太清楚這位王后在歷史上扮演了什麼重要的角色，但她能夠在這座每天舉行王國所有重要場合的大廳裡永垂不朽，那就足以證明她舉足輕重的地位。

在王政大廳裡，晚宴用的大餐桌每天搬進搬出，人們也隨著季節更迭來去，但唯有王座和那六面玻璃窗永遠不變。

我的目光從畫中的諸位先王飄到了王座上的現任國王。只見他正和其中一名重臣密切地交談，但是當他瞥見我的金色禮服時，立刻轉過頭來。認出是我之後，國王隨即屏退了那位大臣。我行完禮，踮著腳尖來到王座前，迎接我的是一雙溫暖親切的王者之手。

「我親愛的荷莉絲小姐！」他搖著頭。「妳簡直就像初昇的驕陽，美極了。」

這幾句話讓我先前的決心煙消雲散。傑米森看我的眼神如何能讓我相信，我對他來說只是無足輕重的玩物？我之前從未如此接近地凝望他，我從來就不認為有這個必要，但此刻的我有了前所未有的感受。他的手指來回輕撫著我的手掌，彷彿只有一層皮膚遠遠不能滿足他的愛意。

「陛下謬讚了。」我愣了好一會兒才回答，深深低下頭去。「我不只要感謝陛下的美言，還要感謝陛下的厚禮，您幾乎是為我送來了整座的花園。」我一字一句清楚地吐出：「我也希望讓您知道，我身體安好無恙。」

「好極了。今天的晚宴妳得坐在我身邊。」

我感到胃裡一陣翻騰。「陛下？」

「當然還有妳的父母親。我可以換一些人來相陪。」

我再次屈膝行禮。「如您所願，陛下。」我注意到還有其他人等著覲見國王，所以很快地告退。

這個突如其來的好消息讓我有些暈眩。我向德莉亞伸手，靠她相扶才能穩住身子。

「妳要坐在國王身邊共進晚宴，荷莉絲。」她低語。

「沒錯。」這個想法讓我幾乎喘不過氣來，好像剛剛急奔過花園一樣。

「還有妳父母。他先前可從來沒有給任何女孩這樣的待遇。」

我抓著德莉亞的手又更緊了些。「我知道。我……我們該去通知他們嗎？」我看著德莉亞那雙能看透一切的眼睛。她能夠察覺興奮和恐懼正同時席捲我的內心，她也知道我還沒搞清楚到底發生了什麼事。

她慧黠地一笑，雙眼閃閃發光。「以小姐現在的身分地位，傳一封信就足夠了。」

我們一面大笑，一面離開王政大廳，不理會旁人的目光和議論。我還沒有完全掌握傑米森的意圖，我也很清楚宮中許多人並不希望看到我出席，但這些現在都不重要。今晚，我將會安坐在國王身旁。這值得好好慶祝一番。

此時，我和德莉亞在臥室裡閱讀，這是她每天堅持要完成的功課。她的興趣廣泛，包括了歷史、神話和當代偉大哲學家的思想，我自己則是偏好小說。通常在這個時候，我的心思早已隨著書頁的翻動飄進了幻想世界，但今天我的耳朵隨時保持警覺。我側耳傾聽，目光不時瞥向房門，等著父母氣勢洶洶地衝進來。

就在我終於讀到一篇特別有趣的故事時，房門猛地敞開。

「妳在開玩笑嗎？」父親大聲質問，語調裡沒有怒氣，而是透著震驚和希望。

我搖搖頭。「不，父親大人。國王今早也一併邀請了您和母親。您看起來很忙碌，所以我想送信通知您會比較合適。」

我和德莉亞交換了一個會心的眼神，她還假裝沉浸在手中的書籍裡。

母親吞了吞口水。她的身體永遠都充滿躁動。

「所以今晚我們全家都會坐在國王身邊？」

我點點頭。「沒錯，夫人。您、父親大人和我自己。我需要德莉亞陪在我身旁，所以我想她母親也會加入我們。」

這句話讓母親停止了興奮的躁動。父親閉上雙眼。這是每次他在思考該說什麼話時的習慣動作。

「在這樣重大的場合，相信妳會希望只由家人陪伴吧？」

我微微一笑。「國王的餐桌有足夠的空間容納所有人。我不認為這會是個問題。」

母親低頭怒視，鼻孔正對著我。「德莉亞．葛瑞斯，請妳暫時迴避，讓我們跟女兒單獨談談。」

我們交換了厭煩的眼神，德莉亞將書本合起擱在桌上，然後離開房間。

「母親，拜託——」

沒等我說完，她猛然逼近，頂著龐大的身軀俯瞰著我。「這可不是兒戲，荷莉絲。她不是一個身家清白的女孩。妳根本就不應該跟她作伴。一開始也就罷了，當作是我們施捨給她，但是現在……妳必須跟她一刀兩斷。」

我忍不住大喊。「我絕不會這麼做！她是我在宮裡最親近的朋友！」

「她是個私生女！」母親嘶聲說。

我一時語塞。「那只是個謠言。德莉亞的母親發誓自己忠誠無欺。多姆納爾伯爵隔了整整八年才提出這樣的指控，為的只是想要離婚。」

「無論如何，光是父母離婚這件事，妳就應該要和她保持距離！」母親說。

「那又不是她的錯！」

「妳說得很對，親愛的。」父親在一旁附和，刻意無視我所說的話。「就算她的母親沒有汙穢的血統，她的父親也夠糟了。」他搖著頭。「先是離婚，然後馬上就和另一個女人私奔。」

我嘆了口氣。克洛亞是一個建立在律法上的王國，而許多法條都圍繞著家庭和婚姻。如果你對伴侶不忠，那註定會受到大眾的唾棄和排擠，這還不是最嚴重的。如果對方鬧上法庭，你還很有可能會被送去高塔監禁。離婚更是離經叛道的罕見行為，我自己從未親眼見過。但德莉亞很不幸地目睹了一切。

她的父親稱聲妻子克拉拉——也就是先前的多姆納爾夫人——與別人有染才生下他們唯一的孩子德莉亞。基於這項指控，他訴請離婚的許可。但離婚不到三個月，他就和另一名貴族女子遠走高飛，還將原本應該由德莉亞繼承的所有頭銜給了他的情人和兩人可能生下的子女。當然，多姆納爾家的名聲至此已經敗壞，這些頭銜也變得毫無價值。在克洛亞，婚姻不諧的夫妻最多選擇分居，很少有人會墮落到和第三者私奔，因為社會大眾絕不可能會認同這種毫無道德感的極端行為。

克拉拉夫人依舊保有貴族的身分，並且重拾娘家的姓氏，將女兒帶進宮裡。她希望女兒能夠在上流勛貴氣息的薰陶下長大。但母女倆面對的卻是無止境的痛苦折磨。

我一直都認為整個故事疑點重重。如果多姆納爾伯爵懷疑夫人與別人有染，德莉亞不是他的親生女兒，為什麼要隱忍八年之久才提出控訴？即使沒有任何證據能支持他的說法，王家法庭還是准許了這次離婚。德莉亞曾說過，她的父親一定深深愛著那個後來一起私奔的女子。我試著告訴她這是一派胡言，但她總是憂傷地搖頭。

「父親對那個女人的愛，一定遠超過他對我和母親的感情。如果不是這樣，他為什麼要為了一個他不在乎的人拋棄妻子和女兒？」她的眼神堅定不疑，使我無法再爭論下去。

從此之後，我再也沒有提起這件事。

就算我不提，整個宮廷也議論紛紛。即使眾人不會當面責難德莉亞，他們在心中也自有評判。我的父母就是很好的例子。

「您是不是有點太著急了？」我堅持自己的意見。「這一次國王邀請我們共享晚宴，不代表這會成為以後的慣例。即使如此，經過這麼多年，德莉亞．葛瑞斯一直都是宮廷裡的模範仕女，她為什麼沒有資格坐在我身邊？」

父親已經無法克制怒氣。「許多人已經在批評妳昨天那齣河上鬧劇。妳想要給他們更多機會閒言閒語嗎？」

我無奈地抱著膝蓋，跟父母爭論一點意義也沒有，我什麼時候說服過他們？之前唯一一次差點成功的時刻還是有德莉亞在一旁助陣。

我突然靈機一動。我故作嘆息，抬頭看著父母。他們的表情說明了毫無轉圜的餘地。

「我理解你們的憂慮，但在這件事情上，也許我們的考量一點也不重要。」我說。

「我對那個雜種女可沒有任何虧欠。」母親不屑地說。

「不是德莉亞，我指的是國王陛下。」

他們瞬間閉上了嘴巴。一陣沉默之後，父親才開了口。

「請解釋。」

「我的意思是，陛下近來對我青眼有加，這一部分得歸功於德莉亞隨侍在身邊。除此之外，傑米森比先王更富有同情心，他也許能夠理解我想要關照德莉亞的心意。如果您允許的話，我想這件事就讓陛下來定奪。」

我很謹慎地遣辭用句，同時也控制好語調。他們不會從中感受到我的不悅或抱怨。更重要的是，我的父母親絕對不敢認為自己有高過國王的權威。

「好吧。」父親說：「不如今晚就請陛下決斷。但我們可沒有邀德莉亞與我們同席，至少這次不行。」

我點點頭。「我會給德莉亞送去一封信，讓她理解我們的考量。現在請容我處理這件事。」我從桌上拿起一張羊皮紙，維持冷靜態度。父親和母親則是一臉疑惑地離開房間。房門闔上後，我忍不住輕笑出聲。

德莉亞，

很抱歉，我爸媽對今晚的宴會有些意見。但是別擔心！我會讓妳一直待在我身邊，我已經計劃好了。入夜稍晚之後過來找我，我會跟妳解釋一切。親愛的朋友，別喪失勇氣！

荷莉絲

在前往晚宴的路上，四周依然射來批判的目光，但我現在已經不怎麼在乎。當初德莉亞到底是如何在這樣惡意的關注下撐過來的？更別說她當時還只是個小女孩。

我的父母則是毫不在意眾人的眼光。他們得意洋洋地昂首闊步，彷彿在炫耀自己一手養大的純種母馬。這副模樣更讓大家議論紛紛。

就在我們接近主餐桌時，母親回過頭來打量我的裝扮。我依然穿著那件金色禮服，頭上配戴了母親借我的頭飾，成串的珠寶在我的金髮間閃動。

「它看起來不夠搶眼。」她瞪著這件頭飾。「真不知道妳頭髮的金色為什麼這麼淡，這完全毀了珠寶的效果。」

「這我也無能為力。」我故作驚訝地回答。我的髮色比在場大部分的賓客都要淡些，我活到現在已經不止一個人注意到這點。

「這都得怪妳父親。」

「胡說八道。」他立刻駁斥。

我默然不語，看著父母逐漸感染了盛大宴會的緊張氣息。將所有爭吵留在家裡——這是布萊特家族的規矩之一。來到主桌時，他們猛然想起這條家規，於是將嘴邊的酸言酸語都吞了回去。

「陛下。」父親上前行禮，臉上掛著虛偽的笑容。

傑米森幾乎沒有注意到他們，國王的眼裡只有我一人。

我深深屈膝，無法移開目光。「陛下。」

「荷莉絲小姐、布萊特大人、夫人。你們看起來心情不錯，請上來就座。」他伸出手，示意我們來到主桌後。我在國王身旁坐下，呼吸急促了起來。當他執起我的手親吻時，一陣狂喜掃過全身，幾乎令我落淚。我轉過頭，以之前從未有過的嶄新角度俯瞰王政大廳。

身處高台上，我能夠輕易地看見每一個人的臉孔，也清楚地觀察到他們依照身分地位被安排在不同的座位。我很驚訝地發現，雖然剛才走進大廳時，眾人的關注令我感到不自在，但坐在傑米森身旁時，這些集中在自己身上的凝視卻為我帶來戰慄般的愉悅。我可以看見每一道目光裡蘊含的羨慕與嫉妒——真希望是我坐在國王身邊。

傑米森一言不發地望著我的雙眼。過了片刻，他才深吸一口氣，轉向我父親。

「布萊特大人，我聽說你擁有全克洛亞最美麗的莊園。」

父親挺起胸膛。「恕臣大膽，但此言的確不虛。我們的花園極為壯麗，土地也十分肥沃。花園裡有一株參天大樹，上面掛著我小時候常玩的木頭鞦韆。荷莉絲曾經自己抓著繩子爬上去，這我可做不到。」他說，臉上的表情彷彿不勝惋惜。「但我們一直沒有找到時間回去。克瑞斯肯城堡的美輪美奐令人流連，特別是在節慶時期。然而，沒有任何節日可以和陛下的加冕紀念日相比。」

「我想也是如此。無論如何，我都很想去見識見識。」

「布萊特家族永遠歡迎陛下的光臨。」母親伸出手，輕碰父親的手臂。在自家莊園招待王室成員需要繁複的準備工作和高昂花費，但是對任何家族而言，這都是能贏得無上榮耀的盛事。

傑米森轉過頭來看我。「所以妳還真爬上了鞦韆的繩索？」

我微笑回想當初的歡樂時光。「我當時看見樹上有一個鳥巢，而我一直夢想自己能變成一隻小鳥。如果可以在空中飛行那有多美好！所以我決定要上去跟母鳥住在一起，看牠願不願意接納一個新女兒。」

「結果呢？」

「我因為扯破了裙子而挨了一頓罵。」

國王放聲大笑，吸引了廳中大部分賓客的注意。我可以感覺到數千道灼熱的目光落在我身上，但我在乎的只有傑米森的雙眼。歡笑讓他的眼神閃閃發光，眼角也浮現細緻的紋路。真是太俊美了。

很少人能夠像這樣逗得國王笑開懷。我很驚訝這個愚蠢的小故事竟會讓他如此開心。

事實上，我爬過好幾次鞦韆的繩索，但從來就沒有玩得太過火。一方面是怕高，一方面是怕父母責罵。我清楚地記得某一天，我看見母鳥飛出鳥巢，去為牠的孩子覓食。牠看起來是如此擔憂、如此渴望替孩子帶來溫飽。這樣的情景讓我忍不住自問，我是不是寧願和巢中的小鳥交換位置、寧願做母鳥的孩子？

「荷莉絲，妳知道我現在想要什麼嗎？我想雇一個書記跟在我們身後，寫下妳所說的每一個字、每一句讚美和每一個故事。妳真是永無止境的樂趣泉源，我捨不得忘記妳在身旁的任何一秒。我已經開始期待明天晚餐的時候，妳又會帶來什麼有趣的故事。」

笑容回到我的臉上。明天。看來傑米森對我的寵愛短時間內不會消失。「陛下也得告訴我您所有的故事。我想要知道一切。」我說，下巴輕靠在手掌上，等待著國王的回答。

傑米森的雙唇揚起，形成了一個邪氣十足的微笑。

「別擔心，荷莉絲。妳很快就會知道一切。」

# 第四章

「妳怎麼沒有出席晚宴?妳還是可以過來呀。」我一面說,一面伸手攬住德莉亞的肩膀。宮中的廳堂已經空無一人,我們的聲音迴盪在四周。

「如果我帶著我母親一起去,我就得跟她解釋為什麼十年來第一次我沒有陪在妳身邊。所以我就乾脆不去了,省得麻煩。」

我扮了個鬼臉。「我父母……有時候他們太在意別人的目光。」

她輕笑了一聲。「他們是不是要我離妳遠一點?」

我雙手抱胸。

「就算他們這麼說也沒用,畢竟傑米森親口說妳應該一直待在我身邊。」

她眼睛一亮。「真的嗎?」

我點點頭。「那天妳離開之後,我父母就說要把妳攆開,他們以為我隨便就可以再找到一個更好的朋友!但我很冷靜地提醒他們,這一陣子多虧有妳我才能得到國王的青睞。

只要能取悅國王，他們就不應該有任何意見。當然了，我母親在晚宴時對國王提起這件事，還說到妳父親的名聲，說得好像妳也有牽連一樣。」

德莉亞翻了翻白眼。「我一點都不意外。」

「但是妳聽我說！那時候傑米森問：『她真的是如此珍貴的朋友？』我回答了：『僅次於您，陛下。』然後還對他猛拋媚眼。」

「那個男人就是喜歡這種調調。」德莉亞扠著雙手，等著更多的八卦。

「我知道。所以，他又問了：『親愛的荷莉絲，妳真心認為我是妳的朋友？』然後——嗯，我到現在還不敢相信，自己當時居然那麼大膽——我捧起國王的御手，湊到嘴邊吻了一下。」

「不會吧！」她興奮地低語。

「就是這樣！然後我說：『全世界上沒有任何一個人像您一樣，給予我這麼多的尊重和關懷……但是德莉亞是我最親近的朋友。』他凝視著我好一會兒，噢，德莉亞，如果那時候只有我們兩人，他一定會吻我。接著他說：『只要荷莉絲小姐開心，德莉亞．葛瑞斯就必須出席。』這件事情就這樣決定了。」

「噢，荷莉絲！」她緊緊地擁抱我。

「大概是這樣。真想看我父母會怎麼掙扎著要陛下收回成命。」

「我相信他們會費盡心機。」她搖搖頭。「但如今聽起來只要妳開口，國王會為妳做任何事。」

我低下頭。「我倒希望我能夠確定他真正想要的是什麼。」我嘆了口氣。「就算我明白他的心意，我也不知道該如何取悅宮中的其他人。我得想辦法讓那些領主和重臣認同傑米森的選擇。」

德莉亞眉頭微蹙，陷入沉思。「妳先去睡一會兒吧。明天一早我會過去妳房間。我們會想出一些點子的。」

她會有一個好計劃。德莉亞・葛瑞斯哪一次不是足智多謀？我擁抱了她，並且輕吻她的臉頰。「晚安。」

隔日一早醒來，我卻依舊疲憊不堪。我的內心一整夜都無法平靜，現在只想釐清心中的每一道思緒和疑問，抽絲剝繭直到找出所有的答案。

我還是難以相信傑米森會真心想要立我為后，但我越是思考這件事的可能性，心情就越亢奮。如果我能夠完成一些了不起的成就，讓人民接受我，我肯定也能受到愛戴。人民會走訪我去過的地方，親吻那裡的一磚一瓦，就像霍諾薇王后那樣；他們會像對艾布拉德王后那樣為我訂立節日。除了擁有直系王室血統的忒涅洛佩王后之外，其他歷代王后都曾經和我一樣只是平凡的克洛亞女孩，她們都來自名聲良好的家族，然後投入國王懷抱，在王國歷史上留下印記……也許我也能夠做到。

德莉亞抱著一些書籍走進了房間，看見我還抱著膝蓋窩在床上。

「妳以為當了王后，就可以賴床一整天嗎？」她開玩笑說。這句話有點刺到了我，但我決定不予理會。

「我沒睡好。」

「不管怎樣，我希望妳已經準備好做正事了。我們有很多工作要做。」她走到梳妝檯前點點頭，這是每次她要我過去坐好的習慣動作。

「什麼工作？」我緩步走過去，任她撥開臉前的亂髮。

「說到跳舞和其他餘興節目，我相信宮中沒有哪一個女孩能勝過妳。但妳對於國家大事認識太過淺薄。如果妳想要說服樞密院的重臣妳是值得陛下認真考慮的人選，妳就必須要能夠在朝堂上和他們談論政事。」

我深吸了一口氣。「我同意，但我該怎麼做？如果我得聽一個古板老學士講課，那可悶死人了。」

德莉亞俐落地固定好別針，將我頭頂秀髮紮成一個簡單的圓髮髻，讓剩餘的髮絲自然垂落。

「我可以幫妳。我這邊有些書能給妳協助，如果有什麼缺漏的話，我想陛下一定也願意相借。」

我點點頭。如果傑米森真心想要我成為他的新娘，他一定會希望我接受良好的教育。

「還有語言能力。」德莉亞接著說：「妳至少得再學會一種語言。」

「我的語言能力糟透了！我該怎麼……」我忍不住嘆氣。「也許妳說得沒錯。如果哪一天我們造訪卡塔爾，我可不能完全聽不懂當地人在說什麼。」

「妳的地理知識如何？」她又問。

「應該還算扎實。我先把衣服穿好。」我朝衣櫥伸手。

「我建議搭配克洛亞紅？」

我扭著手指。「好主意。」

我試著去想是否還能採取哪些小技巧或策略來贏得支持，但德莉亞已經一針見血地指出，我的專長似乎僅限於藝文和娛樂，對於政務和謀略簡直一竅不通。就在她紮緊我裙子上最後幾條絲帶時，一陣敲門聲傳了過來。

德莉亞打好結，前去應門。我瞧著鏡中的自己，確定每一寸的衣裙都平整柔順，這才轉身迎接訪客。

只見席馬伯爵站在門前，表情彷彿剛剛生吞了一顆檸檬。

我屈膝行禮，希望心中的驚訝沒有顯露在臉上。「伯爵大人，小女子何德何能，能有讓您親自到訪的榮幸？」

伯爵手裡捏著一張羊皮紙。「荷莉絲小姐，我注意到您近日得到陛下的特別關注。」

「對此我不敢斷言。」我閃爍地說：「陛下對我展現了善意，我只能這麼說。」

他瞥了一眼房間四周，似乎是希望有另一位男士來贊同他的看法。他嘆了一口氣，接著說：「我不知道您是在裝傻還是真的一無所知。無論如何，您確實吸引了陛下的注意，我希望請您幫一個忙。」

我看了德莉亞一眼。她挑了挑眉，好像在說：「抓住機會！」我雙手交握在胸前，希望自己看起來既謙遜又專注。如果我想要學習宮中政事，也許這就是第一課。

「我無法給您任何承諾，大人，但請您告訴我您來訪的目的。」

席馬伯爵展開手中的羊皮紙，遞了過來。「如您所知，厄普邱奇郡位於克洛亞最邊陲的區域，如果要前往那邊，或者到更遠的羅伊斯頓或伯恩，我們必須行經全王國最老舊的道路。那些道路的歷史可以追溯到先民在邊境拓墾森林和原野的時代。」

「您說得沒錯。」我說，雖然我說不上有什麼學問，但對這段歷史確實有些印象。

「換句話說，這些道路急需修整，因為即使是上好的馬車也難以行駛。我想您可以想像，當地那些貧窮百姓需要前往王都時有多麼不方便。」

「我可以想像。」他說得不無道理。在瓦林哲爾廳，我們的家族也擁有許多田地，農民家庭以耕種這些土地維生，並向我們支付租金和農作物。我見過他們羸弱的老馬和破舊的運貨馬車。即使是從最近的郡到城堡，對他們來說也是艱難無比，更別說從國境邊緣跋涉到王都了。

「大人，您希望怎麼做？」

「我希望王室能夠檢查並修繕克洛亞全境的道路。今年我已經兩次向國王陛下進言，但他總是避而不談。我想也許……您可以勸他將這件事列為優先的政務。」

我深吸了一口氣。我究竟該怎麼做？

我低頭看著那張自己根本無法讀懂的文件，然後交還給席馬伯爵。「如果我能讓陛下注意到這件事，我希望您也能夠助我一臂之力。」

「這是應該的。」伯爵答道，雙臂交叉在胸前。

「如果陛下展開修繕道路的規劃。」我緩緩地說：「我希望您能夠在遇到任何大臣或領主時，為我美言幾句。如果您和其他大人說到我們的會面，我希望您能夠告訴他們，我慷慨地接待了您。」

伯爵露出笑容。「小姐，您這番話聽來好像我會說謊似的。您已得到我的承諾。」

「既然如此，我會盡全力幫助您促成這件善舉。」

他心滿意足地深深一鞠躬，然後離開了房間。房門一關上，德莉亞猛然爆出一陣笑聲。「荷莉絲，妳知道這代表了什麼嗎？」

「我得想辦法讓陛下關心王國的老舊道路？」我說。

「才不是！剛才一位樞密院的重臣請求妳的幫忙，妳還不明白妳現在已經握有多大的權力？」

我停頓了一下，慢慢咀嚼德莉亞這句話。

「荷莉絲，」她咧嘴笑著說：「我想我們已經步上正軌了！」

❀

這一次，當我走進王政大廳的晚宴時，德莉亞緊隨在我身旁。傑米森舉手示意我來到主桌。我的父母早已在國王左手邊，七嘴八舌地交談著。我還有些時間來思考該如何將修繕道路融入到今天的話題中。

「我到底該怎麼啟齒？」我悄聲問德莉亞。

「沒有人說妳一定得在今天跟國王提這件事，再多琢磨一下吧。」

我難以解釋現在的感受，贏得席馬伯爵支持的成就感已經消退了許多。我希望傑米森能夠認真看待我、知道我能成為他的左右手，也明白我擁有足以做出重大決定的堅強心智。如果我能夠做到這些的話……也許成為王后不再是一個遙不可及的夢想。

我和德莉亞聽著父母絮絮叨叨講著母親在上次加冕紀念日時弄丟的寶石頭飾。她希望當年的小偷會戴著這件頭飾出席今年的典禮，如此一來就能將他逮個正著。我暗自回憶，昨晚和傑米森的交談是如此地簡單自然，但現在該如何啟齒呢？

突然之間我有了主意。我耐心等待母親結束她彷彿永無止境的故事，終於讓國王耳朵有休息的機會。

「我突然想到，」我甜甜地說道：「陛下可還記得我在瓦林哲爾廳的鞦韆？」

傑米森饒富趣味地笑著。「那個鞦韆怎麼了？」

「我很想回去那裡，讓全克洛亞最強壯的手臂推著我盪鞦韆。如此一來，也許我終於能有成為飛鳥的感覺。」我語帶挑逗。

「這聽起來是個迷人的主意。」

「我希望能與您一起造訪克洛亞的許多地方。」我繼續說道。

傑米森認真地點著頭。「當然。除此之外，我認為妳應該更熟悉克洛亞的歷史。」

我悄悄將這句話列為國王想立我為后的證據之一。

「我聽說北方的山脈非常壯麗，美到令人落淚。」

傑米森贊同地說：「那雲霧繚繞的壯闊景象，幾乎讓人以為是屬於另一個世界。」

我露出做夢般的朦朧微笑。「我很想親眼目睹。也許現在是陛下巡視全國的好時機，讓人民看見您的光彩，展現您富有四海的王者風範。」

他向我伸出手，用手指輕輕捲起一縷髮絲。「我確實是富有四海，但全克洛亞王國還有一樣珍寶我尚未能一親芳澤，我為之心痛不已。」

這又是一句暗示。

我放低了聲音，耳語說道：「陛下，我願意跟隨您去任何地方。雖然……」我目光射向國王身旁的父親。「父親大人，您上次去伯恩時，是不是在路上遇到了一些麻煩？」

父親好不容易吞下一大匙的食物，才開口回答：「車輪斷裂。那邊的道路實在太過崎嶇了。」

「是這樣嗎？」傑米森問。

父親嚴肅地點頭，彷彿他和國王交談的每一個話題都至關重要。「很不幸，確實如此，陛下。那裡沒有足夠的人力去維護道路。我很確定國內還有許多道路也是處於這樣糟糕的狀態。」

「這可不行。」我接口說：「我不希望陛下的龍體因為道路顛簸而受到傷害。也許現在不是旅行的好時機。」

傑米森扭著手指，看著我沉思了一會兒。「那是誰來著……啊，席馬大人！」他高聲叫喚。席馬伯爵從人群中抬起頭，快步來到國王面前，鞠躬行禮。

我端正坐姿，等著國王發言。

「之前提到厄普邱奇郡道路的人可是你？」

席馬伯爵的目光在我和傑米森之間梭巡。「陛下明鑑，那裡的道路確實急需修整。」

傑米森搖搖頭。「我正考慮和布萊特家族一起周遊全國，到時候我可不能讓這位如珍珠般美麗的小姐被困在半路。」

「當然，陛下。如果您許可，我可以召開會議，制定調查道路的計劃。如此一來，我就能籌措合理的資金。我熱切地希望全克洛亞的人民隨時隨地都能夠安全舒適地通行全國。我很樂意親自監督所有的工程。」

「你已經得到國王的允許了。」傑米森很快地回答。「我期待你的報告，大人。」

席馬伯爵呆站在那裡，臉上的驚訝尚未消退。「是、是，當然。」他結巴地說，然後欠身告退，嘴巴依舊微微張開著。

「這真是太好了！」我歌唱般地叫道：「我終於能欣賞王國裡所有的壯闊美景。」

傑米森吻了我的手。「不只克洛亞全境，如果妳願意，整個大陸上的美景，我都會讓妳一覽無遺。」

又一句暗示。

我坐回椅上，朝德莉亞瞧去。

她舉起酒杯，臉上的笑容有些緊繃。「做得漂亮。」

「謝啦。」我望向人群，尋找席馬伯爵。他對我微微頷首，我也報以同樣的動作。

也許我真的能做到。

# 第五章

不過幾天的時間，我的整個世界霍然改變了。

傑米森一如既往地將任何他認為能夠取悅我的花朵和禮物不斷送進我的房間。但除了國王之外，其他貴族也開始向我送禮。我配戴上這些新珠寶和首飾，確實如傑米森所說的那樣如初昇的驕陽般耀眼。他同時也為我指派了兩名新侍女，而當我走過宮廷，眾人都在我經過身旁時露出笑容，雖然有時候他們笑得不太自然。我不知道該為此感謝席馬伯爵，或者是因為我在傑米森身旁努力展現的高貴氣息和親切態度終於被看見。無論如何，我都不排斥這樣的關注。我曾經認為贏得國王一人的心能夠帶來無比的樂趣，如今我發現贏得無數人民的愛戴才真正令人著迷。

這樣的想法充塞在胸口，隨著我和德莉亞走進王政大廳。我優雅地向朝臣們行禮，致以早晨的問候。傑米森似乎對我的到來有著特殊感應，只要我一走近，他就會將全副的注意力放在我身上。國王以一個印在臉頰上的親吻迎接我，絲毫不在意整個宮廷的目光。我依然可以感覺到有些人的眼神中帶著不悅，但現在這已經不會使我失望或沮喪，我將之視為等待克服的挑戰。

「妳可有收到我的信？」他問。

「您說的是那張寫滿詩句的紙嗎？還有今早相會的邀請？我當然收到了。」

他輕笑一聲。「妳激發了我心中從未有過的美麗字句。」他宛如告白般地說。即使這句話在旁邊許多人的聽力範圍之內，他也沒有露出一點害羞的神情。「告訴我，妳一切都好嗎？新的侍女是否令妳滿意？妳喜歡我送去的新衣嗎？」

我退後一步，好讓他能一覽我身上禮服的耀眼光輝，這是國王最近賞賜的禮品之一。「這是我擁有過最美麗的事物。是的，新侍女幫了我很多忙，感謝陛下的恩典。您一直都如此慷慨。」

國王挑起眉毛。「這些玩意兒跟妳比起來，根本——」

一陣急促的腳步聲打斷了這句話。我跟著他的視線轉過頭，只見一名年老的紳士快步走來，鞠躬行禮。那是傑米森在樞密院的重臣之一。

「陛下，請見諒。有個來自伊索特的家族尋求庇護，他們希望向陛下當面請求。」

在大陸上的所有王國都有這樣一條律法：外來者必須要得到國王的允許，才能在此定居。在承平時期，沒有得到王家許可的家族會被驅逐出境。如果是在較為動盪的年代，例如傑米森的父王馬瑟魯斯在位時期，他們將會面臨更悲慘的命運。

國王陛下嘆了口氣，我們的對話被打斷讓他有些煩躁。

「好吧，讓他們進來。」接著，他彷彿忽然想到什麼似地再次凝視著我。「荷莉絲小姐，也許妳會想要待在這裡看看我如何處理這件事？」他伸手示意身旁的座位。坐在那裡的曼德爾伯爵不知所措地看著我和國王。

「陛下，我——」

一旁的席馬伯爵輕推了一下曼德爾伯爵的手臂。他嘆氣著站起，對我和國王鞠躬告退。於是我取代了他的位置，同時對席馬伯爵點頭表示感激。

我偷眼瞧瞧德莉亞，只見她正露出會心的笑容。她總是能看透一切，不是嗎？但我也能聽見周圍出現些許不滿的低語。沒錯，還有許多人的心等著我去征服，不過我現在必須專注在傑米森身上。這正是一個我可以證明自己能力的機會。只要國王需要，我既可以溫柔賢淑，也能夠適時展現出智慧。

我盡可能坐直身子，同時壓低下巴，緩慢地呼吸。我要眾人見識到我的端莊和能耐。這樣一來，也許傑米森就會毫不猶疑地讓我成為他的王后。

一對年邁的貴族夫妻走進廳堂，老夫人的手優雅地置於丈夫的手上。身後是他們的孩子，三名少年和一名少女。

這三男一女都有蒼白的皮膚和不同深淺的黃色頭髮，他們的父母則是早生華髮。最年幼的男孩顯然十分緊張，緊緊抓著身旁姊姊的手。女孩用截然不同的目光審視著王政大廳，似乎在尋找什麼。

他們的父親屈膝跪下行禮，然後起身對國王報出名號。即使他不開口，我們也輕易看出他們來自伊索特。這顯而易見，因為那是個在夏日也狂風怒吼的國家，冬季也比克洛亞要長上許多。如果他們說伊索特現在還能見到雪，我也不會訝異。伊索特人大多數的時間待在屋內，所以不會擁有克洛亞人那種受陽光親吻的紅潤臉孔。

「早安，閣下。」傑米森說道，示意對方發言。

「陛下，請您原諒我們寒酸的模樣，我們馬不停蹄地從伊索特直接趕到貴國王都。」

我並不覺得他們的衣著「寒酸」。這家人身上都有名貴的紫天鵝絨，而且裝飾得太浮誇了些……我忍不住想笑。老實說，他們的衣袖是哪門子的設計？我都可以用他們手臂下方那些多餘的緄邊布料做出一件嶄新的禮服了，更別提那可笑的帽子！我這一生都不可能理解伊索特的時尚風格。

其實我也根本不了解伊索特人。說到伊索特人，最常在我心中浮現的字眼就是「毫無創意」。沒錯，他們在天文學和藥草學上確實有重大的突破和成就，伊索特醫生發現的新藥為人民的健康帶來很大的助益。但他們的音樂極為乏味，舞蹈則是抄襲自克洛亞。他們在藝術上花費的心力僅止於挪用和修改。時尚也許是伊索特人最具原創精神的領域，因為這樣拙劣的風格可以說是獨一無二。

「我們來此是為了懇求您的恩典，讓我們全家在貴國國土上安居樂業。希望陛下能夠庇護我們免於敝國國王的傷害。」這位年邁的父親接著說，聲音裡透著一絲不安。

「請問你們來自何地，閣下？」傑米森明知故問。

「伊索特，陛下。」

「你的名字，閣下？」

「丹席爾．伊斯托菲伯爵，陛下。」

傑米森停頓了一下。「我聽過這個名字。」他低語，眉頭微蹙地陷入沉思。在喚起一段塵封的記憶之後，他抬頭凝視著來訪者，眼眸裡浮現了懷疑和憐憫。「沒錯，我知道你們為什麼想要離開伊索特。啊，荷莉絲。」他突然轉向我，目光閃爍著戲謔的光芒。「妳的國王是我，而不是那惹人厭的昆廷，妳可有為此而感謝諸神？」

「我感謝諸神，因為您勝過世間任何一位國王，陛下。」我挑逗地眨眨眼。這句恭維並不是違心之言，大陸上沒有一位國王比傑米森更年輕強壯，而且他比他的父親更為善良，也不像我所聽過的其他國王那樣喜怒無常。

他輕輕一笑。「如果我和你易地而處，伯爵，我也會逃離伊索特。近年來許多家族都選擇移民到克洛亞。」我知道有這樣一個家族居住在克瑞斯肯城堡，不過我從來沒有見過他們。「我也很想知道，我的老朋友昆廷國王究竟做了什麼，讓自己的臣民如此懼怕？」

「我們也為陛下帶來了禮物。」伊斯托菲伯爵避開了這個問題。他朝長子點點頭，那位年輕人立刻上前，向國王鞠躬行禮，呈上了一個長形的紫天鵝絨包裹。

傑米森起身離開王座，來到少年面前，掀開了華美的絨布。那是一柄金黃色長劍，劍柄上鑲滿了寶石。傑米森提起劍，初春的陽光折射在劍鋒上，幾乎令我睜不開眼睛。檢視過寶劍之後，傑米森從少年頭上握住一束髮絲，輕輕掠過這件貴重的禮物，只見髮絲盡皆從中斷絕。國王再次舉起劍，笑著說：「了不起，伯爵。我從未見過有能與之匹敵的利器。」

「多謝陛下美言，」伊斯托菲伯爵感激地說：「唉，不過能為陛下呈上此劍並非是我的功勞。伊斯托菲是貴族世家，但犬子選擇鑽研冶煉和鑄鐵的技術。他希望無論有土地繼承與否，都能有足以自立的一技之長。」

傑米森低頭看著眼前的少年，他有著一頭俐落的短髮。「這把劍是你鑄造的？」

少年點點頭，目光低垂。

「如我所說，了不起的成就。」

「陛下。」伊斯托菲伯爵繼續說道：「我們生性淡泊，毫無野心，卻因為受到人身安全的威脅而被迫放棄家業，離開故土。我們只希望能夠在克洛亞平靜地定居，別無他求。我以家族的榮譽發誓，永遠不會侵擾克洛亞王國的人民，並且會與他們一起對陛下盡忠和效勞。」

傑米森轉頭看向我，眼神從若有所思變得專注。突然，他露齒而笑，似乎對自己的表現很滿意。「荷莉絲小姐，這些人前來尋求庇護。對於他們的請願，妳有什麼看法？」

我低頭看著這一家人，臉上微笑不減。我的目光掠過最小的兒子和母親，落在了伯爵的長子身上。他依然屈膝跪著，手裡緊緊抓著紫色絨布。我們雙目相接。

一瞬間，世界彷彿停止運轉。我發現自己完全陷進了他的凝視，無法移開雙眼。他的眼眸藍得驚人，這在克洛亞極為稀有，我從未見過這樣的顏色。那不是天空或海水的藍，我無法用任何言語形容。那深邃湛藍好像要將我全身吸入一般，令我難以自拔。

「荷莉絲？」傑米森催促。

「陛下？」我依舊無法移開目光。

「妳怎麼說？」

「啊。」我眨眨眼，這才回到了當下。

「伊斯托菲大人一家以謙卑的姿態來到克洛亞，也展現出以精妙技藝為我國社會帶來貢獻的誠意。更重要的是，他們選擇了全大陸最強盛富庶的王國，並且向世上最賢明的國王獻出忠誠。如果是由我來決定……」我看著傑米森。「我會張開雙臂接納他們。」

國王露出微笑。我感覺彷彿通過了一項測試。「說得好！」他對伊斯托菲全家說：「你們可以留下。」

他們一家人看著彼此，歡欣地擁抱。年輕的長子對我低頭致意，我也連忙回禮。

「像你們這樣的名門望族必須留在我的城堡。」傑米森表示，這句話聽起來更像是警告，而非邀請，但我無法明白其中緣由。「至少暫時如此。」

「當然，陛下。無論您要將我們安置在何處，我們都會感到無上的喜悅。」伊斯托菲伯爵答道。

「帶伊斯托菲伯爵和他的家人去南邊的廂房。」傑米森彈了一下指頭，命令侍衛。伊

斯托菲一家垂首感謝國王的恩典，然後隨著侍衛魚貫而出。

「荷莉絲。」傑米森對我低語：「妳剛才表現得很好，但妳得習慣快速地思考。當我要妳發言時，妳必須隨時準備好。」

「是的，陛下。」我答道，努力抑制臉上的紅暈。

國王轉頭去和身邊的重臣交談。我的目光落在大廳另一端的伊斯托菲一家人身上。我還不知道伯爵長子的名字，但此時他也回望著我，臉上再次露出笑容。

心中一股漣漪讓我無法拒絕他的凝視，然後瞬間變成湧過全身的暖流。我胸中彷彿有一股力量，要我跟隨著那一雙藍眼而去。但我隨即壓抑住這份悸動，身為克洛亞人，我知道不能輕易相信染著伊索特藍的任何事物。

# 第六章

「這件事了結了，我有件東西要給妳瞧瞧。」傑米森在我耳邊輕聲說道。我轉頭看見他眼裡閃爍著興奮，帶著一絲頑皮，這才想起今早我是應國王邀請而來。現在我只希望有人能夠平息我心裡的奇異躁動。

我優雅地讓傑米森執起我的手，但就在我們雙手交疊時，他神情一變。「妳為什麼在顫抖？不舒服嗎？」

「我還不太習慣這樣無時不刻地受到注視。」我解釋，然後岔開話題。「您需要做出這麼多決定，而且沒有太多時間考慮。」

傑米森牽著我來到王座旁，眼睛裡閃著智慧的光芒。「我很幸運，父王把我教得很好。而我的王后，無論是誰，都必須竭盡全力讓自己具備和我一起統治王國的能力。」

「這可不是一件容易的事，陛下。」

他笑了笑。「確實不是。但人只要努力，就一定會得到回報。」

我等著他繼續說下去，但他只是直視前方。

「陛下？」

他笑容不變，卻沒有理會我。

我們一起走下台階。我忍不住深吸了一口氣，因為國王帶著我來到王政大廳前端的一間內室前。我和他雙眼交會，然後門前的守衛恭謹地讓我們入內。我之前從未到過這個地方，像這樣的內室有好幾間，包括了國王的私人寢居、祈禱室和處理樞密院政務的辦公間。王政大廳將這些專屬於國王的內室和所有人隔絕開來，更顯現出統治者的威勢，同時也確保他的安全。

「陛下，我們要去哪裡？」

「不是什麼特別的地方。」他歌唱般地說，顯然在賣著關子。

「才怪。」我堅持地說，期待感在心裡蠢動。

「好吧，那確實是個特別的地方。自從我們真正相識那晚，我就一直想帶妳去。」

我翻了白眼。「您是說我變成全世界最愚蠢的女孩那時候嗎？」

他放聲大笑。「是妳成為全克洛亞最迷人女孩的那一刻。」

「我得告訴您，我很欣慰能為您的生活帶來任何樂趣。」我吐露心意。「並不是每一個貴族小姐都能逗國王歡笑。」

「就我看來，宮裡沒有任何一個女孩能做到，荷莉絲，妳是唯一的一個。至於其他人？她們都別有所圖，只有妳不斷地付出。」他執起我的手，輕吻了一下。「所以我也很高興能給妳一些回報。」

我們又經過了兩處守衛的崗哨，才抵達傑米森此行的目的地。我們來到這間內室的門前，守衛拿出一把特製的鑰匙，並遞給我們一盞提燈。

「房間裡已經點了燈。」傑米森向我保證。「但室內沒有任何窗戶，所以多一點光亮也好。」

「我是要被關進地牢了嗎？」我開玩笑地說，假裝害怕的模樣。

他又大笑。「不是今天。來吧，妳也許會發現這是整座城堡裡妳最喜愛的房間。」

鑰匙解開了門鎖。

我有些遲疑地跟著他走過房門，花了幾秒鐘才適應了房內的昏暗。但是在下一刻，我屏住了呼吸。

「這裡有一些東西屬於我自己。」傑米森開口：「我相信妳一定記得我在加冕日那天配戴的印信。還有這些戒指，我也戴過很多次。而這個……」

「艾斯圖斯的王冠。」我喘著氣，心中充滿敬畏。「近看之下更美。」

我凝視著這件珍寶好長一段時間，眼角泛起淚光。在七朝之前，克洛亞陷入了無止境的內戰，各方勢力爭奪王國的統治權。在這段期間，無數國王被擁立，隨即又遭到罷黜。克洛亞境內紛爭不斷，也讓我們無力抵擋外敵的侵吞。最後，傑米森的先祖巴克雷家族終於統一了外敵尚未侵襲的國土。雖然戰事極為慘烈，但克洛亞渴望得到一個能夠明確效忠的領導者。於是巴克雷家族的擁戴者收集了黃金和珠寶，熔鑄成了一頂王冠，由一名教士給予神聖的祝福。全王國的人民都來見證新王艾斯圖斯．巴克雷的加冕典禮，將統治克洛亞的權力交付到他手上。

艾斯圖斯之冠只有在每年加冕紀念日時才會取出，也只有那些生於貴族世家的子民才有幸見識到它的榮光。

「陛下，謝謝您。您必定是對我有很深的信賴，才能讓我接近這件稀世珍寶。在這份恩典之前，我感到無限謙卑。」我幾乎有些語無倫次，難以表達此刻的崇敬之情，但我深知自己是何其榮幸。我轉頭面對國王，眼前依然因為淚水而模糊。

傑米森執起我的手，再次印上一吻。「我確實很信任妳，荷莉絲。如我所說，妳不斷地付出和給予。妳陪伴我的時光和情感、妳的笑容和關心，這裡面蘊含了超越千萬件珍寶的價值。這也是為什麼我現在要告訴妳，讓妳親眼目睹艾斯圖斯之冠，並非是我今天要贈與妳的禮物……這個才是。」

他示意要我看向左側的牆面，那裡擺滿了一箱箱的珠寶。一串串藍寶石和紅寶石項鍊以及鑽石鑲成的飾帶出現在我面前。即使沒有陽光，我們手中的微弱燈火就足以讓它們發出令人目眩的光芒。

「這些是屬於王后的珠寶。每一年，克洛亞和伊索特的國王都會正式會面，締結新的和平條約。這個週末，昆廷國王會來訪，我希望妳能夠展現出王室成員的風範。」

有一部分的我已經被喜悅沖昏了頭，另一個部分則是希望父母能在一旁目睹這一切，剩下的部分只想立刻戴上其中一串閃耀著玫瑰色的鑽石項鍊。

我走得更近些，甚至連伸手指向任何一枚寶石都感到膽怯。「您確定嗎？我很清楚它們有多貴重。」

「除了妳之外，我不會將它們託付給任何人。說句心裡話，自從那晚舞會之後，我就一直在想像妳美麗的脖子與這些珍寶相互輝映。」他指著滿牆的珠寶，彷彿是在說這全部都屬於我。

我心滿意足地緊閉雙唇，伸出手指去觸碰光滑冰冷的寶石，它們的色澤介於粉紅和鮮紅之間。「這一串。」

「很好。」

想到我將配戴專屬於王后的珠寶，一股狂喜掃過全身。我轉過身，緊緊抱住傑米森。

「您對我太好了。」

「妳高興嗎？」

「有點太高興了。」我回答，將他抱得更緊了些，然後突然明白了一件事。「陛下，我們之前從未這樣獨處過。」

他露出微笑。「妳是個潔身自愛的小姐。我居然能成功把妳誘拐到這裡，我自己都有點驚訝。」

「您太狡猾了。」

我們是如此接近彼此，完全陷入了兩人的世界裡。傑米森俯身下來親吻我，我也宛轉相就。我們的雙唇終於交疊，這真是奇妙的一刻。而意識到這一吻來自於一國之君讓我的內心更為激動。傑米森讓我緊挨著他的身子，伸手捧著我的臉頰，直到他認為這一吻已經足夠，才輕輕撤回雙唇。

他的眼神有些改變，似乎做出了什麼決定。當他再度開口時，聲音變得凝重。

「妳得做好準備，荷莉絲。許多變化和挑戰在等著我們。」

我吞了吞口水。「您是說『我們』嗎？陛下。」

他點點頭。「接下來這幾週，我會讓克洛亞全境知道我有多愛慕妳。這意味著許多事情。有些人會希望贏得妳的關愛，有些人則是會詛咒妳的名字。不過這些都不會改變我的心意，荷莉絲，我希望妳成為我的新娘。」

我幾乎花上了全身的力氣才擠出細如蚊蚋的回答。「這對我來說是無上的榮耀……但是我恐怕配不上……」

他搖搖頭，溫柔地將一縷秀髮撥到我的耳後。「許多嫁入王家的女孩都有這樣的想法，但妳無須擔憂。想想我的曾祖母艾布拉德，許多人說她在婚禮上說出誓詞時臉色蒼白得像伊索特人一樣。」他笑著說：「但她之後卻成為了克洛亞的傳奇。」

我試著微笑，但實在無法想像我能像艾布拉德一樣有打贏戰爭的勇氣。

「我可不是戰士。」我溫馴地說。

「我也不希望妳成為戰士。我希望妳能維持原來的樣貌，因為那才是我為妳傾倒的原因，親愛的荷莉絲。」

為妳傾倒，為妳傾倒，為妳傾倒……

這四個字在我心中迴響，我真希望能將這一言一語都用酒瓶保存起來，好在日後重溫這甜美的滋味。傑米森體貼地停頓了片刻，讓我有時間整理好思緒，這才再次開口。

「我是獨生子，父王和母后都太早離世，是妳給了我一生期盼的親密陪伴，而我要的也僅止於此，其他世俗的慾望都不足掛齒。如果妳願意成為我在世上的唯一伴侶，那一切都不會有任何阻礙。」

他的聲音是如此誠摯且充滿感觸，我感到眼眶又濕潤了起來。他的情感是如此排山倒海，當我深深望進那雙不過在數寸之外的深邃眼眸時，我相信只要在他身邊，我就能夠做到任何事。

這是奇妙且全新的感受。在這一瞬間，我明白這就是愛情的滋味。他在訴說渴望陪伴時的軟弱，和那份引起我內心共鳴的決心……這些都和平常的傑米森大不相同。

我點點頭。我能做到的就是成為他一生的伴侶，而這對他來說已經足夠。

「我請求妳暫時保持低調。朝臣和領主到現在還在勸我迎娶巴尼爾王國的公主來確保邊境的安定，想到這件事我就頭痛。我需要一些時間來說服他們，讓他們相信我和妳攜手能夠長保克洛亞的安泰。」

我再次點頭。「我也會盡我的努力。」

傑米森的眼神流露出想再次吻我的慾望，但隨即克制。「我得在任何人開始閒言閒語、質疑妳的貞潔之前送妳回去。來，親愛的荷莉絲，讓我們一起面對這瘋狂的未來。」

當王政大廳的門再度敞開時，所有人的目光再次集中在我們身上。我感到紅暈湧上臉頰，不確定他們是否都察覺到了我胸中飛速的心跳。

這些王公大臣並不知道，他們正仰望著克洛亞的王后。

# 第七章

接下來這幾天，德莉亞．葛瑞斯總是纏著我不放。有時候我會哼著歌，假裝沒有聽到她說的任何一句話，不然就是專注在手邊的工作上，一面保持微笑。今天，我正聚精會神地處理一件新禮服上的繡花，德莉亞忍不住又開始了。

「妳至少跟我說說妳見到了什麼吧？」

我咯咯地笑。「不過就是一些隱藏的房間而已，只是剛好傑米森平常會待在那兒。」

「那你們為什麼待了這麼久？」

我小心翼翼地拉著金色的絲線，保持圖案的清晰。「我們也不過去了五分鐘。」

「是整整十五分鐘！」

我愕然望著她。「怎麼可能？」

「我就在外面和所有人等著。我跟妳保證，大家都在注意時間。」

我搖搖頭，微笑著說：「妳到時候就會知道了。」

「他和妳成婚了?」

我差點刺到自己的手指。「妳把我看作是什麼人了?不管是國王還是平民,沒有得到見證的婚禮就和私奔一樣糟糕。妳真的認為傑米森會這樣毀壞我的名聲?」

她至少知道要露出羞愧的表情。「不,真抱歉,荷莉絲。但妳為什麼不直接告訴我事實呢?」

「可以至少讓我享受一下保有祕密和揭露驚喜的樂趣嗎?妳知道在宮廷裡根本沒有私密可言。」

她翻了翻白眼。「這倒是無可置疑的事實。」她嘆著氣走過來,雙手放在我的肩膀上。「如果發生了什麼重大的事,妳都會告訴我吧?」

「相信我,我現在就想告訴妳一切。」我拉著縫線說。這件衣服看起來好多了,現在我真的需要些別的事情來占據我的思緒。

「告訴我一句話就好:情況是不是如我所說的那樣發展?」

我緊閉著雙唇,睫毛下閃閃的目光望向德莉亞。她臉上露出笑容,不言而喻。

「好極了。」她接著說:「既然如此,妳身邊會需要更多貴族仕女。」

我放下手中的衣裙。「我才不要。我不想要身邊聚集一群虛情假意的朋友。那晚舞會之後，宮裡每一個女孩看我的眼光都像匕首似的，我不要她們任何人接近我。」

「妳會需要有人隨侍在側。」

「不對。」我答道。「是王后需要有人隨侍在側。我可還沒有這個頭銜……至少目前是這樣。」

「荷莉絲。」

「而且如果我這樣大張旗鼓地招募親信，那些貴族大人一定會出言抨擊。我看他們還在猶豫要不要跟傑米森說我的壞話呢，我可不能在這個時候給陛下添麻煩。」

她嘆了一口氣。「好吧。但妳早晚得在宮中找到除了我之外能夠支持妳的人。但那個人是誰呢？艾斯圖斯在上，妳可別說是那個長著豬鼻子的安娜索菲亞。」

我也跟著嘆氣。「讓我好好想一下，可以嗎？」

「可別考慮太久。這可不是遊戲，荷莉絲。」

記得不過幾週以前，我確實把這一切當成一場遊戲。但德莉亞說得沒錯，這是一條我註定會踏上的道路，我絕對不能掉以輕心。

「妳知道哪裡還有多的線嗎？」

德莉亞站了起來。「王家裁縫師那邊應該有很多。我現在就去找她。」

「沒關係。」我說。「我自己去吧。我想妳得把時間花在替我謀劃策略上。」我眨眨眼，開玩笑地說。

我從寓所臥室的側門溜了出去，走到城堡的中間位置，各種活動正熙熙攘攘地進行著。我花了幾秒鐘環顧四周。儘管我在克瑞斯肯城堡已經生活了很長一段時間，依然對城堡裡的周遭環境感到驚奇。

寬闊的廳堂有著堂皇氣象和華美裝飾，建築內部的石砌造工平整光滑。整座城堡的穹頂都是由令人嘆為觀止的圓拱構成，這些圓拱總是讓我想到上下顛倒的橋梁。每一道圓拱的兩軸向上延伸，彷彿想要碰觸到仰望者的手指，壯觀的螺旋階梯一路拔高到城堡上部的三層樓。據說那裡收藏的雕像和繪畫總是讓來訪的外國大使震驚無比，整個大陸上沒有任何一個地方比得過。

我們的家族寓所位於東廂內側，那是一個備受尊敬的位置。而在朝中身居要位的貴族則居住在狹小的北廂，那裡離王政大廳最近，也最接近以國王為中心的權力漩渦。北廂也備有數間空客房，用來接待外國王室成員和貴族。當昆廷國王來訪時，就會在那裡安歇。

具有克洛亞王室血統且歷史悠久的貴族居住於東廂和西廂的兩側，那些較年輕但與宮廷關係密切，且在外擁有大片土地的家族則是安置在外圍的居所。接下來才是那些地位較低的家族。如果你發現自己的位置在城堡的某個區域之外，那就表示大部分的人並不在意你的家族是否存在；較高的樓層代表你可以在城堡裡生活，但是沒有人期待你在重要場合上現身。最後，僕役則是居住在地下樓層。

克瑞斯肯城堡是一座山城，在皇宮後方的山丘上散落著許多小屋和穀倉，以及各種工作坊，各行各業的工匠在此努力維持城堡的正常運作。我希望能在這裡找到王家裁縫師。

「哎呀！」我喘著氣急步轉過街角，差點撞上迎面而來的兩個人。

兩名年輕男孩看著我，然後深深鞠躬行禮。

那獨特的髮色讓我立刻認出他們是誰：那天來自伊索特的其中兩名少年。他們都穿著那種克洛亞人當成內衣在穿的鬆垮垮汗衫，手裡提著皮革袋，長型的工具突出袋口。

「噢，請不必如此。」我連忙說，請他們站直身子。

那個有著迷人藍眼的男孩抬起頭。「您理應得到這樣的尊敬，布萊特女士。」

我微微一笑。「看來你已經知道我的家族姓氏了。但『布萊特女士』或『布萊特夫人』還是留給我母親吧，叫我荷莉絲就好。」

他挺起胸膛，目光與我相接。「荷莉絲。」他唸道。

我們呆站了一會兒，彷彿我的名字是一道隔在中間的藩籬。我再次發現自己很難抗拒他那雙藍色眼眸。

「我是席拉斯。」他終於說。「這是我的弟弟蘇利文。」

蘇利文簡短地點點頭。席拉斯拍拍弟弟的肩膀。「你先把這些補給品拿過去吧，我待會兒就跟上。」

男孩一言不發地再次鞠躬，然後快步離去。

「真抱歉。」席拉斯說，轉身面對我。「蘇利文一向對不熟識的人很害羞。老實說，就算是對熟人，他也差不多是這樣。」

我輕輕一笑。「請你替我向他致上歉意，我不是故意要嚇到你們。」

「您怎麼會需要為任何事情道歉？大家都說您即將成為王后。」

我睜大了眼睛。

「難道不是嗎？我無意僭越，但當您經過時，每個人都是這樣說的。」

我垂下雙眼。「他們……他們對此感到喜悅嗎？」

他點點頭。「許多人是這樣，如果是與我們年紀相仿的年輕人，他們的語調裡多的是羨慕，而非驚奇。」

我嘆了口氣。「我明白了。怎麼說呢，我現在手上可沒有戒指，所以沒人可以斷定接下來會發生什麼事。」

「如果成真，我衷心希望您和陛下能永享幸福。伊索特也有一位王后，但全國上下都認為她缺乏作為一國之后的力量和氣度。克洛亞的人民很幸運能有您這樣的王后。」

我盯著自己的腳尖，感到紅暈湧上臉龐，然後注意到他手中的工具。

「原諒我這麼問。但你為什麼還需要在這裡工作？你已經離開伊索特，這也許是個最聰明的決定。你為什麼不像令尊大人一樣成為一位紳士，讓自己看起來更高貴英俊？」

他放聲大笑。「我以自己的手藝為傲。我最擅長鑄造刀劍和盔甲，但如果蘇利文不介意跟我合作，我也可以製作珠寶。」他聳聳肩，看起來相當得意。「自從為你們的國王呈上那把劍之後……」

「他現在也是你的國王了。」我提醒他。

席拉斯點點頭。「原諒我。我們都還在適應這個新環境，現在我對任何國王都無法完全放心。」

他停頓了一下，繼續剛才的話題。「自從將那把劍獻給陛下之後，我收到了許多要求，要我鑄造更多那樣的利器。我的母親甚至說服了某位夫人來委託我製造一串項鍊。」

我雙手扠腰，欽佩地凝望著他。「我從沒想過伊索特人能有如此巧手。」他笑了笑，聳了聳肩。「那真是驚人的技藝。但如果你從小也是在宮廷裡長大，是從哪裡去學到這樣的技術？」

「我們的家族宅邸和王家城堡很近，我們可以來去自如，所以大部分時光裡，我和兄弟姊妹都待在家裡。」他臉上露出一抹古怪的微笑。「家父一生最大的遺憾就是未能在年輕的時候學到一項實用的技藝。當我告訴他我對冶煉金屬有興趣時，他安排我拜師學藝。我生平鑄造出的第一把劍是給我的表親伊坦。」他的語調似乎暗示我也許知道這個人是誰。「那時他需要一把好劍來參加比武大會。他覺得握把有點震手，不好掌握。當他第一次揮劍與對手交鋒時，劍刃上也出現了一道缺口。但他還是手持我的處女作完成整場比賽。」他臉上的表情彷彿在想像當時的情景。「那已經是三年前的事情了，現在我對自己的手藝很有自信。當然，永遠都還有精進的空間，每個人都是如此。我妹妹也對金屬工藝很有興趣，不過她做的是比較精緻的部分，像是替蘇利文的珠寶作品做最後修飾。」他舉起手掌。「我們的手指太粗了些。」

我仔細觀察他的手。手掌上皮膚乾燥，指甲縫裡還塞著些許黑色的煤灰。雖然他是貴族出身，這雙手卻沒有半點嬌貴的氣息，在我眼中有著奇異的美感。我雙手負在背後，讚嘆地說：「這真是令人驚奇。」

他聳聳肩。「這沒有什麼大不了的。在伊索特，人們並不看重藝術。」

我眉毛揚起。「那裡真的像大家說的那樣冷？」

「如果妳說的是風，那的確是這樣。有時候可以用冷酷來形容。如果妳說的是人民……」他也挑起眉毛。「我發現跟伊索特人相處可以讓周圍的溫度降得更低。」他顯然很喜歡這個笑話。「妳不知道那裡是什麼樣子嗎？妳曾經親身去過嗎？」

他聲音中的驚訝不無道理。就地理上來說，如果克洛亞人想要出國旅行，伊索特是最容易到達的地方……但那裡可不是什麼受歡迎的觀光景點。

「沒有。家父公務繁忙，就算他要旅行，也只會帶家母一起。我曾經請求他讓我去伊拉多爾，我聽說那裡的海灘美得令人屏息，但始終沒有成行。」我並不想提到自己早就不再跟父親浪費唇舌。因為我父母很明顯地暗示，如果我是男兒身，或者我之後能有個弟弟，他們就不會介意帶我同行或給我更多關愛。我不知道布萊特家族生不出男孩這件事是誰的錯，但顯然他們是怪在我的頭上。

反正我身邊還有德莉亞，不管旅行的目的地是哪裡，她的陪伴要比在沉悶的馬車裡和父母無言相對要令我開心得多，我總是這樣告訴自己。

席拉斯將工具袋重新掛在肩上。「我想陛下會帶妳去任何妳想要去的地方。看來他會為這個他從冰冷河水中救起的女孩做任何事。」他露出嘲弄的笑容。

「那件事是你來之前發生的！河水也沒那麼冰冷。而且我是在保護自己不受到某人的莓果攻擊。好吧，顯然我是力有未逮。」

「我真想親眼目睹。」他頑皮地說：「伊索特的女士連河水都不敢碰，更別說跌進河裡了。」

「那敢情好，因為河水奪走了我最寶貴的一雙鞋。」

他大笑出聲，悠哉地踢著鋪著石頭的地面。「我得去找蘇利文了。宮裡的事務官很好心地替我們找到工作場所，我最好讓自己看起來對克洛亞有點貢獻。」

「我懂你的意思。這倒讓我想起我來這裡的目的。你可有見到這附近有裁縫師的工作坊？我需要一些縫線。」

「有的。」他熱情地說。「從下一個階梯上到二樓。那間房沒有門，所以妳應該很快就能找到。」

「多謝你了，席拉斯。」

他點點頭。「隨時願意效勞，荷莉絲小姐。」

他快步離去。我也回到樓梯邊，這裡似乎比我之前來時更暗了些。我拾階而上，心裡想著自從我們家族長居在克瑞斯肯城堡之後，那些來來去去的王公貴族和外國使節。我已經見過整個大陸上各種樣貌的人，但這次和席拉斯·伊斯托菲在長廊邊的相遇，卻是我生平第一次和異邦人交談。

我發現他與我並沒有多大的不同，在克洛亞的城牆內，他一點也不讓我感到陌生。對此我倍感訝異。

# 第八章

隔日一早，敲門聲準時響起。

「妳想這會是誰？」德莉亞好奇地問道，嗓音有點大。「是陛下又送禮物過來，還是又有哪位大人想要請妳幫忙？」

我避開她的目光，不太確定事情會如何發展。「都不是。」

「諾拉．利特瑞爾小姐。」侍女朗聲宣布，我的賓客轉過角落，走進房裡。

「她來這裡做什麼？」德莉亞低聲問。

「德莉亞，是我邀請她過來的。」我澄清，然後起身歡迎客人。「謝謝妳過來一趟，諾拉小姐。」

「這是我的榮幸。我能為妳做什麼呢？」

我吞了吞口水，知道接下來要出口的話會讓德莉亞大驚失色。「我邀請妳過來，是希望妳能加入我的仕女團。」

果不其然，德莉亞一臉錯愕地衝口而出：「什麼？為什麼是她？」

「因為她懂得在犯錯之後致歉，也並沒有利用我犯的錯誤來對付我。這是淑女該有的高貴氣量。」我回望著自己最要好的朋友。「我們在宮裡的影響力有限，諾拉小姐擁有我們所不知道的關係和人脈，而且她冰雪聰明。就像妳之前說的，我會需要所有的幫助。」

對此德莉亞垂下了頭，滿臉通紅，似乎在唇下正緊咬著牙關。

「當然，目前我還沒有正式的地位。」我再度開口，轉頭看著諾拉。「但如果妳願意，我希望妳們兩人都能夠加入我的仕女團。德莉亞會是我的首席女侍官，諾拉也會成為其中一位女侍官。如果情況順利發展，傑米森向我提出婚約，我需要妳們替我招募仕女團的其他成員，以確保我們在宮中的平安幸福。而我也會與妳們分享我所得到的任何恩典和獎賞。」

諾拉向我走來，執起我的手。「我願意成為妳的女侍官！荷莉絲，謝謝妳如此看重我！」她臉上的笑容很誠摯，那些因為我得到國王寵愛而產生的忌恨都煙消雲散。也許她從來就沒有討厭過我。

然而，德莉亞依舊滿臉怒氣。

我平靜地凝視著她。「如果妳們倆能攜手合作，這一切才能成功。妳們的個性和才能截然不同，如果沒有同時得到妳們的幫助，我不知道該如何度過難關。希望妳能理解。」

德莉亞雙手抱胸，臉上的表情訴說著她遭遇到了最深沉的背叛。

「妳自己說過，我無論如何都必須得到其他淑女的支持。」我提醒她。

「我知道。我只是沒想到……但她會聽令於我，對嗎？」德莉亞問。

「妳是首席女侍官。」諾拉在我開口前就先說道：「所有人都聽妳調遣。」

「我希望妳能公平對待其他人。」我告誡她。「但沒錯，妳比所有後來加入的人都高上一階。」

她嘆了一口氣。「好吧。」她看著我，眼神裡透著失望。「既然您已經有別人服侍，小姐，請允許我告退，我有點頭痛。」

話一說完她就急步走出房間，砰地甩上門。

「這和我預期的差不多。」諾拉承認。

「要化解妳們之間的矛盾不是一件容易的事。」我回答。

「沒錯。我得說，我很驚訝妳會給我這次機會，畢竟我一直就和德莉亞勢如水火。」

我轉頭面對她。「怎麼說呢，我一向相信每個人都值得擁有第二次機會。我希望德莉亞也會給妳一個接納彼此的機會，妳們可以重新來過。」

不安依然寫在諾拉的臉上。「如果能這樣就好了。在宮中……有時候妳會希望眾人責難嘲笑的目光都落在別人身上，也許妳能理解我的意思。」她字字斟酌。

我嘆氣。「妳說得沒錯。」

她憂傷地聳聳肩。「我的家族也有自己的醜聞——應該說，所有貴族家庭都各自擁有難以見人的丟臉事——但當妳知道……所有閒言閒語都集中在另一人身上時，妳會覺得輕鬆許多。」

「我了解。但是那些都過去了。妳遲早都得向德莉亞道個歉。我需要妳的幫助，但我絕對不能沒有她在身邊。」

她點點頭。「我不會讓妳失望的，小姐。能夠參與這一切，我無法用言語形容我此刻的喜悅。妳可有意識到，妳將會名留青史？」

我微笑著，呼吸卻有些急促。「我知道……這也是為什麼我會如此緊張。」

諾拉吻了我的臉頰。「別擔心。妳之前有德莉亞在身邊，現在妳也有了我。」

我還沒來得及表示謝意，母親推開房門闖了進來，一副準備要開戰的模樣。

她的眼光在我和諾拉之間梭巡，我們倆的手依然相握。母親伸出一根帶著控訴意味的手指。「妳真的讓這個女孩進入我們家？」

震驚片刻之後，我隨即明白。「您剛才遇到德莉亞了？」

「沒錯。」

「我很驚訝，您什麼時候會認真看待德莉亞說的話了？也許是因為她所說的話讓您意識到您無法掌控我所有的人生？」

母親並沒有出言否認。她沒有說她是為了我好，或者說我沒有考慮到其他更好的方法。我認為我有權力替自己決定，但在她眼中，我還不夠資格。

「是誰讓妳以為妳有權安排自己的家族仕女團？」她輕蔑地說。「我之前讓妳將德莉亞留在身邊，是因為別無選擇。」她翻著眼珠，我在城堡裡唯一的朋友選擇留在我身旁，讓她感到不是滋味。「這一次我不追究，因為利特瑞爾家族的名聲勝過大多數的貴族。但是從現在起，由妳父親和我來選擇妳的女伴。聽清楚了嗎？」

母親喋喋不休的要求令我身心俱疲。能夠和國王訂下婚約難道還不夠嗎？世上沒有其他人能帶給她這樣的榮耀，就算是那個不存在的兒子也一樣。

就像剛才闖進房裡那樣，她如一陣風般氣沖沖地離開房間。

「別擔心。」諾拉輕聲說道：「我有個好主意。」

德莉亞人在花園裡，將花瓣一片片扯下扔在地上。我和她一樣很喜歡在此駐足，將此地當作避風港。在這個所有事物都快速變遷、人人都汲汲營營的世界裡，這座花園是能讓我喘口氣的地方。

但凡事都不能長久。

「妳怎麼可以去跟我母親抱怨？」我喊道，大步越過草坪。「她現在正自作主張要替我招募女伴。妳難道不認為她的人選會比我的要糟上百倍？」

德莉亞翻了翻白眼。「妳母親的考量也不無道理，我只能這麼說。」

「我們不能永遠孤單地待在房裡！我們終究得弄清楚宮裡誰值得信任。」

她尖酸地笑了。「所以妳認為接納過去十年來都在嘲笑我的賤人是個好的開始？」

「諾拉親口對我說了，她承認自己的錯誤。她目前還羞於當面向妳致歉，但她會好好彌補先前對妳的不公。」

「當然了，我相信她會突然如此好心，想必與妳邀請她加入仕女團毫無關聯。」

我忍不住嘆息。「就算如此，我們為什麼不應該接納她？這就是為什麼我之前不願意對妳透露心思。除了妳之外，全宮裡只有諾拉能夠幫助我，但我知道妳一定會阻止我。」

德莉亞依然坐在原地，固執地搖著頭。

「妳不是勸我要招募能效忠於我的貴族仕女嗎？」我提醒她。「妳不是一直希望我可以學到更多知識，更精進自己的能力？」

她終於起身。「能不能請妳不要再拿我的話來堵我的嘴？」她深吸了幾口氣，伸手擦著前額，好似要將憂慮從緊蹙著的眉毛上抹去。「下一次請妳事先讓我知道。在妳要接納新人之前，妳可以先告訴我嗎？至少讓我做好心理準備。」

我上前握住她的手。她沒有甩開我的手，這讓我感到一絲欣慰。

「妳這樣說好像我是故意要傷害妳。我向妳保證這絕不是我的本意。我認為讓諾拉加入能夠為我們帶來很大的幫助。而且我相信她是真心為她對妳的傷害感到抱歉。」

德莉亞站在我面前，再次搖頭。「她一向演技高超。妳個性太單純了，看不透表面下的真相。」

我忍住這句話帶來的羞辱感。「我也許單純，但我可是會高坐在國王的右手邊。所以妳一定要相信我。我也需要妳的幫助。妳知道我一個人做不來。」

她雙手扠著腰，沉思了片刻。我想她也許真的會棄我而去。

「別讓她忘了自己的身分地位，可以嗎？」

我搖搖頭。「妳不必去喜歡她。」

「很好。因為我現在也不怎麼喜歡妳。」話音未落，她就轉身離去，留下我獨自一人在這座鍾愛的花園裡，滿心不安。

# 第九章

「荷莉絲小姐。」女僕低聲呼喚，語音顫抖。當她拿來清水並且添加柴火時，我還窩在床上。「國王陛下在王政大廳召見您，有緊急要事。」

我翻過身，看見女僕身後的侍衛，難怪這個可憐的女孩如此緊張。為什麼國王會需要派人護送我過去？直覺告訴我這恐怕不是件好事。但當我開口時，語調依然保持平穩。

「既然陛下有令，我當立刻前往。請拿我的長袍過來。」

女僕服侍我穿上長袍，快速地將我前額的頭髮固定在腦後。如果此時在身邊照料我的是德莉亞，我會自在許多。她一定早已開口說出她瞬間想好的計劃。我用清水擦擦臉，讓自己看起來更有精神，然後深呼吸。

「請帶路吧。」我對侍衛說，彷彿我不知道去王政大廳的路該怎麼走。我們的腳步聲在空蕩蕩的長廊上迴響。平常這對我來說像是音樂一樣美妙，但此時，我長袍下只穿著睡衣，在衛兵戒護下不明就裡地前進，這些回音在我耳中變得陰沉不祥。

我來到王政大廳，只見傑米森高坐在王座上，眼光掃視而來。他手裡握著一封信。我的父母也在場，由他們自己的衛兵護送抵達。他們憤怒地瞪著我，好像一大早把他們叫來的人是我一樣，我對此並不驚訝，但伊斯托菲全家也在王政大廳裡，這倒是出乎我的意料。廳內所有人都多少有些衣衫不整，甚至傑米森也是如此。雖然我認為他頭髮微亂、上衣鈕釦鬆散的模樣另有一分逼人的魅力。

但從他的表情看起來，現在絕對不是恭維或調情的好時機，於是我屈膝行禮。「陛下，我能為您效勞嗎？」

「少安勿躁，荷莉絲。首先，我有一些疑問必須釐清。」他的神情和語調都很平靜，卻無比慎重。他目光掃過廳內眾人的臉孔，似乎在思考該從誰開始問話。

「伯爵。」他終於開口，指著伊斯托菲一家。

「陛下。」伊斯托菲伯爵屈膝跪下。

「你最近是否有和你先前效忠的國王聯繫？」

他激動地搖頭。「不，陛下明察，完全沒有。」

傑米森抿著嘴，側頭打量伯爵。「在收到這封信之後，我發現我很難相信你的話。」

他一面說一面舉起手中的信。「眾所周知，克洛亞和伊索特的國王每年都有一次會談。我想你前幾年一直都是昆廷國王的隨行貴族之一？」

伊斯托菲伯爵點頭。

「這是我第二次以克洛亞統治者的身分與他會面。我覺得很有趣，為什麼這次他會突然決定要帶他的王后同行？」傑米森揚起眉毛。「你認為原因何在，伯爵？」

「誰能看透他的心思呢？陛下。您知道，昆廷一向喜怒無常，近年來旁人越來越難預測他心中的想法。」伊斯托菲伯爵背上冷汗直冒。「我也和您一樣驚訝，因為他鮮少帶著王后一同離開國境。」

「我認為原因在於，他得到情報，知道我已經心有所屬。」傑米森朗聲說：「他知道我即將為克洛亞迎娶一位王后，所以他才想帶上自己的女人，來和本王國最美麗的小姐一較高下。」

他幾乎是帶著怒氣說出這幾句話，我難以判斷這對我來說是不是一種讚美。儘管我心中依舊充滿不安，卻還是無法理解，為什麼這件聽起來再平常不過的事會引起傑米森如此激烈的反應。國王不是經常和王后一同旅行嗎？就算我和伊索特王后並肩坐在一起，又會發生什麼可怕的事？

唯一的原因隨即閃過我的腦海：當我在一位血統高貴且莊重的王后身邊時，我必然會自慚形穢，然後凸顯出我的愚蠢和唐突。如此一來，那些原本已經決定支持我的貴族重臣一定會倒戈相向。

我垂下頭，傑米森再度開口。

「我很好奇，為什麼在你來到克洛亞幾天後，昆廷就知道荷莉絲小姐的事。」他靠著王座。「我很了解他這個人，他一定會千方百計要讓荷莉絲出醜。我早該知道，因為他之前也對我玩過同樣的手段。」

「陛下，無論昆廷想要做什麼——」

「住嘴！」

伊斯托菲伯爵連忙低頭，背脊又更彎曲了些。他伸手抹去眉頭上的汗珠，身後的夫人緊緊握著女兒的手。

傑米森猛然起身，在高台上來回踱步。他宛如籠中的猛獸，正在尋找柵欄的脆弱處，準備破籠而出。

「你們全家必須出席所有的競賽和活動，並且坐在最顯眼的位置。拿出你們作為克洛亞新國民的風範舉止，如果你們的表現讓昆廷有閒話可說，我就要了你們的腦袋。」

「遵命，陛下。」伊斯托菲一家哆嗦著齊聲回應。我在一旁也緊繃得喘不過氣。

「我記得城堡裡還有三、四個來自伊索特的高階貴族家庭。將我的命令傳達給他們。如果你們想在克洛亞安居，那就對我展現出完美無瑕的忠誠。」

「遵命，陛下。」

「伊斯托菲夫人，妳負責教導荷莉絲小姐伊索特的禮節和風俗，我希望她讓昆廷擺在王座上的那個女孩變成一個笑話。」

「是的，陛下。」我之前只見過這位女士一次。她朝我露出一抹含蓄但堅定的微笑。她的神情告訴我，她不會讓我在這場較量中落敗。

「布萊特伯爵、夫人。」傑米森對我的父母說：「你們負責讓荷莉絲了解摩爾蘭和大佩里恩這兩個地方的國事，好讓她能在需要的時候侃侃而談。」

父親粗聲噴出一口氣，又在撫弄他的銀色戒指。這個戒指不是等閒之物，而是從當年在艾斯圖斯國王麾下效力的偉大戰士所傳下來的數百件珍寶之一。你以為他會好好收藏這件寶物，但在他手上這枚戒指的唯一功用就是讓他發洩緊張感。「陛下，這可得花上不少時間……」

「如果出了任何差錯，唯你是問，伯爵。我很清楚荷莉絲小姐的才具，千萬別想愚弄我。」傑米森厲聲說道。

「遵命，陛下。」父親深深鞠躬。

「還有誰有話要說？」傑米森問，深色的眼眸掃視眾人。我有些遲疑地舉起手，他對我點點頭。

「伊斯托菲家的孩子都是巧手的工匠，何不命他們為這次會面打造一些珍寶？昆廷國王對您的年輕活力感到妒恨，如果能以一對成雙的珍寶象徵陛下和他的王者身分，也許能平息他的怨氣，讓他願意伸出友誼的手。」我偷眼看向席拉斯，他頂著一頭睡夢中被搖醒的亂髮，但眼神和他母親一樣堅定。我悄悄嘆了一口氣，希望這個主意會給我們兩人都帶來好處。

傑米森微微一笑，笑容中透著平常沒有的寒意。「你瞧，布萊特伯爵，令嬡的心思可比你快多了。」他轉向伊斯托菲一家。「依照荷莉絲小姐的意思去做。動作快些，他們週五就會抵達王都。」

我感到胃彷彿一下子垂到了地上。週五？那不就是……明天？傑米森之前確實對我說過伊索特國王會在週末到訪……我竟然完全忘記了時間。更糟的是，我要怎麼在一天之內就完成萬全的準備？

傑米森站在高台上，示意會議結束，於是眾人散去。

我撫著下腹部，看著傑米森怒氣沖沖地大步離開。我不知道該怎麼做，我對伊索特民族所知不多，只知道他們一向是克洛亞人的死敵。學習他們的禮節和風俗？掌握大陸上的政事？就算是德莉亞也不可能在短短一天之內融會貫通。

「我該什麼時候過去見您，小姐？」伊斯托菲夫人問道，對我深深屈膝，我還不太習慣別人這樣對我行禮。

「我想您還沒有機會用早膳，請先去用餐吧，您方便之後就請即刻過來。」

她點點頭，準備和家人離開大廳。伊斯托菲家的小兒子還吸著鼻涕。伯爵單膝跪地對他說：「沒有什麼好害怕的，薩爾。」他對兒子保證。「這位國王不一樣，他很仁慈，他只是希望我們能幫上一些忙。一切都會沒事的。」

席拉斯和蘇利文也輕撫弟弟的頭髮給予安慰。席拉斯抬起頭，對我再次露出微笑。他的笑容和母親很像，但伊斯托菲夫人的眼睛沒有那樣的光芒。事實上，我從未見過如此閃亮的眼眸。

「妳最好努力一些。」父親走過我身旁，警告地說，我這才發覺自己正盯著席拉斯不放。「妳可別又在眾位大人面前羞辱我們。」

我嘆了一口氣。現在我已經不僅僅是那個在晚宴上和傑米森跳舞的淑女，而是他接待外國國王時的正式伴侶。

我記得傑米森的母后就曾負責許多重要的外交場合。難道所有人都期待我能勝任王后所要履行的職責嗎？我自己一個人做不來，我需要我的女侍官。

# 第十章

「這件不行。」我說，看著諾拉拿出另一件裙子。「顏色太暗了。」

「她說得沒錯。」德莉亞不情願地同意。「也許我們可以改一些地方。伊索特人的袖子有很不同的設計。」

「這樣我可能會打翻桌上的每一只酒杯。」我笑著說，她也很快地跟著笑了。

「而且看起來像個小丑。」她補充。

我搖搖頭。「我只是想要看起來有王家風範，配得上傑米森右手邊的位置。」

「我認為妳應該繼續採用金色，這是妳的個人風格。」德莉亞堅持。「等到比武大會時再換上玫瑰色的裙子，在陽光下會更顯得耀眼。」

諾拉同意她的看法。「玫瑰色和妳的肌膚搭配起來會很美。德莉亞和我會選擇能夠襯托妳的衣服，絕對不會搶走妳的風采。」

德莉亞深吸了一口氣，顯然不喜歡別人替她發言。「我認為淡黃色也不錯，或者鮮豔的克洛亞紅。看您喜歡哪一種，小姐。」

雖然她已經不像之前那樣氣憤難平，但還是無法完全心無芥蒂。

此時，敲門聲響起，德莉亞前去應門。我知道來訪的是伊斯托菲夫人，於是也起身相迎。夫人快步走進房內，她的女兒緊隨在後。母女倆屈膝行禮。

「荷莉絲小姐，請容我介紹小女史嘉蕾。」

「我很高興終於能與您和令嬡正式見面，請進。」

她雙手交握地走過房內。「您想從什麼地方開始？」

我嘆了一口氣。「我不太確定。我……我一直都不是什麼優秀的學生，但我需要知道關於伊索特的知識，好讓我到時候不出洋相。」

伊斯托菲夫人的表情莊重但不失體貼，她字字斟酌地說道：「像您這樣身分地位的淑女都會面臨這樣的一刻，這代表您的時代即將來臨。我們會盡一切所能來讓您散發出耀眼的光芒。」

這番話緩和了我打從今早起床所累積的緊張感，我感到肩膀輕鬆了許多。「謝謝您。」我伸手邀請她們在桌旁坐下。

伊斯托菲夫人坐在離我最近的位子。「我們時間不多，所以必須先進行最重要的部分。我得先讓您了解昆廷國王。」她面色凝重地說，我也隨即坐下。「他是個危險的男人。您也許聽說過帕爾杜斯家族，他們的歷史幾乎和巴克雷家族一樣悠久。」

我點點頭，雖然我對這些王族史事所知不多。傑米森是艾斯圖斯國王的第七代子孫，在整個大陸上，沒有哪一個王室擁有像克洛亞這樣能追溯到如此久遠的直系血統。我知道的僅止於此。

「每一個王國都有賢明的國王和平庸的國王，伊索特也不例外。但是昆廷國王身上有……某種陰影。他一向都渴望擁有權力，卻像小孩一樣濫用手中的權柄。對衰老的恐懼讓他變得更糟，無時無刻不處在焦慮和猜忌中。他的第一任妻子薇拉王后流產了七次，現在已經在墳墓裡躺了六年。哈德里安王子是唯一存活下來的孩子，但是身體孱弱。昆廷最近迎娶了一位非常年輕的女子，希望能夠誕下更多子嗣。」

「瓦倫婷娜？」

「瓦倫婷娜。」她點點頭。「但是到目前為止，他們還沒生下一男半女。昆廷所有的希望都放在哈德里安王子身上，我聽說他在冬天會和某國的公主完婚，雖然對方並不是很情願。那可憐的男孩，他看起來隨時都會倒下死去。」

「他真的病得如此嚴重？」我問。

伊斯托菲夫人對女兒扮了個鬼臉，她回答了我的問題。

「他都撐過了這麼多年，誰知道呢？」史嘉蕾含糊地說。「也許他生來就是那副蒼白的樣子。」

我適時地輕輕一笑，然後靠回椅上。「所以妳們的國王擔心王室血脈會斷絕在他或哈德里安王子身上？」

「沒錯。」伊斯托菲夫人回答。

「難道王室中沒有其他人能夠繼承王位，並且維持王國的和平嗎？」

她遲疑了片刻。「他企圖消滅任何有繼承權的王室成員，深怕他們會篡奪王位。」

「噢……所以……我不太明白。這樣對他有什麼好處？」

「任何稍微有理智的人也都難以理解。」史嘉蕾很快地答道。「但如我們所說，恐懼令他瘋狂，所以臣民能做的就是躲開國王的怒火。」

伊斯托菲夫人繼續說道：「當然您應該服從您的國王，盡可能地為他爭光。但您也應該和昆廷國王保持距離。」

我點點頭。「瓦倫婷娜呢？」

「我必須很抱歉地說，我們其實對她所知不多。」史嘉蕾開口，和母親交換了一個謹慎的眼神。「很少人真正了解她。不過她和我們一樣很年輕。如果您能夠逗她開心，我想一定能留下好印象。」

我轉頭看向諾拉和德莉亞。「餘興節目是我的強項，但如果我完全不知道她有什麼興趣和嗜好，我也不太確定該怎麼做。」

諾拉沉吟著說：「也許我們可以帶她去城鎮裡走走，參觀各種店鋪？」

「這是個好主意。我們會再看看有沒有其他的做法。」我向伊斯托菲夫人保證。

「我也會再想想。」史嘉蕾說：「如果我有記起任何重要的事，一定會通知您。許多伊索特的朝臣也會隨著國王一起來訪，到時候我可以去打聽消息。」

我鬆了一口氣。「謝謝妳。從小到大每個人都告訴我伊索特人是鐵石心腸，看來這些傳聞不盡正確。」

伊斯托菲夫人意有所指地笑笑。「也許等您見過昆廷國王之後，再決定要不要改變您的看法。」

我放懷大笑，她們母女倆也同聲附和。如果在賓客來訪時遭遇任何問題，我也知道該向誰尋求建議，對此我滿心感激。

「我很欽佩您。」伊斯托菲夫人坦誠地說：「您是如此年輕，又如此勇敢。」

我一臉錯愕。「勇敢？」

「成為王后不是一件容易的事。為此我也同樣欽佩瓦倫婷娜，雖然在其他方面我不確定她是怎樣的一個人。」

我吞了吞口水。「如果我說我現在毫不緊張，那絕對是一個謊言。」

「這很正常。但您已經盡力在達成我們無法做到的目標，那就是促使陛下維持和平。」她搖搖頭。「沒有人比您更有影響力。」

我默然點頭，看著自己的雙手。她的溢美之詞並不能消除我的焦慮。我依舊擔心自己是這場權力遊戲裡最脆弱的一個環節，隨時都可能斷裂，讓情況一發不可收拾。

「傑米森國王似乎是真的為您著迷。」史嘉蕾說：「您是如何吸引他的目光？」

我看見德莉亞將一隻手放在腰後，臉上的怪笑不言而喻。

「其實完全是運氣。」我回答道：「陛下當時和宮中許多女孩調情，但沒有人認為他是認真的。他的父王過世剛滿一年半，母后則是在馬瑟魯斯國王駕崩後的三個月也離開了人間。」

「我知道。」伊斯托菲夫人說：「我丈夫和我都出席了這兩場喪禮。」

我感到有些好奇。伊斯托菲一定是極有名望的高階貴族，才能夠陪同昆廷國王多次出訪外國。

「那天晚上，德莉亞和我在王政大廳跳舞。當時我們勾著手像陀螺一樣不斷地轉圈，最後當我們手臂分開向後倒時，其他仕女接住了她，我則是跌進了傑米森的懷抱。」

我笑了笑。我就是這樣贏得傑米森的心，現在回想起來還真有些荒謬。

伊斯托菲夫人嘆了口氣，史嘉蕾歪著頭，聽得入神。

「我當時玩得太開心了。我笑個不停，完全不知道是誰抱住了我。當我終於站直身子要感謝這位紳士時，才發現那是國王陛下，而他也放聲大笑。在場每一個人都說那是自從先王和王后過世後，第一次看見他笑。從此之後，我活著的意義似乎就是讓陛下歡笑。我以為所有人都相信他很快就會另有新歡——」

「並不是所有人。」德莉亞提醒我。

「是幾乎所有人。」諾拉眨了眨眼。

我嘻嘻笑了一聲，才轉向德莉亞。「妳對我的信心一直都高過我的自信。但這一切都是運氣使然，如果命運稍有不同，我倆就會一起摔得鼻青臉腫，或者只有我一人跌在地上，然後今天招待妳們的人就會是德莉亞，而我在一旁忠心耿耿地服侍她。」

諾拉點點頭，說道：「如果她願意接納我們的話。」

這句話挺中肯，我也忍不住又笑了起來。連德莉亞也有些忍俊不禁。「如果妳們倆能來服侍我，那真是天大的福氣。」她開著玩笑說。

「您身邊有親近的朋友服侍，那很好。」伊斯托菲夫人說：「清楚地知道誰值得信任，這才是明智之舉。瓦倫婷娜王后身邊也只有一位女侍官。」

「真的嗎？在這件事情上，也許我可以請教她。我也希望自己的仕女團維持較小的規模。我的意思是，等我真的當上王后之後。」

伊斯托菲夫人笑了笑。「您可能得等上一段時間才有機會和她說話。」

「為什麼呢？」

「外交禮節。只有家族的家主才能先向王室成員發言。因為您尚未成婚，所以按慣例是由令尊令堂來正式引介您。不過國王陛下也有可能越過他們，親自將您介紹給來訪的外國王室。但是依照傳統，都是位高權重的貴族才有先發言的權力。如果情況不是這樣發展……」她停頓了好一會兒。難道我永遠都不能和這位神祕的王后說上話？「總之，無論您心中有何疑慮，都要讓昆廷和瓦倫婷娜感受到他們高人一等。即使事實並非如此，他們也樂於聽到這樣的恭維。如此一來，他們也許會友善地回應您。」

「好吧。那用餐的時候呢？我之前都是坐在國王的右手邊，但我想這次這個位子會屬於昆廷國王。我是不是應該——」

我一句話還沒說完，父親和母親連門都沒有敲就闖了進來。父親手裡抱著一疊書本和好幾個卷軸。

「妳可以離開了。」母親尖刻地對伊斯托菲夫人說。

「母親、父親，伊斯托菲夫人是我的貴客，請您對她——」

「國王陛下交付了任務給我。」父親打斷我的話。「妳難道要我忽視王家命令？」

伊斯托菲夫人微笑起身。「您隨時都可以找我，荷莉絲小姐。如果我們想起任何和瓦倫婷娜王后有關的事，也會立刻通知您。幸會了，布萊特大人、夫人。」

父親粗魯地將桌上的花掃到一旁，攤開了一張地圖。「坐下。我們有很多事要談。大佩里恩目前正處在內戰邊緣，我甚至不知道該怎麼告訴妳摩爾蘭現在的情況。」

我看著那些灰塵滿布的地圖，忍不住嘆息。其實誰來教我都無關緊要。二十分鐘不到，我就覺得腦袋快要炸開了。在外交禮節和國家政事夾擊之下，我一點喘息的空間都沒有。更慘的是，我很清楚目前所學到的還遠遠無法應付明天的情況。

# 第十一章

父母離開之後，接下來一整天的時間，諾拉和德莉亞輪流測驗我目前學到的所有知識。只有在我答對一題時，我才能吃一口派。毫無意外直到晚餐前，我都還餓著肚子。

在前往王政大廳的路上，諾拉在我身後低語：「妳得到的是無上的榮耀，別看起來那麼憂鬱。」

「我沒有辦法。我不可能弄懂所有的事情，尤其是在這樣倉促的情況下。」

德莉亞也俯身過來。「她說得沒錯。別忘記妳的笑容。只要妳能夠取悅傑米森，其他都不重要。」

我嘆了一口氣。試著抬頭挺胸去面對廳裡眾人的鞠躬和禮貌的微笑。一如既往，傑米森很高興能見到我。我咀嚼那天在王家珠寶室裡他對我說的話，當時他自己說過，他只希望我能夠繼續做自己、保持原本的樣貌。但這句話卻和我背負的所有期待背道而馳。我很肯定，如果我在他的政敵面前辜負他的期待，他對我的熱情也會隨之黯淡。

我心中似乎有一個聲音告訴我：也許這不完全是一件壞事。

我使勁搖搖頭，努力寧定心神。只有蠢蛋才會放棄國王的青睞。

「我心之所向！」傑米森這樣稱呼我，然後在整個宮廷的注視之下吻了我的臉頰。「妳今天過得如何？」

「我希望昆廷國王的耳朵沒那麼靈光，才不會聽見我的胡言亂語，因為我實在記不得今天所學到的知識。」

傑米森放聲大笑，我真希望自己也笑得出來。

「啊，妳懂得害怕昆廷這人，這說明妳很聰明。別害怕，我自己也是這樣走過來的。戴上王冠之後，我必須學會克服恐懼。」他毫不拘束地說，伸手拿起酒杯。

「您為何需要害怕任何人？您可是國王啊。」

他吐了吐舌頭。「和昆廷初次見面時，我還不是國王。我第一次看見他的時候，他就像是從古老傳說裡走出來的惡棍。在我見識過他的作為之後，我就明白『惡棍』這個字恐怕太含蓄了些。」

「好極了。」我覺得突然沒了胃口。「他究竟做了什麼，讓您有這樣的想法？」

傑米森並沒有直說，似乎有些難以措辭。「不只是一件事，是關於他的一切。他的所作所為讓人以為整個世界曾經狠狠傷害過他，而他活著的每一刻都想要報仇雪恨。」

「報什麼仇？他的仇人是誰？」

傑米森對我舉起酒杯，彷彿這是一個好問題。

「沒有人能確定，親愛的荷莉絲。父王花費了多年時間整頓軍備，只為了和昆廷一戰。要不是因為母后的奔走協調，他們早就打過幾場大戰了。但對我來說，戰爭必須為王國帶來明確的利益，而不是浪費兵力和資源在一些愚蠢的小衝突上。我確信將來和昆廷必然會因為某個重要的理由開戰，但在那之前，我會盡力維持和平。」

我對他露出微笑，心中充滿欽慕。「您是一位偉大的國王。這是我的真心話。」

他將我的手握在掌心，又熱情地印上一吻。「我知道。」他低語：「我一點都不懷疑妳也會成為一位非凡的王后。」

「王后」這個詞再次讓我心跳飛速。我難以想像我戴上王冠的那一天。

「我差點忘了。」他說：「我要給妳一個驚喜。」

我盯著傑米森。「艾斯圖斯在上，如果明天的宴會您又邀請了另一位國王，然後要我今晚背誦另一套外交禮節，我只好再跳進柯爾瓦德河了。這一次我會好好待在河底，我說真的！」

他笑個不停，我不知道他是真心喜歡看我緊張的模樣，還是以為我是故意逗他開心。

「不是妳說的那樣，是一件對妳很有幫助的事。」他說，看著我身後的諾拉和德莉亞。

「我想我需要一些幫手。」

然後他拿起了一條餐巾。

# 第十二章

「別偷看。」傑米森說，手裡的餐巾緊緊環繞著我的雙眼。

我咯咯笑著。「只要您保證不會讓我摔倒。」

「別擔心。」德莉亞輕聲說，緊握著我的手。「我會替妳看著路，就像平常那樣。」

我們登上一段彎曲的階梯，我的手忍不住握得更緊了些。謝天謝地，雖然我和德莉亞的關係最近有些起伏，我依然可以信賴她。

「陛下，您究竟要帶我去哪裡？」

「再爬幾階就到了。」他歌唱般地在我耳邊說，呼出的熱氣搔著我的脖子。「諾拉，請妳把門打開。」

我聽見她讚嘆的聲音，同時感覺德莉亞停下了腳步，緊抓著我的手。我盲目地伸出另一隻手，抓住了傑米森的紫天鵝絨上衣，生怕一個不穩而跌倒。

「好了，荷莉絲。這邊走。」德莉亞帶著我移動了一會兒，這才站定。

傑米森手指輕輕一彈，解開了我雙眼上的餐巾。我一睜開眼就看見他在我面前，我抬頭去看他的表情，希望他的臉孔閃爍著喜悅。而他確實如此。

那是一雙連星星都會嫉妒的明亮棕色眼眸，透著蜂蜜般的光澤。雖然經歷了漫長艱苦的一天，只要能夠看見他的微笑、知道帶給他快樂的人是我，那一切都足夠了。

我隨即意識到自己所在何處。這是屬於王后的寢宮，我的心臟幾乎要停止跳動。「之前四任的克洛亞王后都曾在此安歇。既然明天會由妳來接待和陪伴瓦倫婷娜王后，我認為這座寢宮應該屬於妳。」

「陛下！」我囁嚅地說：「不，我……」

「來看看外面的河景，妳應該不會又想跳進去吧？」他輕鬆地開著玩笑，引著我來到窗邊。圓潤飽滿的月亮低垂在夜空中，柔和的光芒反映在遠方的河面上，同時也照耀著王都。我記得多年以前，我和德莉亞一起爬到比此處還高一、兩層的房間，眺望柯爾瓦德河。我們帶了一瓶蜂蜜酒，披著厚重的圍巾，一邊閒聊一邊等著日出。當太陽昇起時，河水反射著光線，整個王都彷彿都沐浴在金色之中。我當時認為城堡裡沒有哪一個房間有如此美麗的景觀。現在我知道我錯了。

「當然，我命人換了嶄新的床單。」傑米森說，帶著我走過寢室。「牆上的掛毯也已經換新，我想應該有助於房內的通風。」

我的心臟怦怦亂跳，幾乎無法呼吸，整個人軟軟地靠在他身上。「陛下……我並不是王后。」

他再次得意地微笑。「但妳之後會成為王后。」他吻了我的手。「我不過是給予妳應得的權利……雖然早了幾個月。」

我努力穩住氣息。「您真是對我太好了，陛下。」

「這根本不算什麼。」他低語：「在妳成為王后之後，妳的人生將滿溢著無數珍寶和讚美，直到世界末日。也許那天永遠也不會到來。」他眨著眼補上一句。「四處看看，好好安頓下來。明天一早在昆廷抵達之前，我會命人將妳的衣物和用品都送過來。」

我心中的震驚尚未消退。我即將安住在王后寢宮裡，這裡的一切都屬於我了。

「妳就像驕陽般耀眼，對太陽說晚安似乎有點蠢，但我還是不能失禮。晚安了，荷莉絲小姐。明天見。」

房門一關上，諾拉和德莉亞握著彼此的手，興奮地一面跳上跳下，一面尖叫，好像這座寢宮是賜給她們的一樣。兩人之間第一次產生了革命情感般的友誼。

「妳能相信嗎？」德莉亞叫道。她抓住我的手，將我從王后接待賓客的門廳拉到臥室裡。四柱主床的右邊是一扇落地窗，俯瞰著王都和柯爾瓦德河，左邊則是沿著牆通往前廳的走道。我之前參觀過幾次王后寢宮，知道前廳是王后的女侍官休息的地方。在主床後方的牆上還有一扇門，我之前從未到過那裡。

我推開厚重的門扉，諾拉和德莉亞跟在身後，敬畏地屏氣凝神。只見後方的通道一路延伸下去，我們看見書房和私人會客室，還有另一間前廳，裡面擺著華美衣櫃。

我感到一陣暈眩，好像整層樓是蓋在河上一樣，隨著水波搖晃。

「德莉亞，帶我回去床邊好嗎？」我伸出手臂。她很快地過來握住我的手，臉上滿是關懷之情。

「荷莉絲？」

「過來這邊。」諾拉拉下床邊的帷幕，我慢慢躺下，試著緩和自己的呼吸。

「妳不開心嗎？」德莉亞問。「妳得到了全王國女孩都夢寐以求的一切！」

「我當然很開心。只是……」我得停下來喘口氣。「這一切都太快了。我得招待外國王后、學習外交禮節和政事，現在又得搬進新房間？這全部都發生在一天之內！」我幽幽地嘆了一口氣。「他們明天就到了。」

「我們都會幫助妳。」諾拉鼓勵著說。

我搖著頭，不知道為什麼啜泣了起來。「我不確定這是不是我真的想要的。」

「妳需要睡一下。」德莉亞說，然後轉向諾拉。「幫她把鞋子脫掉。」

「我連睡袍都沒有。」我嗚咽地說。

「我去替妳拿一件過來。保持平靜。」諾拉一眨眼就消失了。房裡只剩下我和德莉亞，她俯身下去幫我脫鞋。

桌上的水壺是空的，壁爐裡也沒有火。德莉亞將床單鋪好，點亮了蠟燭。臥室看起來像樣了些，但是整座寢宮顯然還沒準備好讓人入住。

「我今晚還是回去原本的房間睡吧，」我喃喃地說：「明天一早我們再過來。」

「不行！」她堅持地說，將我推回床上。「國王陛下會認為妳不識抬舉。他賜給妳城堡裡一人之下萬人之上的寢宮，結果妳居然因為一些個人物品不在身邊而跑回去？妳是不是瘋了？」

我知道她說得沒錯，但從那天和德莉亞共舞到現在高居國王的右手邊，一切彷彿都發生在一夜之間。我不知道該如何面對這樣的變化。我側躺在床上，任由德莉亞解開身上的衣裙。幾分鐘之後，諾拉帶著睡衣、長袍和拖鞋回來。她也沒忘了我的牙刷，還帶了一個小瓷瓶。

「我想有些熟悉的東西，妳應該會覺得自在些。」她說：「都擺在梳妝檯上嗎？」

我微微點頭，勉強擠出一絲笑容，看著她將東西擺好。德莉亞扶我坐了起來，諾拉拉起帷幕，打量著前廳。

「如果妳還要招募更多女侍官的話，這裡應該可以睡四或五個人。」

「如果到時候我需要妳們以外的人，就交給妳們選吧。但不是今天。」

「諾拉，去看看附近有沒有閒著的女僕。」德莉亞下令。「我來服侍荷莉絲就寢，然後整理一下房間。我需要一些柴火和鮮花。」

「我們是不是該回去替她多拿一些個人用品？」

「陛下說明早會派人去拿。我們暫時先不用多事。」

她們就這樣在我旁邊籌劃，好像我根本不存在一樣，好像一切發生的事都與我無關。我現在毫無心力多想，也就任由她們擺布。主床四周的帷幕都垂了下來，形成一個靜謐舒適的空間，但並沒有完全阻絕德莉亞和諾拉在房裡走來走去以及女僕生火的聲響。

我沒辦法入睡，但我聽到外頭終於安靜下來，知道德莉亞和諾拉已經就寢。我摸索著鞋子，然後悄然溜出臥室。

# 第十三章

在這樣的深夜時分，我知道月光正透過彩繪玻璃灑落在王政大廳裡。我轉過長廊，有幾對幽會的男女正在角落低語調笑，深夜值勤的侍衛和僕役對我鞠躬行禮。

王政大廳裡的巨大壁爐只剩下閃著微光的餘燼，只有一名僕人在撥弄著餘火，感受最後一絲溫暖。我站在拱廊中央，看著月光在地板上折射出各種色彩。當然，王政大廳在白天烈日下的輝煌舉世無雙，但是在月光下卻別有一股神聖的氛圍。彩繪玻璃上的圖像依舊，但是多了一分寂靜、一分深沉。

「是您嗎，荷莉絲小姐？」

我轉過身。我以為那名在火邊的男子是個僕役，但他其實是席拉斯．伊斯托菲。命運總是如此巧妙。正當我在懷疑自己是否該背棄國王的垂青時，我遇見了另一個同樣棄自己國王而去的人。沒有人知道誰的罪孽更深重。

席拉斯恐怕是此刻我最不該遇見的人。不只是因為他也背叛了自己宣誓效忠的國王，更重要的是他那一對藍眼睛……那對眼睛裡有著某種神祕的事物，攪動著我心中的思緒。至於是什麼樣的思緒，我一點也說不上來。

我試著讓自己看起來端莊威嚴，儘管身上只罩著睡袍。但我難以承受他目光的重量。

「是我。你這麼晚在這裡做什麼？」

他微微一笑。「我對您也有相同的疑問。」

我挺起身子。「是我先問的。」

「您已經有了王后的架勢，可不是嗎？」他調侃地說：「如果您真的想知道，因為有人認為，在一天之內為兩位偉大的國王打造一對相匹配的珍寶是個好主意……蘇利文和我工作了一整天，直到二十分鐘之前才有機會停下來休息。」

我咬著下唇，剛才故作高冷的氣勢被罪惡感一掃而空。「真抱歉。當我向陛下建議時，我完全忘記了昆廷國王來訪的日期。我自己後來也很驚訝。」

「是嗎？家母說您今天是個認真學習的優秀學生。」他雙手交叉在胸前，側著身子靠在牆上，好像他跟我是熟識已久的朋友，每天都會見面聊天一樣。

「認真學習？也許吧。但是優不優秀我可就不確定了。」我將身上的長袍拉緊了些。

「我本來就不是宮裡最聰明的女孩。如果我不小心忘記這個事實，德莉亞都會隨時提醒我，我的父母也一樣。不過令堂和史嘉蕾今天對我很有耐心，我可能需要她們明天一早再過來一趟，呃，應該是今天一早。」

「如果您想的話，我可以轉告她們。」

「你也得告訴她們我搬家了。」

「搬家？在一天之內？」

「其實是一個小時之內。」我將頭髮往後撥，吞了吞口水，希望自己聽起來沒那麼惹人厭。「傑米森國王今晚將我移到了王后寢宮。就連家父家母也還不知道這件事。我無法想像在消息傳開之後，樞密院會有什麼反應。」我揉揉前額，想抹去那些透著憂愁的皺紋。「陛下要我在昆廷國王抵達之前先看看那裡的環境。他賜給我新的珠寶，還有新衣，現在又將寢宮賜給我……我覺得實在有點難以承受。」我吐露心思。

「這不就是您想要的嗎？您會成為全國上下最受寵愛的女人。」

我嘆氣。「我知道。所以我不確定我是不是——」我猛然住口，發覺自己對這個少年說得太多了，他不但是個陌生人，還是個異邦人。他有什麼資格過問我的人生？但在這一瞬間，我突然明白，我情願向他傾訴所有煩惱，更甚於其他我本該與之分享心事的人。

「並不是這些恩賜本身讓我不安，而是所有事情都發生得太快了。你說得沒錯，我已經擁有了我所渴望的一切，甚至超過了我原本的企求。」

席拉斯此時的笑容並不像之前那樣真誠。「那很好。」

我可以感覺到對話突然來到了盡頭，於是便轉過話題。「你還適應新生活嗎？住在克洛亞的感覺如何？」

他笑了笑。「我知道食物會很不一樣，空氣聞起來也大不相同，克洛亞的律法也和伊索特有很大的差異。這些都在預期之中。只是以前當我去國外旅行時，我很清楚我終究會回到家鄉。我不是不知感恩，我很感謝陛下讓我們留在克洛亞。當然他還有我所不知的考量。但有時候我會感到悲傷，知道自己此生再也不會看到伊索特。」

我低下頭柔聲鼓勵他。「我相信你會有機會回去的。你還有家人留在那兒，對嗎？」

他的微笑淡到幾乎看不見。「是啊，我很想念他們。明天昆廷國王到來時，我真心希望那是我最後一次看見那個男人。」

這句話透著一股寒意，令我忍不住打戰。我想起傑米森之前說過的話，兩者之間有著詭異的共鳴。

「如果他真的如此邪惡，我也希望我再也不需要見到他。我也為你的家人祈禱，願你們能在克洛亞長居久安。」

「謝謝您，小姐。您確實是如眾人所言，是克洛亞的明珠。」

我很想告訴他：就我所知，全克洛亞除了傑米森之外，恐怕沒有人認為我是什麼「明珠」。但他這句話有著發自內心的真誠，我不想辜負他的善意。

席拉斯將額前一縷髮絲撥到耳後。他用一條髮帶紮住滿頭的亂髮。我猛然想起傑米森在試劍時斬斷了他一束頭髮，所以才讓他現在難以整理髮型。我也想起當時的情境，即使銳利的劍鋒逼近眼前，席拉斯也毫無畏縮之情。

「我先行告退了。」他說：「別讓我耽擱了您。」

「對了，你在王政大廳裡做什麼？」我很快地說，還沒準備好結束這次對話。「這裡離你住的城堡南廂有很長一段距離。」

他伸手指著穹頂。「如我所說，伊索特人是深思熟慮的民族，但是卻缺乏創意。克洛亞的藝術和建築……真的很了不起。如果可以的話，我很想用美麗的文字來形容，但我沒有這方面的天賦。」他凝視著彩繪玻璃窗。「我喜歡看光線穿過玻璃的樣子，這讓我感到……平靜。」

「你也這樣覺得嗎？灑落的光線和色彩看起來支離破碎，但是如果你抬頭仰望，會發現這一切都在建築師當初的計劃之中。」

他點點頭。「您還說您不是一個優秀的學生。我很欽佩您思考的方式，荷莉絲小姐。」他鞠躬。「我會告訴家母在早餐後過去見您。我們可能會需要史嘉蕾的幫忙，好完成鑄造的工作。」

「我對此很抱歉。」

他聳聳肩，表情變得輕鬆。「這是個好主意，鑑於兩位國王有如此風風雨雨的過去。但當您下一次有神來一筆的想法時，能否事先通知我？我一個人可做不來那麼多工作。」

我也輕輕笑了，然後不經思考地握住了他的手。「我保證。」

他對此毫無防備，錯愕地低頭看著我們交握在一起的雙手。但他並沒有急著抽回自己的手，我也一樣。

「謝謝您，小姐。」他低聲說，很快地點頭致意，隨即消失在城堡的長廊。我看著他成為另一道在克瑞斯肯徘徊的黑影，隱沒在暗夜之中。

我垂下眼睛，凝視自己的手，伸展著手指，彷彿這樣能夠消除剛才交握時的溫暖。

我用力搖搖頭，想揮去這一時的激情。無論剛才發生了什麼事，此刻都不應該占據我的心思。我轉過身，看著傾瀉在地板上的月光。

如果我想的話，大可以走過大廳，去敲傑米森的房門。我可以告訴侍衛我有緊急要事稟報國王。我可以告訴他：我需要更多的時間。對我這種出身的女孩來說，這一切都艱難無比。

然而——

我的目光穿過整個大廳，心中反覆思量。我是真心在乎傑米森，單是這份感情就足以驅使我更加努力，讓自己能夠應付王后會面對的狀況，即使這超出了我的能力範圍。

得到來自國王的愛意讓人有無所不能的感覺，世界上再也沒有比受一國之君愛慕更令人迷醉的事了。除此之外，還有因為他而同樣愛慕我的廣大人民。

明天，我將告訴父母我此刻已經是王后寢宮的主人，我將會享受這份榮耀。我將會看見王公貴族匍匐在傑米森之前，承認我的地位已經超過全國上下任何一個女孩，甚至超越了全大陸上所有的公主。我很快就會成為克洛亞的王后。

我最後一次凝視大廳的彩繪玻璃窗，準備走回我的新房。我登上通往王后寢宮的階梯，意識到這也是一個超出父母掌控的新天地，一陣悚然的興奮感掃過我全身。單這一點就讓我心中充滿感激。我已經準備好面對任何挑戰。

# 第十四章

隔日一早簡直是一團亂，因為我所有的個人物品和衣服都送到了新房。在混亂之中，一名僮僕在兩名侍衛護送之下來到我的臥室，手裡捧著一個木盒。他在侍衛監視下小心翼翼地將木盒放在桌上。諾拉和德莉亞交換了一個困惑的眼神。我點頭示意僮僕打開盒子，那串玫瑰色項鍊出現在眾人眼前，閃爍著炫目的光芒。我很享受女孩們驚嘆的喘息聲。

「天啊，荷莉絲！」德莉亞走了過來，目光越過木盒邊緣，卻不敢伸手去碰觸。

「就是那天在王家內室裡，陛下讓我挑選一件珠寶，好在今天配戴。」

「妳可真會挑。」諾拉說。

「我認得這串項鍊，」德莉亞敬畏地說：「這是為艾布拉德王后打造的，是屬於戰士的寶物。」

我微微一笑。也許我正需要一點戰爭的氣勢面對洶湧而來的挑戰。

當我正要伸手去取項鍊時，另一名僮僕捧著木盒走了進來。

「請見諒，荷莉絲小姐，」他說：「陛下認為這能夠和您的項鍊互相輝映。」

他不等我示意就逕自打開了木盒，顯然是受了國王的命令要給我這個驚喜。當我看見傑米森親自替我挑選的頭飾時，我緊緊抓住了德莉亞的手。這件頭飾鑲嵌著和項鍊同樣的寶石，散發出的光芒就像照耀地平線的東昇旭日，美得令人屏息。

宛如驕陽。他確實花了一番心思才選擇了這件珍寶。

「女士們，麻煩妳們。我如果遲到，那可就糟了。」我在梳妝檯前坐下。德莉亞拿起頭飾，諾拉則拾起項鍊。

「我看不到中午妳就累壞了，這玩意兒可真重。」諾拉固定好扣環。我的脖子感受到整串項鍊的重量，她說得恐怕沒錯。但無論有多疲累，一直到落日之前我都不會取下它。

「來。」德莉亞說，將頭飾在我的頭髮上擺好，然後用額外的別針加以固定。

我坐在梳妝檯前望著鏡中的自己，從未像此刻這樣意識到自己有多美。我不太確定這是不是像平常的我，但我不能否認這就是王室成員的模樣。

我緊張地吞了吞口水。「如果妳們發現我正要做什麼蠢事，可得趕緊阻止我。我必須保持端莊美麗，不能讓昆廷國王有任何可以挑剔批評的地方。」

諾拉湊近我的臉龐，目光對上鏡中的我。「我保證。」

「那還用說。」德莉亞也說道。

我點點頭。「那我們走吧。」

我優雅地雙手交握在身前，踏上從王后寢宮到王政大廳的短短路程。一路上，面對無數驚嘆和鞠躬，我發覺我越來越有自信。我可以從眾人的眼睛中了解到我已經達成了目標。身上那件金色禮服搭配玫瑰色項鍊和傑米森親手揀選的頭飾，我看起來就像是一位閃耀無比的王后。

我朝大廳前端走去，伊斯托菲家族遵照傑米森的命令坐在最前排的中央位置上。伊斯托菲夫人給了我一個溫暖的微笑，她以手撫胸，無聲地說了「好美」兩個字。在她身旁的席拉斯起身行禮，腳部有些踉蹌。他避開我的眼睛，定定地盯著地板。我壓抑住想笑的衝動，換上一副莊嚴的表情，緩步走向傑米森。

只見國王嘴巴微張，過了好一會兒他才回過神來，伸出手臂迎接我。

「艾斯圖斯在上，荷莉絲。我幾乎忘記怎麼呼吸了。」他搖頭凝視著我，我感到紅暈湧上臉頰。「此生我都不會忘記此情此景：一位宛如初昇驕陽的新王后。」

「謝謝您，陛下。這也得歸功於您。它實在是太美了。」我一面說一面輕觸了秀髮上閃閃發光的頭飾。「我很喜歡。」

他搖搖頭。「我很高興妳喜歡這些珠寶。但我可以告訴妳，大廳內沒有任何一個女孩有資格和它們互相輝映。」

就在我們還注視著對方時，遠方傳來一陣氣勢磅礴的號角聲，宣告昆廷國王的駕臨。傑米森舉手下令宮廷御用樂師準備。我轉頭看看德莉亞，她打了個手勢，要我拉直項鍊，將最顯眼的珠寶調整到中間的位置。

當昆廷國王和他的隨行人馬抵達時，我和傑米森也已經準備完全，看起來好似畫中人物一般走過鋪在王政大廳中央的紅色針織地毯。我上一次見到昆廷時，是在拉米拉王后的喪禮上。我真希望那時候就好好注意到這個人。我只記得當時身上那件黑色長裙刮著我的手臂，整場喪禮我都在忙著調整衣袖。不過現在一切都無關緊要，因為我覺得此時的昆廷一點都不陌生，他和伊斯托菲夫人描述的一模一樣。

他稀疏的頭髮已經灰白，帶有些許淡黃的色澤。他拄著手杖，雙肩微駝。我猜想他身上厚重的衣物大概是造成他行走困難的原因之一。讓我真正感到寒意的是他的臉孔和神情。當我注視他的眼睛時，一股冰冷的氣息直透入心中。昆廷全身散發出某種氣質，彷彿他沒有什麼可以失去，也沒有任何顧忌。這帶給他強大的力量，令人望而生畏。

我很快地移開雙眼，轉向他身旁的瓦倫婷娜王后。她確實沒有大我幾歲，這讓她和昆廷之間的不協調感更強烈了些。她抿著嘴笑，不露出一點牙齒，右手安放在腹部，透出一絲自我防衛的意味。

伊索特國王的左手邊是哈德里安王子。幾乎沒有人會錯認他那張臉孔。沒錯，大部分的伊索特人看起來都缺乏陽光照射，但王子的模樣更像是一個幽魂。我忍不住懷疑，過不了多久也許他就不再是個活人。他緊緊抿著雙唇，單單這個動作似乎就耗盡了全身的力氣。巨大的汗珠從他的眉毛上滴落。他現在應該躺在病床上安歇，我在心中想著。

看著這三位外國王室的成員，我明白自己應當無所畏懼。克洛亞也許不像伊索特那樣幅員廣闊，但我們的國王遠遠勝過對方。

「昆廷國王。」傑米森朗聲說道，同時張開雙臂。「我很高興你和王室成員能平安抵達克洛亞。如同已故的父王曾經在此接待你，作為諸神賜福的王國統治者和親愛的朋友，我和荷莉絲小姐也誠摯地歡迎你駕臨敝國王都。」

這一瞬間，我注意到了一些微妙的細節。當傑米森提到「諸神賜福」時，昆廷國王翻了翻眼珠，哈德里安王子則是抬起顫抖的手抹去上唇的汗滴。聽見傑米森直接將我引介給對方，我心裡暗自鬆了一口氣。

傑米森步下已經為賓客安放好足夠座椅的高台，來到昆廷面前，握住伊索特國王的手，王政大廳立刻爆出如雷的歡呼聲。我的眼睛不斷飄向瓦倫婷娜。昆廷的王后昂首直立，但我不知道是什麼支撐著她筆直的身子。不是幸福，也不是驕傲……她就像是一團迷霧般難以看透。

傑米森邀請昆廷國王、瓦倫婷娜王后和哈德里安王子來到高台入座，昆廷的隨行人員也加入傑米森的朝臣，這次會談也正式開始。

瓦倫婷娜就坐在我身邊的座位，我希望能讓她感到自在，於是轉頭開口。

「殿下，伊索特領土廣大。請問您是出生於什麼地方？」我問。

她回視我的目光帶著輕蔑。「在我先對妳說話之前，妳應當閉上嘴巴。」

我猝不及防。「請您原諒。我以為國王方才的引介已經足夠。」

「當然不是。」

「啊。」我停頓了一下，確信自己有了說話的權利。「現在呢？您是不是已經算是對我說過話了？」

她翻翻白眼。「算是吧。妳剛才問什麼？我出生何處嗎？」

「是的。」我回答，臉上再次浮現笑容。

她打量著自己雙手上的多枚戒指。「就算我告訴妳，妳難道就聽過那些地名嗎？」

「這個麼……」

「我很懷疑。就我所知，妳這一生都是在布萊特家族的宅邸和克瑞斯肯城堡之中度過。」她說，眉毛輕挑。

「在這兩地之間，我已經擁有了全世界我所能渴望的事物，」我說：「也許晚點我可以帶您參觀一些克洛亞的知名建築？一些美麗的石砌——」

「不行。」她很快地打斷我的話，再次伸手撫著腹部。「我必須休息，這很重要。」她靠回椅背上，看起來百無聊賴。我覺得我一定讓傑米森失望了。在過去二十四小時裡，我大半的時間都在擔心無法和瓦倫婷娜說上話，而現在，我大概一輩子都不想再對她開口了。

我看著滿廳的賓客，搜尋我的父母。他們也許知道該怎麼重啟話題。德莉亞可能也有一些好主意……但放眼望去，我認識的只有伊斯托菲一家。

我起身離座，想向他們尋求建議，但是他們正熱情地問候另一個家族。

「我不知道你這次會來。」伊斯托菲伯爵說著，緊緊握著一位年邁紳士的手。「我很高興可以當面告訴你我們在此的情況。在信上實在說不了太多。」

年邁紳士和他的夫人身邊還有一位年輕人。從鼻子和顴骨看來，年輕人很明顯是他們的兒子。雖然這對夫妻很開心能與老友重逢，兒子卻擺著一張臭臉，好像寧願去替牲口挑糞似的。

「史嘉蕾。」我低聲叫喚。

她轉過頭來。「荷莉絲小姐，您看起來太美了！」她笑容燦爛，臉上散發出姊妹般的溫暖。

「謝謝妳。」我回答。在她身邊，我自在了許多。「聽著，我需要請妳幫忙。請告訴我該和王后說些什麼，她顯然一點都不想和我說話。」

史嘉蕾嘆了一口氣。「她對每個人都是如此，也許這是她身邊只有一名女侍官的原因。但我今早想起來她似乎對美食很有興趣。如果妳可以找機會向她介紹克洛亞有名的菜餚，也許她會喜歡。來吧。」她抓住我的手臂，拉著我往前走。「雷德舅父、喬瓦娜舅母，這位是荷莉絲小姐，克洛亞將來的王后。」史嘉蕾驕傲地說，我也握住了她的手。

「能夠見到您真是天大的榮幸，小姐。」史嘉蕾的舅母說。「您與國王的婚約早已傳到了伊索特。人們讚頌著您的美貌，但是千言萬語都不足以形容您本人的光彩。」

聽著這樣的恭維，我感到心跳又快了些。想到我的名聲也在外國人民之間傳揚，給我一種很不真實的感覺。

「您太客氣了。」我說，希望我看起來依舊端莊，沒有被讚美給沖昏了頭。

「舅父和舅母來自諾斯寇特家族。」席拉斯解釋：「這位是我們的表兄伊坦。」

我看著眼前的年輕人。他一臉不情願地看著我。

「很榮幸認識您。」我說。

「是啊。」他簡短地答道。

好吧，這人簡直和瓦倫婷娜一樣令人不舒服。直到薩爾跑過來擁抱他時，他臉上才露出一點笑容。薩爾的頭還不到表兄胸膛的高度，伊坦玩鬧地搔著表弟的頭髮。過了一會兒，他又回復到原先的模樣，冷漠得好似一副盔甲。

「我聽說會舉辦一場馬上長槍比武，」諾斯寇特伯爵說道：「我希望能看見你們在場上大展身手。」他指著蘇利文和席拉斯。

蘇利文轉開了頭，席拉斯代表兩人答道：「這次我們可能只能坐壁上觀，但我很期待看到精彩的比賽。自從我們來到這裡，這還是第一次有類似節慶的場合。不知道在克洛亞人們會不會有不同的慶祝方式，我很想見識看看。」

他看著我，似乎在問我是否同意。「我有點懷疑。」我有點嘲弄地說：「我覺得不會有太大的差異，畢竟伊索特有許多風俗習慣都是模仿自克洛亞。」

他們都接受了這個無傷大雅的玩笑，禮貌地跟著笑。唯獨伊坦例外。

「伊索特和克洛亞同樣都是獨立的王國。我們同樣看重自己的傳統和神聖的人民。」

「毫無疑問。我很榮幸能認識您的表妹，她教導我認識克洛亞以外的世界。」我說，對著史嘉蕾微笑。「我希望有一天能親自走訪伊索特。」

「正合我意。」伊坦說道，話中略帶諷刺。「我相信妳會在邊境受到盛大的歡迎。」

「伊坦。」他的父親打斷了他的話。此時，人群中突然有些騷亂，有些人開始移動腳步。但我還是很清楚地聽見他這句話。

「我不明白您的意思，爵士。」

伊坦盯著我瞧，好像我只是個少不更事的小孩。

「妳當然不明白了。妳又懂得什麼呢？」

「伊坦。」他的母親也急忙對他低語。

「我如何得罪了您？」我問，真心疑惑。為什麼他和瓦倫婷娜一樣，初次見面就展現出這樣惡劣的態度？

他噗哧一笑。「妳？妳得罪不了任何人。」他揮手示意著我髮際上隨著每次動作就光芒四射的頭飾。「妳不過是個花瓶。」

我倒吸一口氣，臉頰變得通紅。我討厭這種感覺。

「您說什麼？」

他伸手指著高台上的瓦倫婷娜，旁邊是我空著的座位。「妳看到什麼？」

「一位王后。」我毫不遲疑地回答。

伊坦搖搖頭。「那是個空殼子。擺得漂漂亮亮讓人觀賞的空殼子。」

「伊坦，夠了！」席拉斯低聲咆哮。但他的表兄可還沒完。

「如果妳根本不知道王國邊境上發生什麼事情，也根本不了解自己的人民，我只能說，小姐，妳不過是國王的裝飾品。」

我啞然無言，只希望自己能像德莉亞一樣冷靜機智，她犀利的言詞一定能將這個無禮的小子撕成碎片。但我的理智有一部分告訴我，就某方面來說，他的話並沒有錯。如果我真的要成為王后，應該以那些偉大的前任為榜樣。

我不是英勇的戰士，也不是能劃分國界的製圖師；我沒有滿腹學識，也說不上悲天憫人。這些前任王后聞名天下的特質，我一項都沒有。

我擁有出眾美貌，這本身並非罪過。但我也清楚地意識到，單單只有美貌是不夠的。

我依然拒絕因為自己唯一的長處而遭受羞辱。

「就算是克洛亞的花瓶，也勝過伊索特的無賴。」我反擊，挺直了腰桿。「諾斯寇特大人、夫人，歡迎來到克洛亞。我很高興您們能大駕光臨。」說完之後，我轉身回到高台的座位上，希望伊坦能了解到那可是一張王座。我在心裡想像著昇起的太陽照耀著河水的畫面、想著那些會讓我平靜愉悅的景象。

我絕不會落淚，特別是在此時此地。我絕對不會讓大廳裡的任何人——尤其來自伊索特的傢伙——認為我不夠端莊仁慈，或者沒有氣量。我絕不會讓他們相信，我沒有資格坐在國王的右手邊。

# 第十五章

「拜託。」我懇求似地說：「她真是糟透了。」

傑米森輕笑著，在國王的私人起居室踱步。他取下身上一些沉重的配件，現在外國賓客來訪的開場典禮已經正式結束。「他們都糟透了。」他贊同地說。

「她覺得自己高人一等。我根本沒辦法和她相處一整個晚上。」我環抱著雙臂，想起瓦倫婷娜那張刻薄的臉孔。「我寧願在馬廄裡用餐。」

他放聲大笑，笑聲和門外的喧鬧聲相互爭鳴。「我也一樣！但別擔心，荷莉絲。他們不會待太久的，很快就會離開克洛亞。」他走了過來，雙手抱住我纖細的腰身。「然後我們就能準備更重要的事。」

我微笑著說：「對我來說，您是全世界最重要的人。所以如果您堅持我得和那個討厭的女人共進晚餐，我會乖乖照辦。」

他伸手托著我的下巴，輕輕抬起我的臉龐。「這次我就饒了妳。」他笑著說，但是語調逐漸嚴肅起來。「但很不幸，我得和昆廷共享晚宴，同時討論一些條約和貿易……妳大概會覺得很無趣，所以妳就去和侍女們放鬆一下吧。」

我抓起托著下巴的那隻手，熱烈地親吻。「謝謝您，陛下。」

他眼睛裡閃爍著愉快的光芒，在他的專注目光之下，我實在很難集中精神。

「妳該回去大廳了。」他說：「放心吧，今晚我會替妳找個藉口。」

「告訴瓦倫婷娜，伊索特的服裝風格醜到讓我窒息。」我開玩笑說，然後走出私人起居室。傑米森豪邁的笑聲還在我耳邊迴盪。

德莉亞和諾拉緊張地等在外頭。「來吧，女士們，我覺得有點不舒服，」我一本正經地說：「現在我該告退了。」

德莉亞立刻機靈地上前，跟著我小心翼翼地穿過人群。我在大廳一角瞥見我的父母。母親揚著鼻子看著許多人前來恭喜她和父親了不起的成就。我努力不受他們的擺布，努力不淪為他們想要我變成的樣子，這才是我能夠得到國王垂青的原因。這也許是一個值得分享給大家的有趣故事吧。

經過最近發生的一切，除了糾正我的行為或者替我做決定之外，他們依舊不怎麼想和我說話。不過既然他們保持距離，我也樂得輕鬆，不必去迎合他們煩人的要求。

我轉頭對諾拉說：「妳去召集一些宮廷仕女來我的寢宮吧。那邊熱鬧一些也不錯。」

「沒問題，小姐。」她開心地回答。

「我們可以找一、兩個宮廷樂師過來，下午好好放鬆一下。」我沉吟著說，這個計劃聽起來越來越棒。在諾拉走遠前，我叫住了她。「如果可以的話，也邀請史嘉蕾・伊斯托菲過來。另外，如果伊斯托菲全家想要暫時逃離他們之前的國王，告訴他們，王后寢宮歡迎他們過來同樂。」

她點點頭，然後前去籌辦我這場小派對。至少今天有了小小的轉機，我不用一整個晚上坐在瓦倫婷娜身邊。現在，我只想痛快地跳一支舞。

在寢宮裡，我幫著德莉亞在牆邊擺好最後一張椅子。諾拉打開了房門，邀請約亞娜和賽西莉進到房裡。

寢宮的迎賓室已經騰出空間，讓大家談天和跳舞。我也召來了宮廷樂師替我們演奏助興。在搬家的忙亂和應付瓦倫婷娜的焦慮之後，我終於能好好犒賞自己一下。

「謝謝您邀請我們。」賽西莉上前行了屈膝禮。

「歡迎妳們。這位是德莉亞．葛瑞斯，我想妳應該記得。」我說，伸手介紹。德莉亞揚著頭，知道自己總算有了無人可質疑的崇高地位。

「當然。」約亞娜在賽西莉身旁緊張地吞著口水。「很榮幸能見到您。」

「德莉亞，親愛的，妳能帶她們去享用點心和飲料嗎？」

她點點頭。現在只要她不想，她就不必對任何人說話。我很確定她很享受這一刻，因為她知道如果誰膽敢出言譏諷或揭她傷疤，我會立刻將那個不識好歹的女孩轟出寢宮。

又一陣敲門聲響起，諾拉再次打開了房門。

「史嘉蕾！」我叫道：「真高興妳能過來。」

我滿意地看著她的父母和薩爾也一起走進迎賓室。但我有點訝異，因為諾斯寇特一家也跟著來了。

最後，彷彿命中註定一般，席拉斯．伊斯托菲也穿過房門。我的心跳又飛快了起來，狂亂得好像無法安分地待在我的胸膛裡一般。

我清清喉嚨，起身迎接我的賓客。

伊斯托菲伯爵上前鞠躬行禮。「謝謝您的邀請。再次見到昆廷國王比我們想像的還要更……令人不安。」

我側著頭，表現出無限的同情心。「如果您願意的話，想在這裡待多久就待多久。我的寢宮在這幾天都會開放，這裡有充足的食物和飲料。我們甚至能搭個帳篷呢！」我開著玩笑。「請盡情享受。」

德莉亞已經隨著音樂起身，我也立刻加入她，兩人一起跳起我們去年設計的舞步。

「漂亮。」諾拉讚美，看著我和德莉亞輕觸彼此的手肘，靈巧地轉著圈子。

「謝謝妳。」德莉亞說：「我們花了好幾週的時間設計和練習。」

「妳應該設計今年加冕紀念日的舞蹈。」諾拉接著說。

德莉亞對於這番善意似乎有些訝異。

「如果荷莉絲小姐允許，我當然願意效勞。謝謝妳。」

這支舞結束之後，樂師奏起另一首音樂。我看著諾拉也展現她自己的舞蹈，如果她和德莉亞攜手合作，一定能夠設計出全世界最棒的舞步。

但不止一次，那雙來自牆邊的藍眼睛又占據了我的心思。席拉斯坐在椅上，愉快地看著我們展現舞藝。我隨著音樂轉了個身，目光射向他。

「你會跳舞嗎，爵士？」

他端正坐姿。「偶爾。但在家族裡，最擅長跳舞的人是伊坦。」他一面說，一面朝在房間另一端的表兄點頭。只見伊坦雙手負在背後，蹙額研究牆上的掛毯，看起來一點都不想待在這裡。

「你是在開玩笑嗎？」

席拉斯輕輕一笑。「完全不是。」

「這樣呀，請別因為我沒有邀請他共舞而見怪。」

他做了個鬼臉。「以他現在的心情，就算您真的邀請了他，我想他也不會接受。」

我嘆了口氣，相信他說得沒錯。「那你呢？」

他有些困窘地垂下頭。「我很願意……但也許不是今天。」當他再次抬頭面向我時，我看見一抹紅暈出現在他的臉頰上。我能理解為什麼他不想在這樣一個親密的私人聚會上與我共舞。

「荷莉絲小姐，請過來瞧瞧。」賽西莉叫道。我安靜地走過迎賓室，稍微收斂了臉上有些忘形的笑容。為什麼席拉斯．伊斯托菲總是能讓氣氛變得更甜美？他讓一切都感覺如此……放鬆。在他面前，我似乎能暢所欲言，思緒變得清明、言語更加大方直接。我不知道世上有人具備這樣的能力，讓周圍的人如沐春風。

所有人在迎賓室裡輕鬆地交談著，不時響起歡樂的笑聲。我此刻心情極佳，隨興地邀請了薩爾當我的舞伴。我讓他在自己身邊轉著漂亮的圈子，在眾人的讚美聲中，他昨天的淚水已經被歡笑取代。樂曲結束之後，我俯身下去吻了他的臉頰。「謝謝你，先生。你跳得真棒。」

小提琴手持續演奏音樂以助談興。我們都安坐在椅上隨意交談，我的新房終於感覺是個舒適的地方了。

「國王必定對您關愛有加。」席拉斯說，他來到我身旁。「這些房間真是令人驚嘆，讓我想起我們在切特溫城堡的房間。但是克洛亞的建築風格很不一樣，我想是石頭造成了這樣的差異。」

「怎麼說呢？」我問。從出生以來，我一直覺得全天下的石頭都是一個樣。

「伊索特的建築總是透著些許綠色或藍色，因為北海岸石頭裡的礦物元素帶有這樣的色澤。它們看起來很美，卻會讓屋內變得黑暗，尤其是到了冬天。而妳房間的石材則是有較暖的色彩，所以所有東西看起來都更明亮一些，也更讓人心情舒暢。再加上整座寢宮的宏大格局，真是令人嘆為觀止。」

我點點頭，心中百感交集。「這當然是全城堡裡最漂亮的地方。但我還是挺想念以前那個簡樸的房間，想念那些一切都平凡無奇的日子。」

我悚然一驚，發覺自己又透露出太多內心的想法。但我也知道世上沒有其他人能讓我願意分享真正的心情。

他溫柔地笑了。「簡樸中自有美感，不是嗎？」他再次環視我的房間。「在我人生的某個時刻，我可以選擇華服美饌，選擇墜入宮廷中的花花世界。但我可以說，放棄了這些誘惑，我才真正學到在人世間，沒有什麼能夠取代忠誠、氣量和真誠的情感。」

我忍不住嘆氣。「我同意你的看法。如果你能夠在一個人的內心贏得一席之地，這才是世上最有價值的珍寶，勝過所有寶石項鍊或華美的宮殿。」

我們安靜地對視了片刻。

「如此說來，您可願意用您黃金的后冠交換一朵樸實的鮮花？」他笑著問。

「也許我會願意。」

「我認為鮮花比黃金更適合您。」他說。

我發現自己和他雙目交接的時間似乎有點太長了。

「我告訴令尊，你們全家都可以待在這裡，多久都沒有關係。如果你還需要些什麼，不必客氣，你知道我的起居室在哪裡。」

他搖搖頭。「您已經給了我們太多。看看史嘉蕾和薩爾有多開心。我別無所求。」

他說得沒錯，在場所有人都很盡興……只有一人例外。

「對了，我也要謝謝你剛才在令表兄面前迴護我。」

席拉斯揚目搜尋伊坦的身影，只見他一人待在角落，依舊看來渾身不自在。「如果他真的認識您的為人，他就不會說出那些話了。我告訴他您對我們展現了多大的善意，也告訴他我妹妹對您有多高的評價，就連蘇利文在聽見您的名字時也會露出笑容。」

「真的嗎？」我有些訝異。

席拉斯驕傲地點著頭。蘇利文無聲的讚美令我頗為感動。

「家母也稱讚您的勇氣，家父認為您雖然年輕，卻很有智慧，而我——」

他突然住口，我抬頭看著他，亟欲知道這句話會如何結束。

「你怎麼樣呢？」

他低頭熱切地凝視著我，我幾乎可以看見言語正在他嘴邊打轉。他又垂下目光，然後深深吸了一口氣，才再次望著我。

「我很高興可以在克洛亞找到真正的朋友。之前我真心認為這是不可能的事。」

「噢。」我瞥了四周一眼，希望沒有人注意到寫在臉上的失望。「你和你的家人都如此和善體貼，我一點都不認為這是不可能的事情。我的友誼永遠都屬於你。」

「謝謝您。」他低聲說道。

「席拉斯？」

他的母親叫喚，我們一同轉頭望向她。

「請恕我告退。」他說，我有一種如逢大赦的感覺。

「沒關係。我也得去招呼其他客人。」我說，看著他移步離開。

說不上來為什麼，我拿起一杯麥酒，走向那個在窗邊繃著臉的男人。

「我招待不周嗎？伊坦爵士。」我問，將酒杯遞給他。他一句道謝也沒有地接過。

「我無意冒犯。妳的寢宮的確美輪美奐，我相信妳一定急著想展現給所有人看。」

我搖搖頭。「這不是我邀請你的原因。」

「我早就知道妳的國王希望我們回去伊索特宣揚他是如何寵愛未來的王后。這方面恕我無法效勞，我對閒言閒語沒有興趣。」

「啊，這倒是我們難得意見一致的部分。」我轉身朝德莉亞走去，不想讓他毀了我的好心情。

「那個男人真是糟糕透了。要不是他跟那些對我有恩的人是親戚，我現在就會把他轟出去。」

「怎麼了？」諾拉問。她只聽到了我最後一句話。

「沒什麼，只是伊斯托菲家的表親伊坦有些傲慢。」

「任何伊索特人都不該在此不知好歹。」德莉亞哼了一聲說。

我左右張望，希望沒有人聽見這句話。

「對了。」她接著說：「我想聽從諾拉的建議，開始為加冕紀念日編舞。我們得事先做好準備。」

「好主意。最近所有事情都急匆匆的。」

「我想舞蹈的規模不用太大，四個女孩就夠了。所以妳只要再挑選一個人就行了。」

「很好。讓我想想。」我在心裡依序琢磨了每一個在房內的女孩子。我對大部分的人所知不多，那些已經認識的則是不怎麼討我歡心。天啊，要是我連一個舞伴都挑不出來，那我要怎麼組織整個仕女團？我掃視四周，試著要找到一個合適的新夥伴。此時，我的目光落在一個完美的人選身上。

「史嘉蕾？」我一面叫喚一面朝她走去。她正在和舅母閒聊。

「荷莉絲小姐？」

「妳知道加冕紀念日嗎？」我瞇著眼。「我敢說我完全不知道伊索特有什麼節慶。」

「我有聽過。那好像也是慶祝王家血脈延續的日子？」

「沒錯！我們會象徵性地替國王再次加冕，然後重新宣誓效忠。這大概是我最愛的節日。在當天，大部分的人都會睡到下午，因為典禮是入夜後才開始，所有人會通宵狂歡到隔天早上。」

諾斯寇特夫人睜大了眼。「這個節日聽起來很適合我。或許，我們也應該搬到克洛亞定居。」

看她如此激動，我忍不住笑了。「一部分的慶祝活動就是跳舞。宮中幾乎所有女孩都會跳上一支舞，當然我們也不例外。妳願意加入德莉亞、諾拉和我嗎？這可是一個能夠贏得國王賞識的好機會。」

史嘉蕾的臉孔閃閃發光。「噢，我很願意！我們什麼時候開始？」

「至少得等到昆廷國王離開之後。那時候我才有時間開始構思舞步。」

「當然。讓我知道妳們什麼時候會開始練習，我聽憑您差遣。」

諾斯寇特夫人看起來很替她的外甥女開心。我也看見席拉斯在角落忍著笑容。

毫無疑問，瓦倫婷娜如冰霜一樣寒冷，伊坦則是一塊無禮的頑石，但當我看見席拉斯眼睛裡閃爍著感激時，我知道今天還是美好的一天。

# 第十六章

隔日一早，我從床上起身，滿懷希望地嗅著早晨芬芳的空氣。再也沒有什麼能夠比競賽場上的雜耍師、樂師和各種比賽更能一掃我心中的憂慮了。

「我很期待看到比武大會。」諾拉來到身旁，用手肘輕輕將我推到床邊。我順從地讓她將頭髮放直，開始梳理。

「我也是。」我抱膝坐在床沿，彷彿想將此刻的幸福感緊緊守護在心中。

「傑米森今天也會上馬嗎？」

我搖搖頭。「他得全程陪同昆廷國王。我看他光用盔甲就能把昆廷打倒在地上。」我尖酸地說：「他整天應該都會在看台上。我不確定今天要不要帶著擲給參賽者的手帕。」

「為什麼不帶呢？妳也不一定要送給任何人。」

「再看看吧。不管怎樣，我想穿這件紅色裙子，搭配我個人風格的金色上衣。」

她點點頭。「那看起來不錯。我們可能得幫妳紮起頭髮，免得被賽場上的塵土弄髒。

來吧。」我們一起來到梳妝檯前，諾拉用一個金色髮網套住我的頭髮，然後以一條紅色緞帶固定前額的瀏海。

「今天隨侍的人員應該沒什麼問題吧？」

「我會要她們別穿太紅的衣服。」

我斜眼瞧著她。「德莉亞人呢？」

「她的裙子有點問題，所以去找縫線了。」

我揚起眉毛。「難怪今天這裡這麼安靜。」

諾拉輕輕笑了。我翻了一下抽屜，找出另一條絲帶和手帕。「在看台上記得要大聲歡呼，但小心可別讓某個俊美的騎士奪走了妳的芳心。」我警告她。雖然我知道自己會坐在傑米森身旁，我還是忍不住拿起手帕把玩。我想諾拉說得沒錯，就算我帶了手帕，也沒有一定要擲給哪個騎士。我將它塞進袖子裡，此時德莉亞也回到房內，看起來一臉緊張。

「為什麼王家裁縫師都要住在遙遠的城堡後方？難道王宮另一邊的人都不需要針線嗎？」她氣惱地說，然後過來檢查我們的服飾是否都已經到位，髮型是不是絲毫不亂。

「到時候我下的第一道命令，就是在寢宮裡騰出幾間房給裁縫師，」我對德莉亞保證。「我相信很多人都需要他們的服務。」

她將我脖子上一縷脫序的髮絲塞回髮網裡，同時用力地點著頭。「荷莉絲，有時候我覺得四周都是搞不清楚狀況的人，不像我們。好了，這樣可以了。」

「我們該走了，女孩們。」我邊說邊將緞帶遞給德莉亞，然後一起走出門外。我揚著頭走過擠得水泄不通的廣場，來到傑米森早已安坐的王家包廂。昆廷國王與心愛的王后坐在傑米森的左手邊。我輕嘆了一口氣。至少王后坐在包廂的另一邊，我需要和她交談的機會就降低了許多。

在我走近包廂時，一名全副武裝的年輕男子朝我走來。

「天啊，席拉斯．伊斯托菲，是你嗎？」我問道，不過答案顯而易見，他父母以及那名陰沉凶惡的表親就在他身邊。

他摘下頭盔，對我鞠躬行禮。「您沒看錯，荷莉絲小姐。我最終還是決定在長劍比武裡試試身手。您瞧。」席拉斯說著，然後原地轉了一圈。我很快就明白了他的意思。

我和他的父母對上眼，他們的表情半是滿足，半是擔憂。「你身上穿的不是紅衣也不是藍衣。」

他的舅父和舅母在遠處招呼，於是伊斯托菲伯爵夫婦擺擺手，轉身離去。我也對女侍官們說道：「德莉亞、諾拉，妳們也先去座位那邊吧。我一會兒就過去。」她們立刻照辦，留下我一人與席拉斯和伊坦獨處，雖然我暗自希望伊坦可以帶著他那張明顯不悅的臉跟著伯爵夫婦離開。

「你不怕冒犯到別人嗎？」我低聲問席拉斯。

「正好相反。我以我的過去和今日為榮，所以我希望能為兩位國王帶來榮耀。」我發現，每當自己更認識席拉斯一些，對他的欽慕之情就更加濃烈。「你這麼做很高貴，爵士。」

伊坦在一旁翻了個白眼。

「伊坦爵士。」我問道：「你今天不參賽嗎？難道你沒有膽量跟別人較量？」

他低頭斜睨著我，彷彿我只是一隻小蟲。

「這不過是兒戲，小姐。我打的是真正的戰爭。這些長槍和鈍劍根本嚇不了我。」我回頭看向席拉斯。「伊坦自願加入伊索特軍。」他語帶驕傲。「他為了保護邊境和平而奮戰。」

想到眼前交談的人曾與我的同胞交戰，我感到很不自在。但我也必須承認他的確是個勇敢的人。

「既然如此，我敬佩您的勇氣，也同情您的犧牲。」

他冷笑一聲。「我不需要敬佩和同情，尤其是來自於妳。」

我搖搖頭，整理好裙襬。「我很欣慰今天你的寶劍不用出鞘，伊坦爵士。如果你也能好好收斂你的舌頭，也許別人會更歡迎你的陪伴。」

他的表情不變，然後如一陣風般地急步離去。終於，現在只剩下我和席拉斯。

「我盡力了。」

他微微一笑，聳了聳肩。「我知道。我就喜歡妳這一點，妳總是竭盡全力。」

我思索他說的話。伊坦總是說我是個花瓶，德莉亞一有機會就提醒我是個毫無學習能力的蠢女孩，至於我的父母……怎麼說呢，他們只會百般挑剔。但席拉斯總是在我身上發掘出那些我自己都沒有意識到的特質。他說過他喜歡我思考的方式。沒錯，我確實常常有一些好點子。現在他說我總是竭盡全力，似乎也說對了，因為我不輕言放棄。

我希望有個正當的理由在他身邊多待一會兒，但我只能向他行禮告退。在走回包廂的路上我回首望去。當我靠近席拉斯時，我有一種難以名狀的感受，彷彿彼此之間有一縷羈絆，總是在我遠離他的時候拉扯著我。我開始認為我們相遇是命運的安排，但彼此的道路卻又截然不同，我無法看透這其中的緣由。忽地，在一陣衝動之下，我從袖子裡取出手帕，任憑它落在地上，然後快步離去。

我來到王家包廂，向傑米森國王行屈膝禮。

「陛下。」

「荷莉絲小姐，妳今天真是光彩照人。這叫我怎麼專心在比賽上呢？」

我微笑不語，向昆廷國王和瓦倫婷娜王后點頭致意。「國王陛下、王后殿下，我希望您們昨夜睡得好。」

瓦倫婷娜王后眨了眨眼，似乎對這突如其來的善意感到有些困惑。「謝謝妳。」

我坐了下來，試著將心思集中在剛開始的競賽上。一如往常，傑米森最不感興趣的項目——徒步長矛比武——第一個登場。我能理解，因為即使是我，也覺得這種比賽的節奏實在太緩慢了，而且我從來就弄不懂計分規則，其他項目要直截了當得多。

「哈哈！」昆廷國王笑著叫道。「我的勇士們又贏了一場！」

「您擁有精銳的士兵。」傑米森溫和地同意。「父王也一向這麼說。不過我認為來到騎馬項目之後，情勢就會逆轉了。克洛亞人都是騎術高手，就連我們的荷莉絲小姐也能優雅地馳騁在馬背上。」

我傾身向前，接受國王的讚美。「陛下過獎了。」我轉向瓦倫婷娜。「您呢，殿下？您騎馬嗎？」

「我以前會騎。」瓦倫婷娜帶著一抹蒼白的微笑回答，但她的丈夫隨即揮手打斷她。

「我不准許她再騎。」他簡短地說。

我偷偷對傑米森扮了個鬼臉，他也很有默契地吐了吐舌頭。我得忍著不笑出聲來。

長矛比武終於結束後，下一個項目長劍比武的第一批參賽者走了出來。幾個回合之後，席拉斯也踏入場中。

「陛下，請看那邊。」我將手放在傑米森的手臂上，另一隻手指向賽場。「您可有看見那個身上沒有穿著任何王國代表色的年輕人？」

國王凝目注視競技場的另一端。「我看見了。」

「那是伊斯托菲大人的兒子。他希望以傑出的表現來榮耀兩位國王，所以他不站在任何一邊。」我解釋道：「他說他為自己的過去和今日而戰。」

傑米森沉吟了一會兒。「小小年紀就懂得外交辭令，了不起。」

我眉頭微蹙，對這句評價感到有點失望。「我認為這是很高貴的情操。」

他放聲大笑。「啊，荷莉絲，妳真是單純。我真希望也能像妳一樣。」

比武正式開始。我很快就發現席拉斯之前說得沒錯：他還是比較擅長鑄造武器，而不是真的舞刀弄劍。我越來越如坐針氈，希望他可以奇蹟般地取勝。席拉斯的步法笨拙，但他很強壯，長劍在他手中虎虎生風，壓過了身穿藍色衣甲的對手。

觀眾隨著每一次雙劍相交而歡呼，我伸手掩住雙唇，暗自希望就算他贏不了比賽，也能毫髮無傷地退場。每次傑米森參加馬上長槍比武時，我一點都不為他擔憂。也許是因為他騎術精妙，或者因為我深信沒有任何人傷得了他。

而此刻，受傷或死亡的陰影如此接近席拉斯，讓我目不轉睛地盯著賽場。但是當我見到一縷金色光芒在他的衣袖上閃動時，我恢復了信心，相信他至少不會受到任何傷害。

他撿起那條手帕了。我感到心跳加速，看見他將手帕繫在手臂上，我明白他已經接受了我的祝福。我偷眼瞧了傑米森，希望他不會注意到。我告訴自己，就算他看見了，應該也不會起疑心，因為許多女士都會將金絲線縫在手帕上，致贈給心儀的騎士。

這是一個既刺激又美妙的祕密。

席拉斯和對手激烈地交鋒，雙方互不相讓。這是我看過最長的一場比劍，直到藍衣騎士露出了幾個破綻，席拉斯的長劍重重砸在對手背上，讓他摔在地上，揚起了一陣塵土。這一個回合終於結束。

我立刻站了起來，使盡全身的力氣歡呼，掌聲如雷。

傑米森也起身。「妳可真支持這位劍士。」他說。

「不，陛下。」我得大聲喊叫才能蓋過周圍的喧鬧。「我欣賞的是他的外交辭令。」

國王哈哈大笑，揮手示意席拉斯靠近。

「打得很精彩，爵士。我也很欣賞你……這身裝扮的用意。」

席拉斯摘下頭盔，對國王鞠躬。「謝謝您，陛下。能在您面前奮戰是極大的榮耀。」

昆廷國王眨了眨眼，這才認出眼前這名年輕人，怒氣瞬間爆發。

「你身上為何沒有任何王國代表色？」他喝問：「你的伊索特藍呢？」

傑米森轉頭面對昆廷。「他現在已經是克洛亞的子民。」

「他不是！」

「他逃離自己國家，到此尋求庇護，並且已經宣誓效忠於我。但今天他選擇不穿任何王國代表色，就是為了不讓你難堪。你反而因為他對你的這份尊重而羞辱他嗎？」

昆廷的聲音低沉嘶啞。「你我都知道，這小子永遠都不可能成為真正的克洛亞人。」

我目光越過兩位國王，看見瓦倫婷娜王后雙手捧著腹部，緊張地看著昆廷和傑米森。一直到目前為止，她都維持一貫的冷漠，但現在她很明顯擔心接下來會發生的事情。我並不想看見昆廷和傑米森發生衝突，我想瓦倫婷娜也是如此。

「請跟我來吧，殿下。別太緊張。」我挽著她的手來到王家包廂後的樹蔭下。從這裡還是能聽見傑米森和昆廷的聲音，但是話語已然模糊難辨。

「國王都是一個樣，對吧？」我開著玩笑說，試著緩和緊繃的氣氛。

「應該是男人都一個樣。」她答道。我們兩人都笑了起來。

「您需要什麼嗎？水或者點心？」

她搖搖頭。「不用了，我只是希望遠離那些喊叫。陛下很容易發脾氣，每次我都想遠遠避開。」

「我為那位劍士難過。他本來是一片好意。」

「席拉斯．伊斯托菲。」她看著腳邊。「他一直都是個好人。」

這倒有點意思。我注意到席拉斯應該認識王后，但我從來沒想到王后會知道這個年輕人是誰。

「他之前也做過類似的事情嗎？」

「那倒不是。我見過幾次他和別人交談，他試著說服對方用另外一個角度來看待他們爭論的話題。他只是想要別人多思考。」

我點點頭。「我對他認識不深，但這聽起來像是他會做的事。」

突然之間，一陣混亂的腳步聲從看台階梯那裡傳來。昆廷柱著手杖走來，他一把將王后拉了過去，我還來不及屈膝行禮，伊索特國王夫婦就消失在王家包廂的另一端。幾秒鐘不到，傑米森也走了下來，雙手扠在腰間。

「比武大會結束了。昆廷寧可回房休息，也不想要受到侮辱。」

「噢不，陛下，我很遺憾。」

他搖著頭。「我知道那小子想要點小聰明，但這次他可捅了個大婁子。」

「這太荒謬了！不管他穿什麼顏色，這不就是一場娛樂大家的活動嗎？」

「話是這麼說，但是——」

「而且他想保持和平中立的舉動，不正是我們所有人都應當效法的嗎？為什麼你們總是要爭個不停？」

「荷莉絲！」

傑米森之前從未對我疾言厲色。我在震驚中閉上了嘴。

「妳想得未免也太多了，這些事情輪不到妳來煩惱。妳只要對全克洛亞展現出妳能成為一位好王后，然後讓昆廷的女人自慚形穢就行了。」

我很難嚥下這句話。「思考如何增進和大陸上最大王國的關係，難道不也是一位好王后的職責所在嗎？」

「那是我的工作，荷莉絲。」他搖搖頭。「那個愚蠢的小子！這件事最好趕快落幕。」他草率地吻了我的手，然後轉身離去。

我呆站在原地，瞬間感到自己的渺小。傑米森之前從未對我露出任何不悅的神色。他也從來沒有當面斥責我。但話說回來，這也是我第一次對他表達自己的意見。難道……伊坦說得沒錯，在國王眼中，我真的只是一個花瓶？

這個想法令我難以接受。如果我想要繼承過去偉大王后的傳統，我是不是該追隨她們的腳步，走入貧苦人民的家中，或者走入金戈鐵馬的戰場？

我已經花太多時間在害怕自己無法和先人比肩。但我是不是連努力接近她們的資格都沒有？

我邁開腳步，朝亂哄哄的參賽者人群走去，希望能在這一大群人裡找到伊斯托菲一家。我推開眾人，但是很不幸地，只看見了一張熟悉的臉孔。

「伊坦！」我叫道。

他轉過頭來，我朝他揮手，吸引他的注意。他對我微微點頭。

「席拉斯人呢？」

他嘆了口氣，來到我身邊，抓住我的手臂一起穿過人群。「妳自己不會看嗎？」

「我可不像你那樣高。他還好嗎？」

「沒事。丹席爾姑父把他帶到樹林那邊，等事情平靜下來。現在其他人都朝反方向湧去了。我帶妳去找他。」

我亦步亦趨，費力地跟上他的闊步。終於，我看見席拉斯坐在一個酒桶上，正和他的父母交談，臉上的表情充滿困惑。當他看到我時，立刻起身朝我走來，帶著贖罪般的口吻說道：「荷莉絲小姐，我很抱歉，您一定要替我向陛下請罪。」

「慢慢說，別急。」我說。

他握住我的手，懇切地說：「如果傑米森國王因為這件事駁回我們的居留權……荷莉絲，我的家人……」

他的手皮膚粗糙，但是一雙藍眼柔情似水。

「我知道。」我嘆息著說：「請告訴我，你已經打造完成那兩件國王交代的珠寶。」

他點點頭。「我們整夜趕工，確保在昆廷抵達之前完工。但我們沒有得到任何指示，不知道該什麼時候呈上它。」

「很好。」我說：「我該寫一封信給瓦倫婷娜王后。」

# 第十七章

我直挺挺地站著，德莉亞反覆地用絲帶繫緊我的禮服。「這風格真是怪異。」她說。「妳的手臂還好嗎？」

「好重。」我承認。

德莉亞從那個包裹中拿出另一樣東西。「這是頭飾。不過，如果妳想的話，可以戴妳自己的。」

瓦倫婷娜的珠寶配件十分漂亮，做工不如克洛亞精細，但鑲了更多更大顆的寶石。

「既然是她送來的，我就得戴上。」

我抱著一些書在房裡走來走去，試著去適應衣袖和頭飾帶來的重量。當我走到第七圈的時候，席拉斯和蘇利文來到我的房間。他們穿著最好的衣服，手裡捧著一個黑色絨布墊，上面就是他們剛完成的作品。

蘇利文在兄長身後不安地望著諾拉和德莉亞。雖然我很想和席拉斯說話，但還是先招呼了他的弟弟。

「這兩位小姐都是我的朋友。」我說，挽住他的手臂。「今晚你不用開口說一句話，只要向傑米森國王呈上珍寶就好了。」

他點點頭，對我露出一個細微到幾乎看不見的笑容。

「你又在笑什麼？」我轉頭問席拉斯。

「沒什麼。只是看到您身上的伊索特藍。您這副打扮就算走在我們的家鄉，也沒有人會覺得奇怪。」

「也許我得再長高一、兩寸，然後少曬點太陽才行。」

「也許。」他回答，然後放低了聲音。「我不確定這是不是真的能彌補什麼，荷莉絲小姐。」

「我知道。」我說，被身上繁重的衣飾弄得有點煩躁。「但我們還是得試試看。」

一陣簡短的敲門聲後，瓦倫婷娜王后也走了進來，她唯一的女侍官跟在身後。她身上穿著我為她挑選的紅色禮服，那是我衣櫃裡顏色最淡的一件，幾乎接近粉紅色。如我所願，這件禮服完美地襯托了她的膚色。

「妳認為如何？小姐？」她問。

「我想您應該留著這套衣服。您穿起來比我好看多了。」

她微微一笑，開心地接受了這句恭維。瓦倫婷娜在露出笑容時，彷彿和平常是完全不同的一個人。

「現在我覺得手臂好輕鬆。」她一面說，一面舉手過頂。

「您能告訴我為什麼伊索特小姐們的衣袖有這麼繁複的設計嗎？」我問，手臂上的重量讓我有點困擾。

她笑著說：「首先，這是身分地位的象徵，代表妳有足夠的財力負擔額外的布料，也代表妳不需要用雙手從事勞動。鄉下的女孩子就不會這樣穿。除此之外，這樣的設計也能讓妳保持溫暖。伊索特可比這裡要冷得多。」

「噢，原來如此。」我說。這聽起來很有道理。但不管我是不是花得起錢或者有沒有身分地位，我都不想保留這樣的風格。

「當她笑起來的時候，妳們倆看起來倒像是一對姊妹。」德莉亞在我耳邊悄悄地說。

當我和瓦倫婷娜初次見面時，我滿腦子都在想著要如何在伊索特王后心中留下好印象。但我現在發現德莉亞說得沒錯，我和瓦倫婷娜的頭髮、臉頰下巴的輪廓十分類似，說我們有親戚關係也不為過。

「聽說晚宴在十五分鐘前就開始了。現在所有人應該都就座了，」她說：「如果妳也準備好了，我們就動身吧。」

「很好。德莉亞、諾拉，請妳們先帶王后殿下的女侍官一起就座。」她們遵命，帶著一臉困惑的女孩離開房間。

「蘇利文，請你跟在瓦倫婷娜王后身後。席拉斯，請你跟著我。」

他點點頭。「遵命，小姐。」但他隨即低聲說道：「如果讓我弟弟跟著您，他可能會比較自在。」

我垂下目光，鼓起勇氣。「但我需要你在我身邊。可以嗎？」

他凝視著我好一會兒，似乎想說些什麼，但最後只默然點頭。於是我們一行四人離開了房間。

城堡長廊空蕩蕩的，所有人都出席了今天的晚宴，準備享用豪華的美饌。

「您的國王會不會還在生氣？」我問瓦倫婷娜。

「很有可能。他不會輕易忘記別人的過錯。」

「您認為我們這樣做有幫助嗎？」

她沉吟片刻。「妳的國王看起來算是通情達理。如果能讓他心情好轉，一切就可能成功。如果兩國的人民能看見我們冰釋前嫌的作為，他們也會效法。羔羊總是跟隨著牧羊人的腳步。」

「您說得很有道理，殿下。」我仰望著瓦倫婷娜。她確實很美，頭髮的色澤和我相似，但皮膚更接近牛奶的顏色。而且她身材高䠷威儀，我即使穿上最高跟的鞋，也難以企及她的高度。「謝謝您同意我的計劃。初次見面時我出言不遜，那不是一個好的開始，我沒有要冒犯您的意思。我很感激您這次伸出援手。」

她對我輕輕擺手。「妳沒有冒犯到我。有時保持沉默能讓事情更簡單，不是嗎？」

我咯咯一笑。「保持沉默真的不是我的專長。」

她抿著嘴唇，似乎早就猜到我會這樣說。「等妳戴上后冠幾年之後，也許妳就會有所改變。」

我想追問她這句話的意思，但此時我們已經來到王政大廳的入口。一陣恐懼在我心中升起，我擔心這番努力到頭來會像席拉斯在比武大會上那樣弄巧成拙。瓦倫婷娜想必是感受到了我的憂慮，因為她隨即朝我伸出手。於是我和伊索特王后挽著彼此的手走進大廳。

一開始沒有人注意到我們，但喘息聲和低語聲逐漸傳出。最後，王政大廳寂靜無聲，所有人都愕然注視著我們走到主桌前。當傑米森聽見最初的騷動時，他就抬起了頭，直視大廳中央的走道。我看見他的目光落在瓦倫婷娜的紅裙上，臉上露出笑容。但他隨即發現穿著克洛亞紅的人並不是我，這才轉頭看向右邊。當他伸手迎接我時，嘴巴仍然因為驚訝而微微張開著。

他低聲對昆廷說了幾句話。伊索特國王的視線這才離開菜餚，表情依舊乖戾。但瓦倫婷娜身上的克洛亞紅和我身上的伊索特藍足以讓他震驚得說不出話來。

我們接近高台，雙雙行屈膝禮。依照身分地位，瓦倫婷娜先開了口。

「兩位陛下，我和荷莉絲小姐今晚前來為兩個偉大王國之間的和平請願。」她說。「昨天的愚行也許不可原諒，但國王擁有超凡的智慧，所有臣民都仰望兩位陛下的指引。我今天穿上了紅色，是因為我在克洛亞找到了一位真正的朋友。」

「而我今天穿上藍色，是因為我和一位來自伊索特的偉大女士成為了朋友。」我舉手示意蘇利文和席拉斯上前。「這兩頂王冠由黃金鑄成，雕刻成象徵和平的橄欖枝，在此敬獻給兩位陛下。這一對珍寶是由來自伊索特、現在定居於克洛亞的家族成員所完成，希望他們能成為未來兩國之間兄弟情誼的典範。」

身後的滿廳眾人激烈地鼓掌歡呼，我轉身捧起第一頂金冠。

「好輕！」我忍不住驚呼。

「為了您，我盡了全力。」席拉斯悄然說道。

我發現自己的目光停駐在他身上的時間太久了些。於是我越過主桌，將王冠安放在昆廷國王的頭頂上。瓦倫婷娜以另一頂金冠為傑米森加冕。傑米森笑著和她交談，而昆廷則是緊緊盯著我瞧。

「妳最近跟伊斯托菲家族走得很近。」他說道。

「我試著當一個盡職的女主人，無論賓客來自何方，我都盡力招待。這也是為了替傑米森國王展現克洛亞的待客之道。」

他點了點頭。「妳最好小心點。最近伊索特人都知道要和他們保持距離。」

「我看不出來這有任何必要。」我隨即回敬一句，但立刻想起今天的任務是搭起和解的橋梁，而不是火上澆油。我吞回下一句話，重新溫和地說道：「自從來到克洛亞後，他們都保持謙卑，並且為我國人民帶來很多幫助。」

昆廷眼神中所透露出的警告之意比他的言詞更為強烈。「如果妳喜歡玩火，那就請便吧。到時候遭殃的只會是妳自己。」

我再次屈膝，知道這是必要的禮節。只是我實在痛恨繼續對眼前這個男人表現出虛假的尊敬。我向席拉斯和蘇利文點點頭，無聲地說了聲謝謝，然後轉向瓦倫婷娜。

「妳比所有人想的還要有智慧。我們明天再多談談。」她在我耳邊輕聲說道。我們倆身形交錯，各自在兩位國王身邊就座。

「您認為如何？」我問傑米森，安坐在他右手邊的座位上。

「要是妳又從船上跌落，妳的衣服大概會一路把妳拉到河底。」

我笑出聲來。「我剛剛還得練習走路一陣子呢。」我說。

他微微一笑。「玩笑歸玩笑，我得說不管妳穿什麼都一樣美。」他靠回椅背上，啜飲著手中的酒。「我聽說這陣子新娘流行穿一身雪白。那挺新奇的，不是嗎？」

我紅著臉低下了頭。當然，我很高興他覺得我穿伊索特藍還是一樣漂亮。但我不確定他如何看待我和瓦倫婷娜的行動，不知道他是否能體會我們的籌劃和一番苦心。然而，在我能開口之前，昆廷國王伸手拍了拍傑米森的肩膀。

「再多的爭論都沒有意義。我們還是得談談那份條約。」他語帶催促。

我暗自嘆了一口氣。我根本不知道他們在討論什麼，但無論那份條約的內容為何，我還是很慶幸兩位國王沒有因為昨天比武大會上的插曲而放棄協商。儘管傑米森並沒有對我表示任何謝意，但就目前看來，這次計劃還算是成功。

眾人在大廳裡盡情享用美食，高聲談笑。雖然我和瓦倫婷娜不是像拉米拉王后那樣親赴戰場調解兩國的衝突，至少我們今天也為和平有了一點小小的貢獻。我希望歷史中的偉大王后們能夠滿意我的表現。我看著廳中一張張歡笑的臉孔，心想至少大部分的臣民肯定我剛才的作為。

席拉斯在座位上和我對上了眼，他向我舉起酒杯。我也舉杯回禮，然後輕啜了一口。我想到昆廷所說的話。不，這個男孩很善良。沒有什麼會讓我玩火自焚。

晚宴接近尾聲，樂師奏起了另一首音樂。剛才我和瓦倫婷娜走過的中央走道瞬間擠滿了準備跳舞的人。

席拉斯突然起身，我不安地看著他朝高台走來。

「陛下。」他說，對傑米森鞠躬。「我知道您和昆廷國王正忙著商議國事，不知道我是否能邀請荷莉絲小姐共舞？」

傑米森臉上閃過一絲狡猾的微笑。「如果她願意，爵士。」

我深吸了一口氣。「如果陛下現在沒有餘暇跳舞，我接受你的邀請。」我吻了傑米森的臉頰，然後走下高台，來到席拉斯面前。此時樂師剛奏完一首曲子，我和他並肩站在中央走道上。

「我希望實現之前的諾言：如果您邀請，我就會與您共舞。」他耳語般地說。

「我可還沒有那麼做呢。」我柔聲說。

「我無法這樣枯等下去，請您不要見怪。」

我微微一笑。「一點也不。我一直都很愛跳舞，但最近傑米森比較喜歡坐壁上觀。我很感激你邀我共舞，我想現在宮裡沒有哪一個紳士敢這樣做。」

「啊，我懂您的意思。就讓我們忘記所有關於國王、紅色藍色那些瑣事，一起享受一支美妙的舞吧。」

「好。」我嘆了一口氣。

音樂再次響起，我們和其他男女一樣列隊面對面站好。

「我不知道該如何感謝你，」我說：「你和你的家人今晚拯救了我們。」

他轉了轉眼珠。「那也是因為我先惹上了麻煩。」

「別這麼說。所有人都知道誰才是真正的麻煩來源。」我擺動著身子，讓席拉斯執起我的手。雖然他的手掌皮膚粗糙，但動作卻十分細膩，從中我依然能察覺到一絲貴族紳士的氣息。

「那沒有任何差別，我們能做到的就只有這樣。」

「國王有沒有因為那對金冠而獎賞你？」

他搖搖頭。「說好跳舞時不談政治。」

他說得沒錯。「好吧。」

我們的手臂勾在一起轉著圈子。我以前遇過的許多舞伴技術都比席拉斯精湛，不過他的腳步比傑米森穩重得多。

「我不知道之後是不是還有機會，但我希望能和您多談談。」他說。

「我也有同樣的想法。能對一個朋友傾訴內心的想法是很幸福的事。我也應該為此感謝你。」

他低頭對我微笑，眼中流露出奔放的傾慕之情，讓我幾乎要忘記大廳裡還有別人。

「只要您需要，我一直都會等著您。如果世上有任何人對您有所虧欠，那就是我。您讓我的家族能在克洛亞安居，公開替我的行為辯護。您確實是一位偉大的女士，荷莉絲。」

但是他在說出接下來這句話時，臉上的陰影似乎更深了些。「您將會成為名留青史的王后。」

音樂結束，我向他微微屈膝，然後轉頭看向傑米森，想知道他是否喜歡這段舞，卻發現他根本連看都沒在看。

我對席拉斯眨眨眼，點頭示意他等會兒跟著我走出大廳。

我先離開大廳，在走廊旁等待。我聽見另一首樂曲響起，席拉斯的身影也從門邊出現，來到我面前。

「那支舞已經跳完了，所以我現在得再說一次。如果國王沒有獎賞你鑄造那對金冠的辛勤努力，我一定會讓他做到。」

席拉斯低頭看著我，搖搖頭。「這不勞您煩惱。那本來就是獻給國王的禮物。」

「不行！今晚能夠如此順利都是因為伊斯托菲家族的功勞，我欠你們一次。」

「是您賜給我們留在克洛亞的機會，您才是我們家族的恩人。」

我想雙手扠腰，加強爭辯時的氣勢，但那該死的伊索特風格袖子讓我難以如願。他注意到我狼狽的模樣，忍不住笑了起來。

「別笑了！你不知道我有多努力！」

「我知道。」他斂容說道，將笑容從臉上抹去。「不提伊索特禮服給您造成的麻煩，您的表現令人驚嘆。」他指著王政大廳。「眾人都在談論您今晚優雅的舉止和氣度，荷莉絲。他們說，他們早就知道您會成為一位偉大的王后。」

聽見這句話，我充滿希望地低聲問：「這是真的嗎？」

他點點頭。「您剛才做得很漂亮。」

我凝視著他一雙藍眼中閃爍著的希望之情。那一片湛藍色有著難以言喻的奇妙。當他雙肩沉下時，頭髮也隨之飄蕩，而他的笑容彷彿告訴我，他願毫無保留地付出心中所有的關愛與情感。

「能夠認識你真的很幸運，」我坦白了內心的想法。「自從你來到克洛亞，我覺得一切都……變得不同。」

「我也有同樣的感受。」他說，這句話變成了低語呢喃。「當妳在身邊時……」

他突然不再以「您」稱呼我，我也猛然驚覺此處只有我們孤身兩人。如果有人在長廊上走動，腳步聲必定清晰可聞，但此刻是全然寂靜。

「我該回去了。」我喘著氣說。

「沒錯。」

但我們都沒有動。在宛如從諸神手中偷走的這一刻，我們倆在走廊中間擁吻。

席拉斯捧著我的臉，他抱著我的雙臂無比溫柔，我身體內的一切似乎都在融化。我可以感覺到他帶著厚繭的手指輕撫過我臉頰的輪廓。我想起傑米森光滑的手掌對我做出同樣動作時的感受，席拉斯粗糙的手掌讓我體會到那些造成厚繭的無數勞動，也讓我更加珍惜他的愛撫。

我可能會永遠沉浸在這醉人的一刻，但遠方一陣腳步聲突然傳入耳中。

我猛地抽回身子，甚至不敢去看他的眼睛。我剛才做了什麼？

「你在這裡多待五分鐘再回大廳。」我急促地對他輕聲說。「剛才的事請你保密。」

當他回答「如您所願」時，我已經在移動腳步。

我揚著頭朝王政大廳走去，試著相信自己臉上充滿自信，所以沒有人會懷疑我才剛剛親吻了一個我萬萬不該親吻的男人：一個異邦人，或者以我現有的地位來衡量，一個庶民子弟。

席拉斯說得沒錯，無論我走到大廳何處，每個人都對我露出會心的表情和感激的笑容。今夜我贏得了他們的尊敬，但就在幾分鐘前，我徹底地辜負了他們的期待。

我來到主桌，俯身吻了傑米森的臉頰。他看了我一眼，目光中帶著暖意，但隨即轉頭繼續和昆廷國王交談。我只希望昆廷能帶著他的人馬早日離去，讓一切恢復正常。

但我已經開始懷疑，我的日子是否還有正常可言？自從我見到席拉斯．伊斯托菲那雙藍眼之後，我心中就隱約浮現了某種異樣的情感。一股難以抗拒的吸引力像繩索一樣拉扯著我。當席拉斯也回到大廳時，我依舊可以感受到這股力量。只見他雙眼下垂，似乎沒有餘力去裝出任何喜悅的表情。

我曾說過那個善良的男孩不會讓我玩火自焚。我依然深信如此。就算我最後真的墮入烈焰之中，那也是我一人的罪孽。

# 第十八章

我深深吸了一口氣，讓芬芳的新鮮花香湧入胸中。雖然我平常總是獨自一人享受花園樹籬迷宮裡的平靜時刻，但此刻和瓦倫婷娜王后並肩坐在此處，觀看傑米森和昆廷國王射箭，倒也另有一番閒情逸致。傑米森身材健美，我相信昆廷在年輕時也有同樣的體魄。如今彎曲的駝背讓他費了一番力氣才拉開弓，但他的手指毫不顫抖，緊盯著目標的眼神依舊犀利，說明他對彎弓射箭並不陌生。

我和瓦倫婷娜在宮廷僕役撐著的大陽傘下歇息，看著傑米森又射出一箭，命中標靶上接近紅心之處。他轉過身來望著我，揚起眉毛，顯然是等著我出聲讚美。

「射得好，陛下！」我叫道，但隨即費力地吞了吞口水。

喊出這句讚美不是一件容易的事，與席拉斯那個祕密之吻好像梗在我喉中，阻擋了任何我應該說出口的話，也讓我對所有我該做的事感到遲疑。

我忍不住恐懼，生怕笑容中有了異樣，或者眼神中的陰影會洩漏出祕密。傑米森可能隨時都會發現我背叛了他。直到現在，我還是無法解釋那個吻是如何發生的。

既定的事實無法改變，我能做的只有忘掉它，穩定步伐走向傑米森、走向我的后冠。我輕嘆了一聲，轉頭面對瓦倫婷娜。

「關於昨天的事，我想再次向您致謝。」我開口，試著重拾昨夜輕鬆的交談氣氛。在正式場合中實在很難放鬆心情。

「我能做的不多，是妳規劃了一切。我現在能夠了解為什麼傑米森國王如此寵愛妳。」她欽佩地看著傑米森。確實，任何人都會帶著那樣的神情仰望克洛亞的國王。

那為什麼妳會親吻另一個男人？

「我……我其實還不太明白為什麼他會選擇我，」我吞吞吐吐地說：「有些人說，是因為我帶給他歡笑。」我歪著頭，依舊不確定真正的答案是什麼。我猜伊坦會說當然是因為我那張漂亮的臉蛋。「您是如何認識昆廷國王的？」

她聳聳肩。「其實並沒有什麼特別的故事。我從小就隨父母進宮，幾年之後，陛下才注意到我。大概就是這樣。」

我認同地看著她。「這和我的經歷很像。從鄉間來到宮中，接著，所有的變化都令人驚訝。」

「沒錯。我們好幾年都以王都城堡為家，只有旅遊時才會離開。」一抹微笑浮上她的雙唇。「我已經去過大陸上幾乎所有的國家，」她驕傲地說：「我的父母希望我可以好好見識外面的世界。」

「我很羨慕您。您知道我的生活圈有多麼狹小。」

她點點頭。「也許傑米森國王會更有冒險精神，帶妳去拜訪大陸上各國的君王。這會讓妳成長，有些事物唯有旅行才能學到。」

在我一生的多數時光裡，映入眼簾的只有瓦林哲爾廳附近的山丘，以及晨曦映照的柯爾瓦德河潺潺流過王都。我從沒有想過自己會想要見到別的景象，與來自大陸另一端的人交談啟發了我的想像，我現在渴望更了解外面的世界。

「我也希望如此。您呢？您會想要完成尚未完成的旅行嗎？造訪大陸上那些您還未去過的國家？」

她的笑容黯淡了些。「國王陛下目前專心在伊索特的政務上。」

「噢。」我不太確定這句話的意義，但無論如何，這意味著他們不能離開伊索特太遠。地理上來說，克洛亞對他們而言並不算是長途跋涉。

「這讓我很想念父母。」她的語音極輕，幾不可聞。我再次凝視瓦倫婷娜，此刻的她已經不像是一國之后，而是回復到原本的自我：一個獨自在陌生世界摸索前進的年輕女孩。「這次旅行我沒帶什麼東西……這條項鍊。」她一邊說，一邊輕撫緊貼在如天鵝般頸部的那顆銀色橢圓形寶石。「這是我們經過蒙托斯的時候，父親從路邊一名吉普賽女人那裡買來的。我猜這不會是她自己製作的項鍊，妳應該懂我的意思。」

我點點頭，忍不住想像這條項鍊曾環繞在哪些人的脖子上。

「那個女人其實挺善良的，雖然舉止有點熱情過頭。我父親多給了她一些錢。他一向如此。」

「我希望有一天能見到令尊。」

瓦倫婷娜定定地注視著遙遠的地平線。她的手放在項鍊的寶石上。「我也很希望妳能見到他，也希望妳能見到我的母親。」

我嘆了一口氣，知道自己大概是毀了一個能夠好好談話的機會。「我很遺憾。」

她的目光轉向丈夫。「我也很遺憾。」

我不知道為什麼她的聲音突然透出一絲怒氣，但我沒有時間多想，因為一群女僕從遠方走來，手裡捧著盛滿精緻佳餚的托盤。

「我聽說您對異國料理很有興趣。我擅自作主，替您特別安排了一些克洛亞菜餚。」

我向女僕們舉手示意。只見她雙眼似乎發出了光芒。

「真的嗎？」她的語調不可置信。

「是的。我想……我得到的消息並沒有錯誤，是嗎？您當然不用每一樣都嚐——」

「當然沒有！這真是個驚喜！」她歡聲叫道。菜餚一道接一道地擺放在野餐布上。

「我知道這道，」她說：「這通常是在加冕紀念日上出現的，對嗎？」

「沒錯。這裡有一些是克洛亞各個地區的獨特美食，有一些則是與各種節慶日有關。您看到這些派了嗎？這是我們在夏至時會享用的點心，裡面填滿了金色糖漿。」

她拿起一塊放入口中。我通常挺有冒險精神的，但陌生的食物令我卻步。我敬佩地看著勇於嘗試的瓦倫婷娜。

「很好吃。這些呢？」她嚐過一道又一道，一邊吃一邊問著各種菜餚的由來。當她自然地流露笑容時，看起更為年輕且充滿希望。此刻，我眼中的瓦倫婷娜和在王政大廳或比武大會的她截然不同。她毫無疑問是一個美女，即使眉頭微蹙也難掩麗質天生。我從她的臉孔中看見了某些特質，也明白為什麼她能高坐在王座上，受萬民愛戴。

但我隨即想起伊斯托菲夫人和史嘉蕾的評論。伊索特的人民似乎並沒有這樣愛戴他們的王后，我想這是因為他們沒有什麼機會親眼見到她的笑容。

「我有很長一段時間沒有這麼開心了。」她說著，彷彿沐浴在溫暖的陽光之下。「謝謝妳。」

「請您不要客氣。如果您覺得肚子餓得慌，歡迎隨時來克洛亞玩。」

她咯咯嬌笑，笑聲在周圍的林木間迴盪。

「瓦倫婷娜！」正在拉弓的昆廷國王怒斥了一聲，似乎妻子的笑聲打擾了他瞄準的專注力。她原本開朗的笑容消失無蹤，臉上的光芒也隨之黯淡。她端莊地對丈夫點點頭，拿起另一塊派遮住了嘴。

「他真是個暴君。」她壓著呼吸低語：「他痛恨一切快樂的事物，如果可以的話，他大概希望把所有帶來歡笑的人都亂箭射死。」但伊索特王后隨即想起了自己的身分。「我失言了，請千萬別說出去。」

我也拿起一塊派送在嘴前。「別擔心，我很了解個人隱私的價值。我自己最近也有很深刻的體會。很難想像您平時承受多大的壓力。我一個字都不會說出去的。而且我認為您說得沒錯，他確實有點討厭。」

她抿著嘴唇，勉強擠出笑容。「話說回來，我們今晚有什麼計劃呢，荷莉絲小姐？」

我感到心跳加速。看來我確實扭轉了一開始的劣勢。「傑米森國王前些日子賜給我一副黃金骰子，我正在學習這項遊戲。」

「我會帶上一些錢幣，如果有賭注的話，玩起來會更有趣。」她提議，彷彿這句話帶有無比的智慧。

「如果您喜歡熱鬧，我們可以讓女侍官們也加入。」

她搖搖頭。「不，我只想和妳一起。」

我微微一笑。「當然，殿下。」

這個稱呼讓她翻了翻白眼。「好了啦，之前給妳下馬威是挺好玩的，但從現在起，妳可以叫我瓦倫婷娜就好。」

「如果您想重溫舊日時光，我隨時任您欺侮。」

她又咯咯嬌笑，但立刻伸手掩蓋了笑聲。昆廷國王哼了一聲，轉頭過來看向我們。他的目光掃過瓦倫婷娜，落在我身上，我頓時感到一陣寒意。雖然我已經贏得了瓦倫婷娜的友誼，但在昆廷眼中，我仍舊比一隻渺小的蟲子好不了多少。我很快移開雙眼。

我提醒自己在此的任務就是陪伴瓦倫婷娜，如果她能盡興，我就算履行了職責。但我也知道，一旦我真的成為王后，我的生命中永遠都會有像昆廷這樣的人。宮中的王公貴族來來去去，我身處於權力漩渦中，將無法躲避旁人的注視。有些人也許會愛戴我，但總是會有另一群人對我表現出輕蔑和厭惡。

我挺起下巴，想到身邊的瓦倫婷娜。我們身為宮中的女人，儘管被禁錮在鍍金的牢籠裡，也會盡力發出耀眼的光芒。

# 第十九章

瓦倫婷娜很快就累了，這對我來說正合心意，因為今天我還有別的事情要辦。我手裡抱著一個輕便的包裹，匆匆走過城堡長廊。伊斯托菲夫人說過，他們的廂房外掛有一幅容易辨識的畫，讓我順利地找到目的地。

我這趟其實是來見史嘉蕾，但我依舊感到胃部一陣騷動。我心中有太多想法和感受混雜在一起，難以整理好自己的情緒。席拉斯也會在那裡嗎？他會過來和我交談嗎？我希望他這麼做嗎？

那個吻完全出乎我的意料。不，那不只是一個意外，還是一個可怕的錯誤。席拉斯很健談，也很單純，他所做的每一件事都反映出他的善良品格。而他的家人對彼此的愛與尊重讓我很希望與他們親近。他說不上非常英俊，但很有個人風格，特別是那雙藍眼睛和天使般的笑容。沒錯，席拉斯．伊斯托菲是個很迷人的男子。

儘管如此，他也無法和傑米森．巴克雷相提並論。迷人的男子並不能讓我戴上后冠，更無法為王國帶來希望；迷人的男子也許令人心醉，但對我的人生來說並非不可或缺。

我抬頭挺胸站在房門外，伸手敲了門。無論房門另一側是誰，我都準備好了。

「荷莉絲小姐！見到您真開心！」史嘉蕾打開門，歡迎我入內。

「我正要找妳。」我說，強忍著心中的悸動和抽痛。「希望沒有打擾到你們。」

「怎麼會呢？請進。」我隨著史嘉蕾走入房間。

房內有一座小型壁爐和一張足夠四到六張椅子環繞的木桌。窗下的衣櫃上有幾盆鮮花，除此之外沒有什麼裝飾。牆上的兩扇門連接到他們的臥室。史嘉蕾想必是沒有自己的房間，所以得和兄弟們共用，我為她感到有些難過。

唯一為整個房間帶來活力和希望的就是那扇窗戶，和外面走廊上的其他落地窗同樣尺寸。城堡裡每一間房無論大小，都有圓頂造型的玻璃彩繪窗，讓陽光透入。我凝視著這扇窗戶，這和我從寢宮看出去的景象有天淵之別。

「您可有看見那棟建築？」她問，指著窗外一棟石造小屋，茅草屋頂上的煙囪還冒著煙。

「那是席拉斯和蘇利文工作的地方。」

「真的嗎？」我說，移步到窗邊，仔細瞧去。

「是的。如果蘇利文需要我去完成打造珠寶的最後幾道工序，或者席拉斯需要我去磨亮他鑄造的劍，他們就會在窗邊掛起一條藍色手帕。我隨時都會注意他們是不是需要我過去幫忙。」

「他們的技術真的非常優秀。」我驚嘆地說：「我會做一些針織活，但我的才能僅止於此。」

「才不是呢！」她立刻反駁。「您舞跳得很棒，而且全伊索特沒有一個人比得上您的口才。」我很想告訴她，我認為這實在算不上是什麼讚美。「但我也很欽佩我的兄弟。在伊索特，追求美感和工藝只會引人側目。但席拉斯和蘇利文專精的領域也大不相同。」

「怎麼說？」我問，凝目望著那棟石屋的玻璃窗，想辨識出裡面移動的人影是兄弟中的哪一人。

「蘇利文的工作也需要用火，但是手工較為精緻。他一次需要用到的金屬量並不多，所以風險不高。如果他想的話，大可以在普通的房間裡進行。」

「但他看起來很黏著席拉斯。」

她點點頭。「他一直都是這樣。我想全世界沒有人像席拉斯那樣了解他。大家認為他很孤僻冷漠，但其實並非如此，他只是不知道如何表達。」

我報以親切的微笑。「我了解那種感受。席拉斯在石屋裡進行的是什麼樣的工作？」

「他的工作危險得多。他將大塊的生鐵擲入烈焰中，然後用火鉗夾出燒紅的鐵，再以鐵鎚敲打出需要的形狀。他有好幾次不小心燒傷了自己，我記得有兩次他的手臂傷得特別嚴重，幸好後來處理得當，傷口沒有感染。」

「感謝諸神。」眾所周知，伊索特的醫術和藥理比克洛亞先進得多。如果伊索特人能夠模仿我們的舞蹈、音樂和藝術，我們為什麼不能學習他們的醫藥知識？我認為只要開口相求，克洛亞就能派人去伊索特研究和進修。但我想傑米森和他的父王永遠都不可能放棄自尊去向昆廷求教。「他看起來將專長發揮得淋漓盡致。」

「他是最棒的！」史嘉蕾驕傲地說。

我微微一笑。「他的妹妹也是一位很棒的老師和朋友，所以這是給妳的禮物，感謝妳答應在加冕紀念日幫忙。」

她接過包裹，走到木桌旁。「這是給我的？」

「是的。我也想讓妳知道，我希望在正式成為王后前先招募部分的仕女團。如果妳願意加入，我會非常高興。但我得花一些時間說服德莉亞，我會告訴她妳的諸多優點，讓她相信妳適合成為我的女侍官。希望妳不介意多等一會兒，我會讓她放開心胸接納妳。」

她越過肩膀看著我。「我完全沒有惡意，但我想，德莉亞一直都無法以開放的態度接受外人。」

我輕輕一笑。我們相處時間並不長，但她已經比其他人了解德莉亞的脾氣。我想起史嘉蕾第一次走進王政大廳時好奇的目光，不知道她對於在克瑞斯肯城堡裡的生活已經有了多少了解。

「而且，我恐怕得婉拒您的邀請。」她接著說：「我們希望能早日搬到鄉下居住，也許是一個有大片原野的安靜地方。」

一時之間，我不知該如何反應。我感到一陣難過，但是卻又如釋重負。如此一來，我就不會在城堡走廊上與席拉斯不期而遇，或者在陽光透過彩繪玻璃的照耀下，看見他那張臉孔和那一雙魅惑的藍眼。我的人生經不起又一次的意外和錯誤，一旦他永遠離開了宮廷，我就不會再為此憂煩。

我將自己拉回到現實，繼續這次日常的對話。

「克洛亞有很多肥沃的土地，我相信你們一定能找到合適的地方。」

她打開禮物，驚喜地喘著氣。「荷莉絲，我好喜歡！」她將嶄新的禮服抱在胸前。

「如果需要加長裙襬的話，我在裡面留了一些布料。妳身材還挺高的。」

她開懷地笑了。「我知道，看看這衣袖的設計！」

「到時當我們一起跳舞時，我想妳的衣服也要與其他人搭配。我真的很感謝妳幫這個忙。雖然我覺得薩爾是那天我的最佳舞伴。」

「他已經好幾年沒有那樣露出笑容了。那是您對我們家族的一大恩賜。」

她的語調中有一絲渴望與哀愁，幾乎要令我落淚。我難以想像他們一家人究竟經歷過什麼苦難。

「很好。」我說，感到話題已盡。「那就先這樣吧，我差不多得走了。有個女孩今天跟瓦倫婷娜王后有私人約會，這都得感謝她的新朋友的智慧。」我微笑看著她。

「您是說？」

「我招待她各式各樣的克洛亞美食，她愛死了。謝謝妳的建議。」

「不用客氣，荷莉絲小姐，我說真的。」她拿著禮服在身上比對，看是否合身。

「祝妳有美好的一天，史嘉蕾小姐。」

她的眼神裡有些變化。我想她一定早已放棄貴族小姐的身分，相信此生再也沒有人會這樣稱呼她。

我闔上身後的房門，朝王后寢宮走去，心裡想著那天伊斯托菲一家初次踏入王政大廳時，我是如何帶著嘲笑之情看待這些異邦人。當時的我真是愚蠢，無法明白我現在領悟的道理：我們之間並沒有那麼不同。

不只是我和史嘉蕾，我和諾拉，甚至瓦倫婷娜也是如此。最初，既有的成見讓我們彼此輕視，但是心中真摯的理解讓我們化敵為友。

# 第二十章

我坐在梳妝檯前撫弄著自己的頭髮。今晚，我按瓦倫婷娜的心意屏退了所有女侍官，這也是我第一次獨自一人待在新房間裡。我閉上眼睛，深深體會一下難得的孤單。

無論在什麼時候，宮廷都不曾完全寂靜無聲過，這也是我喜歡待在宮裡的其中一個原因。壁爐裡的柴火劈啪作響，頭頂上也不時傳來遠處的腳步聲。窗外的城市也充滿了騷動的氣息，我聽見街道上馬兒的嘶鳴，人們叫賣著東西的聲音混雜著歡笑飄蕩在夜晚的空氣中。如果我屏氣凝神，還能夠聽見船槳滑過河水的聲音。這一切交織成了甜美的歌曲，不像王政大廳裡那令人煩躁的嘈雜聲。

我這一生都沉浸在跳舞、比武大會等各種社交活動的喧譁裡，從來不知道寂靜是如此美妙的時刻。我太晚才有這樣的體悟。

一陣敲門聲讓我睜開眼睛。我呆坐了一會兒才意識到自己必須親身相迎。瓦倫婷娜站在房門口，手臂上掛著一個小皮包。

「我真希望妳能分一些好運氣給我，荷莉絲小姐。在我的全盛時期，我也曾讓全宮廷的男士瘋狂。」她不等我相邀就信步走入房間。如果這麼做的是的我母親，我大概又會氣得七竅生煙，但對瓦倫婷娜來說，這一切似乎再自然不過，甚至添增了她的魅力和風采。

「現在不是嗎？」我問，在會客區的木桌旁坐下。

她搖搖頭。「現在宮裡所有男人都與我保持距離，女士也一樣。」她放下手中的小皮包，環顧四周。她目光穿過牆上的門，瞧了瞧另一邊的臥室，然後才過來坐下。

「妳的房間很漂亮。」

「我想應該是要漂亮，畢竟這是王后的寢宮。」

她又轉著頭看了一圈，睜著一雙大眼。「國王已經將寢宮賜給妳了？」

我點點頭。「陛下認為如果由我來接待外國王后，我得配戴相配的珠寶，住進符合身分的寢宮。」我微笑著說：「我猜不久之後他就會正式向我求婚。」

她臉上又充滿了驚訝。「他送妳戒指了嗎？」

「還沒。他原本希望保持低調謹慎，但現在好像所有人都已經知道他的想法，所以我想他應該很快就會有表示。」

瓦倫婷娜似乎對我的現況很有興趣。她伸手拿起桌上的黃金骰子。「妳和國王的關係很不一般。他似乎很喜歡……妳自由奔放的個性，這樣說不知道準不準確。」

我聳聳肩。「我希望每個人也都這樣覺得，也很開心傑米森賞識我。妳又是如何吸引了昆廷國王呢？先前妳對此沒有說過太多。」

她的目光一下子變得遙遠。「我本來就不太談那段往事。」她說。

「噢。」我感到有些困惑。「很抱歉，如果我冒犯——」

「不，沒事。沒有幾個人明白其中的緣由。如果妳能理解，也許不是壞事。」她嘆了一口氣，把玩著手裡的骰子，沒有抬頭看我。

「自從薇拉王后過世之後，宮裡幾乎所有人都認為昆廷會獨身而終。他已經有了一個男性繼承人，看起來也沒有再婚的意願，我想……也許這是因為他真心愛著薇拉王后。記得我還小的時候，我曾見過他對著王后露出笑容。

「原本我計劃嫁給海薩姆伯爵。他很喜歡我，我的父母也全心同意這門婚事。當時昆廷的全副注意力都放在為王子找尋結婚的對象。但哈德里安的健康狀況以超乎意料的速度傳遍了全國，那些原本有意願的貴族女孩突然都另有安排。其中一位女孩是我的好朋友，西西卡·阿蘭姆，她的婚事就是在阿蘭姆伯爵夫人被昆廷召見的那天定下的。」

「為什麼會這樣？」我問：「就算王子體弱多病，難道成為王室成員對這些女孩一點吸引力都沒有嗎？」

「我那時候也有相同的疑問，但我現在知道她們這麼做很聰明。」她眼睛依舊看著別處，聲音透著苦澀。這告訴我瓦倫婷娜的「戀愛故事」恐怕與愛情沒什麼關係。「最後，昆廷只好不情願地在其他國家為王子尋覓配偶，因為他一直相信能在伊索特找到適合兒子的貴族家庭。不過後來，他終於為哈德里安找到了匹配的對象，他們會在冬天完婚。」

我微笑說道：「白雪在伊索特是幸運的象徵，對不對？」

她點點頭。「我們會編織厚重華麗的毛毯作為新婚的禮物。」

這聽起來很不錯。白雪在克洛亞沒有任何意義，雨水和微風也一樣。但我也願意為哈德里安祈禱，希望他得到冬雪的祝福。

「等等，妳還沒有解釋昆廷國王是如何認識妳的。」

「啊。」她臉上依舊掛著笑容，但眼神裡並沒有笑意。「其實我對王室成員的認識並不多。之前說過，我常常到處旅行，同時也有一群自己的朋友。但後來她們一個個都離家嫁人，建立自己的家庭。這是年輕新娘的宿命。」

「是的。」

「當大家發現國王希望再婚時，宮裡已經沒有太多未婚的年輕女孩，而我就是其中之一。我當然也嚮往戴上后冠，坐在一位堂堂王者的身邊，所以當國王帶著厚禮來向我父母提親時，我受寵若驚。

「當時我所不知道的是，哈德里安王子在幾週前有過一次極為嚴重的高燒。他失去意識整整三天，幾乎送命。昆廷知道他需要另一位王后來為他誕出強壯的繼承人，於是他選中了我。他看上的不是我的智慧、才藝或者家世，甚至也不是我的外貌，只是因為我是一個有生育力的健康女孩。」她嘆了口氣。「這是我的職責。」

我陷入震驚的沉默中。在我眼中，瓦倫婷娜擁有無數令人喜愛的美好特質，但在現實中，她卻沒有得到應有的寵愛。

「別這樣看我。」她說，隨手將骰子扔下，看著它們在桌上轉動。「大多數王室家族的婚姻都是如此。如果妳深愛妳的丈夫，那當然很好，但最重要的是維繫血脈。王后的床睡起來也沒有比平民百姓的舒服多少。」

我吞了吞口水。「我可以冒昧問妳一個無禮的問題嗎？」

她笑了笑。「我很喜歡妳，荷莉絲。所以盡量問吧。」

「後來海薩姆伯爵發生了什麼事？」

「他離開了宮廷，現在居住在鄉村。我已經三年沒有見過他了。他現在應該也結婚了，但我並不確定。」她低下頭。「如果他已經娶妻，我也不會介意。但如果能知道他過得如何，我會很安慰。」

一瞬間，席拉斯的身影在我腦海中浮現。伊斯托菲家族會在克洛亞置產安居，依靠自己的力量在王國裡立足。他自己也會以高超的手藝贏得名聲，然後遇見另一個善良的女孩，忘卻在宮裡與我的這段情愫，以那雙藍色眼睛擄獲她的芳心。他們會結婚，攜手共度人生。

但也許這些都不會發生。

誰能夠預料未來的事？

「我也能問妳一個無禮的問題嗎？」瓦倫婷娜說。

我眨了眨眼，抽離剛才的思緒，看著她的臉孔。「當然，妳已經贏得這個權利。」

「妳必須誠實相告。妳的國王……他是否惡待過妳？」

「惡待？怎麼惡待？」

她做了一個沒有明確意義的手勢。「就是……對妳做出不好的事。」

我在腦中搜索著記憶。傑米森或許有不體貼的時候，但並沒有對我有過凶惡的言語或行為。

「沒有。」

她突然臉色一變，手撫著下腹部。

「瓦倫婷娜？」

她搖搖頭。「沒事。」

我伸手越過桌面，握住了她空著的另一隻手。「妳看起來臉色不太好。我能夠理解從宮中女孩成為王后的壓力，我可以分擔妳的心事。」

她緊緊抿著的嘴唇開始顫抖，然後開始劇烈地喘氣。「每一個人都在注視我。他們期待我能為王國帶來繼承人，我也知道他們都在我背後竊竊私語，但這不是我的錯！」她堅稱。「我一直都很小心謹慎！」

「妳究竟在說些什麼？」我問，低頭看著她那雙放在小腹上白皙細緻的手。「妳懷孕了嗎？」

「我不確定。我已經八週沒有月事了，但有些徵兆……我之前懷孕過兩次，但是都沒能留下孩子。這一次似乎很不同，我感覺……感覺……」

「小聲一些。」我懇切地說，伸臂輕輕抱住了她。「我相信妳和孩子都會沒事的。」

「妳不明白。」她猛然站起，全身顫抖，狂亂地抹著臉上的淚水。她看起來像是陷入了某種異常的精神狀態，因為原先的悲傷突然變成了憤怒，顫抖也毫不停歇。「如果妳敢說出去，我會殺了妳！妳聽見了嗎？如果妳洩漏一個字，我就——」

「瓦倫婷娜，我已經跟妳說過我很重視隱私，我一定會替妳保守祕密，不會有第三個人知道妳告訴我的任何事。」

剛才的怒氣一下消退，她頹然坐下，疲憊地靠著椅背。她的雙手依然緊緊環抱腹部，這個動作透露出的不是自我保護，而是無助與哀求。我從未見過這樣被恐懼攫住的雙眼。

「她們都認為我高高在上，目中無人。」她開口說：「宮裡所有的女人以為我之所以不跟她們說話，是因為我覺得自己地位崇高，不屑與她們交流。但那並不是事實，一切都是因為昆廷。他希望我保持矜持和驕傲。」

我想到史嘉蕾曾經提過伊索特王后的神祕與孤僻，她肯定也不知道這並非瓦倫婷娜自己所願。

「我很遺憾。這也是妳身邊只有一位女侍官的原因嗎？」

她點點頭。「我們甚至沒有共同的語言。她平常照顧我的起居和生活需求，我們已經比最初要了解對方，但她還完全算不上是我的親信。我沒有人能夠傾訴心情，沒有任何朋友。我很害怕。」

「害怕？」諸神在上，她可是王后啊！「害怕什麼？」我可以看見她眼中的恐懼，但她開始猛烈地搖頭。「我說得太多了……妳千萬不能對別人提起這些。」

「瓦倫婷娜，如果妳覺得自己有危險，可以在我們的聖所尋求庇護。沒有人能夠在那裡傷害妳。」

「在克洛亞也許如此。」她說，有些笨拙地站了起來。「但在伊索特不同。他們也毫不在乎。」

「誰毫不在乎？」

「他們一定會找到妳。只要妳阻礙到他們，他們一定、一定會找到妳。」

「妳究竟在說誰？」

「他們帶走了我父母……而我如果無法產出繼承人，他們早晚也會來……」

我抓住她的肩膀。「瓦倫婷娜，妳到底在說什麼？」

她的眼神又變了，表情變得冷靜且寧定。我從來沒有見過有人的情緒能在這麼短的時間內如此快速變化。

「對美好的人生心存感激，荷莉絲。不是每個人都像妳這樣幸運。」

「等等……妳剛才到底在說什麼？妳說的他們究竟是誰？」我還不知道下一個問題該如何措辭，她已經站直了身子，整理好裙襬，頭也不回地離開了房間。

我呆坐在椅上，心中依然充滿震驚。剛才到底發生了什麼事？

我試著緩和思緒，回想剛才這段對話的每一刻。我無法確定瓦倫婷娜現在是否懷孕，只知道她自從嫁給昆廷之後，已經失去了兩個孩子。她在伊索特孤立無援，似乎是某種黑暗的力量奪走了她的父母。她也擔心自己的安危。

我想我無法再從瓦倫婷娜口中得到更多的訊息。即使我有膽量再次對她開口，以她現在的精神狀態也不可能再回答我的問題。我知道應該去向誰追問線索，但經過昨晚，我不知道我是否還能夠面對他。

但我實在無法壓抑想一探究竟的強烈慾望，我必須知道更多。我快步離開房間，朝城堡後側走去。整條長廊空無一人，我在伊斯托菲家族的廂房門口猶豫了片刻，為了許多人的安危，包括我在內，我最好是懸崖勒馬，早點離開。

但如果就這樣一走了之，我將不知道該如何幫助瓦倫婷娜。

隔著房門我能聽見低沉的交談聲。就在我敲門的一瞬間，說話聲戛然而止。開門的是伊斯托菲伯爵。

「啊，荷莉絲小姐。我們怎麼能有這樣的榮幸接待您？」他開心地問。我的目光越過他的肩膀，看見伊斯托菲夫人和他們的客人也微笑著，只有伊坦翻了翻白眼，起身離開茶几。但流露出異樣情感的不只是他一個人。我驚訝地看見史嘉蕾眼神透著疑慮，蘇利文則是垂下了雙眼，席拉斯看起來一臉茫然，不知該對我突然的造訪有什麼反應。

我可以跟在場任何一個人打探消息。史嘉蕾畢竟是女子，也許她會知道更多。但房裡只有一人擁有我足夠的信賴，能夠託付這樣一個祕密。

「不好意思，我有一個關於伊索特的疑問，希望能夠單獨請教席拉斯，不知道能否耽誤他幾分鐘？我不會打擾你們太久。」

伊斯托菲伯爵轉頭看著席拉斯。「當然可以。兒子？」

席拉斯起身隨我走到長廊上，一臉陰鬱。

「我記得這附近有一扇門？」我發現自己很難直視他的眼睛。

「沒錯。我們就是從那裡前往城堡外的工作坊。」

我跟在他身後，一同來到城堡外的步道，心中暗自慶幸今晚依舊是滿月。我們並沒有走遠，席拉斯就轉過身來。

「我很抱歉。」

「你說什麼？」我問。

「昨天晚上的事。我不知道我是著了什麼魔，如果我冒犯到妳，我很抱歉。」

「噢。」我想到那個醉人的吻，紅暈湧上臉龐。「你沒有冒犯到我。」

他揚起眉毛。「妳那時候飛奔回大廳的模樣，讓我覺得妳肯定受到了冒犯。」

我忍不住笑了。「也許我是不應該那樣反應。」

「妳可以留下來。」他說，臉上浮現了一抹微笑。

一陣涼風吹醒了我。「你我都知道我不可能那樣做。我和你不過是初識，就算我們真的很了解彼此，我也已經有了婚約。」

「我以為妳說過國王還沒有向妳求婚。」

我嘆了口氣。「是還沒有，他現在還不能馬上這麼做，但是——」

「既然如此，妳也沒有違背什麼誓言吧？」

我呆站在那裡，不安地搓著手，想編出一個難以動搖的理由。但我什麼也想不到。

「我一直都很努力說服所有人我值得即將擁有的地位。我覺得自己已經很接近目標，不想要功虧一簣。我害怕失敗之後的結果。」我坦承。「我以前不會對任何事物感到恐懼，但現在，每一個決定都讓我猶疑，包括今晚過來找你。」

席拉斯靠近了些，我感到肺部的空氣彷彿被抽乾了一樣，過了幾秒鐘才緩過氣來。

「發生了什麼事？」

「瓦倫婷娜。」我說，試著將心神集中在我來到此地的初衷。「她今晚過來找我。剛開始一切都很正常，但是當我們聊到她的家人和國王時，她卻突然崩潰，開始語無倫次。」我不能背叛瓦倫婷娜的信任，所以我深深吸了一口氣，謹慎地遣辭用句。

「我在想你是不是知道一些關於她父母的事。她一直說『他們會來找我』、『他們』帶走了她的父母。你知道她究竟在說什麼嗎？」

聽了我的話，席拉斯低頭看著地面。「我確實知道她在說什麼。瓦倫婷娜的父母——」他停頓了一下，似乎在搜尋合適的字眼。「他們反對伊索特王國裡的某些事。他們太明目張膽地表達意見，吸引了暗影騎士團的注意。」

這個名字讓我感到一陣戰慄。

「暗影騎士團是什麼組織？」

「我們並不清楚。有些人說他們是貴族，或者是到處遊蕩的吉普賽人，也有人懷疑他們其實是王室的御用衛隊。但眾說紛紜，因為他們的身分被巧妙地隱藏和保護。而他們帶來的是絕對的殺戮和毀滅，這在伊索特造成了難以收拾的仇恨和流血。我聽說一位貴族在一場大火中喪失了所有的親人和財產，他懷疑另一位貴族是暗影騎士團的一員，所以決定展開報復，親手殺了對方全家。」

席拉斯搖搖頭。「但是他弄錯了。每個人都知道克魯姆伯爵正直高尚，但他的地位和與國王的親近讓許多人心存疑慮。昆廷國王為了維持秩序和和平，處死了殺害克魯姆伯爵全家的凶手，以警惕那些想動用私刑的人。但許多人民依然害怕自己因為錯誤的言行而遭受暗影騎士團的攻擊。騎士團成員的真正身分始終是一團迷霧，因此伊索特人民都不敢輕易相信別人。」

「所以瓦倫婷娜的父母錯信了人？」

席拉斯聳聳肩。「很有可能。無論如何，當瓦倫婷娜王后的父母消失時，簡直是人人自危。」

「消失？他們現在還下落不明嗎？」

「並沒有。」席拉斯望向遠方，彷彿那個情景就在眼前。「他們的屍體被丟棄在城堡門口，讓所有人目睹。我也親眼看見……那像是刻意在傳遞某種訊息。而當瓦倫婷娜來到死去的父母身前時，她發出了我此生從未聽過的慘叫聲。直到現在，我還是無法想像她的悲痛。」

我忍不住搖頭。「難怪你們會選擇離開。」

「我父母只是想給我們另一個機會，」他淡淡地說：「在伊索特，平靜的生活對我們來說是難以企及的夢想。」

我對他的希望感同身受，我也很高興克洛亞能夠為他和家人帶來幸福的新生活。但我仍然擔心瓦倫婷娜的處境，她不可能像伊斯托菲家族一樣留在克洛亞。我伸手撫胸，思索著她所說的話。「你認為王后有危險嗎？」

席拉斯很快地回答了這個問題。「不可能，國王現在很需要她。她是國王擁有健康繼承人的唯一希望。妳也見過哈德里安王子了，他還能活著的每一天都可說是奇蹟。沒錯，他預計在今年冬天完婚，但是……」

我沉吟了片刻。「我不知道。她看起來很……我甚至不知道該怎麼形容，既絕望又害怕、既焦慮又疲累。除此之外，還有一些我無法理解的感受。」

席拉斯輕輕碰觸了我的手臂。「她可能是我所知道最孤獨的人。宮廷中的貴族女子不會與她交流，而任何腦袋正常的男人都不敢正眼看她。現在她又失去了雙親，她心中一定是百感交集。其實我並不在乎她是不是王后，但我很高興她至少有妳這個朋友可以傾訴內心的感受。」

此時此刻，我的內心已經被他帶著暖意的觸碰和溫柔的話語所占據。我幾乎要忘記我是為了瓦倫婷娜而來到此處。

「在朋友有任何需要的時候，我都願意分擔他的煩惱。」

「我知道。」他柔聲說：「這就是妳的特別之處。即使是那些妳無法信任的人，最終也會毫無保留地信賴妳。」

我點點頭。「所以我現在得走了。我已經說得太多，恐怕會辜負瓦倫婷娜的信賴。我希望你會好心地替她保守祕密。」

「我願意為妳做任何事。」

我咬著下唇，字字斟酌。「我還背負著許多人的期待……如果我再久待，同樣也會辜負他們的希望。」

他的手依舊輕放在我的上臂。「無論如何，我還是希望妳能留下來。」

淚水在眼眶邊湧現，我的喉嚨彷彿梗住了一般。「我不知道這是什麼樣的感覺，我也不知道為什麼我的心離不開你……但我必須這麼做。嫁給國王對許多人都有重大的影響，不只是對我，對你也是如此。如果你冒犯了傑米森，他很可能會將你的家族趕回伊索特。如果那裡的情況就和你說得一樣糟，我不想你和家人的生命受到威脅。史嘉蕾對我來說很重要。」

「只有史嘉蕾嗎？」他輕聲問道。

我默然片刻。「不，是你！你才是我最在乎的人。」

在微弱的星光下，他的眼睛因為淚水而瑩然發亮。「如果妳受到任何傷害，我都會無比心痛。看來不管我們有什麼樣的選擇，都難免傷痛。」

我點點頭，淚水自臉龐滑落。「我相信命運會為我們帶來幸福，雖然我們此刻還無法看見。」我伸手指著夜空。「此刻星光黯淡，但日出終究會到來。我們必須要等待，並且懷抱希望。」

「但妳就是我的太陽，荷莉絲。」

同樣的譬喻傑米森已經說過無數次，但感受卻全然不同。傑米森說我「有如初昇的驕陽」，儘管耀眼但卻遙遠，照亮的是不相干的事物。但席拉斯這句話讓我覺得生命有了為自己而存在的理由。

「我發誓會與妳保持距離，不會再單獨見妳或與妳交談。我相信妳也不會需要我再為突如其來的王家盛會打造任何珍寶。」

我點點頭。

「很好，那事情就簡單得多。」他吞了吞口水。「我今後再也不會與妳說話，在此之前……我可以再吻妳一次嗎？」

我對他的誠心和慾望沒有任何質疑，張臂撲向他的懷抱。

這一切都如此自然，就像是隨著曼妙的樂聲起舞或深呼吸一樣。與席拉斯接吻彷彿是我一生期待的願望，我不需要任何思考就知道該怎麼做。他知道從今以後我們再也不會有這樣獨處的機會，他的手指深入我的秀髮，雙臂緊緊地抱住我，雙唇因為熱情而滾燙。我抓著他的衣衫，緊貼著他的胸膛，希望能將他身上那抹炭火餘燼的淡然氣味銘刻在記憶裡。

這迷醉人心的一刻很快地結束。他猛然抽離，直視著我的眼睛。「現在我必須回到家人身邊，請恕我告退。」

我點點。「再會了，席拉斯．伊斯托菲爵士。」

「再會了，荷莉絲．布萊特小姐。」

他退後幾步，深深一鞠躬。我用盡了身體裡殘餘的意志力，轉身離去。

# 第二十一章

「荷莉絲。」德莉亞輕聲呼喚，將我從睡夢中搖醒。

「嗯哼？」

「有人給妳捎來訊息。」我睜開眼睛，只見德莉亞低頭看著我，憂慮明顯寫在臉上。「天啊，妳的眼睛怎麼紅成這樣？妳哭過了嗎？」

昨夜的情景瞬間湧過我全身。

我花了好幾個小時的時間才平息心中紛沓而來的思緒，寧定自己的心神。我不清楚究竟睡了多久，只能說完全沒有睡好。

「沒事。」我堅決地說，努力擠出一絲微笑。「大概是昨晚弄到什麼髒東西。」

德莉亞坐在床沿，輕輕捧起我的臉龐，仔細打量。我不喜歡她深深直視我眼睛的感覺，好像她比我自己還清楚地看穿了我的心思一樣。

「我用涼水浸濕毛巾，讓妳擦拭眼睛。妳可不能這副模樣去見國王和王后。」

「什麼？」我問。

「抱歉。」她搖著頭說，起身去拿毛巾。「這是來自國王的旨意：傑米森國王命令妳出席今晨他與昆廷國王和瓦倫婷娜王后的會面。」

「命令？」我問，一顆心沉了下去。一定是有人走漏了消息，但我和席拉斯已經結束了，我們彼此也很謹慎地保守祕密。不，這一定是為了別的事。

「我想今天穿黑色好了，德莉亞。紅色袖子那件？」

她點點頭。「很好。那件看起來比較莊嚴。我們有一件可以搭配的頭飾。這個給妳，先躺下來吧。」她說，將濕毛巾遞給我。「我馬上準備好所有的東西。」

我搖搖頭。「如果沒有妳在身邊，我該怎麼辦？」

「這我們已經討論過了，荷莉絲。妳會淹死在河裡。」

我用濕毛巾輕輕按著雙眼，等到紅腫消退大半。我打理好容貌，確定沒有人會發現任何異樣。我直挺挺地站著，讓德莉亞為我梳理頭髮和著裝。一切都準備好之後，我踏出房門，諾拉和德莉亞緊隨在後，彷彿一支小小的軍隊。我得承認，她們在我身邊時我感到安心得多。

宮中貴族紳士和淑女三三兩兩地散落在長廊和王政大廳，我毫不遲疑地來到國王的私人會客室前。

「陛下召見我。」

「是的，小姐。」侍衛答道：「陛下正等著您。」

他為我打開房門，但是擋住了德莉亞和諾拉，不讓她們跟著我入內。

「這是一次私人會面，小姐們。」他說。我只能無助地看著那道厚重的木製大門將我和女侍官們隔開。

我深吸一口氣，穩定住心神，然後往內室走去。只見傑米森和昆廷坐在一張擺滿了文件的木桌旁。其他人倚牆而立，包括了幾位教士和樞密院的重臣。他們都在翻閱著關於法律的書籍和文獻。最令我感到驚訝的是我父母也在此，自從那天替我上課之後，我和他們就再也沒有說過話。

我瞥了一眼他們洋洋自得的表情，傑米森站起身來迎接我。

「我心之所向！」他歌唱般地喊道，對我展開雙臂。「妳今天可好？」

「我很好，謝謝陛下。」我暗自希望他沒有察覺到我雙手的顫抖。「這幾天幾乎沒能見到陛下，只要能夠待在陛下身邊，就讓我感到無比的幸福。」

如果是在之前，恭維和挑逗的言語很自然就會從我嘴中湧出，我也知道該說什麼能讓傑米森龍心大悅。但此刻，那些甜美的字句似乎梗在喉頭，難以吐出。

他微微一笑，愛撫著我的臉頰。「妳說得沒錯。這幾天我國事纏身，但我保證，在我們的貴客離開之後，一定好好補償妳。來吧，待在我身邊。」

我溫馴地跟著傑米森就座。但昆廷國王帶著惡意的狐疑眼神讓我渾身不自在。

「至少妳是準時過來。」他咕噥地說。

幾秒鐘不到，今天的最後一位受邀者也到場。瓦倫婷娜快步走進房間，她的手依然放在腹部上。

「很抱歉，」她平靜地說：「我身體……有些不適。」

昆廷國王似乎並不在意，他將注意力轉回傑米森身上。「你剛才說你的婚禮預計何時舉行？」

傑米森微微一笑。「我可還沒說，還有一些細節需要敲定。」他輕觸了我放在椅背上的手。「我很快就會通知你詳細的規劃。」

昆廷點點頭。「你確定她血統優良？」

我盡力保持平穩的表情。被人像牲口或寵物一樣評論可不好受。

傑米森坐直了身子。「你的眼睛沒有毛病吧？你只要好好看看荷莉絲，就會明白我選中她的原因。」

昆廷輕蔑地對著我父母點頭。「她不是他們的獨生女嗎？要是她不能生育，或者只給你帶來一個虛弱的孩子，你該怎麼辦？」

傑米森領口上的肌膚變成了帶著怒氣的紅色。我將手輕輕放在他的肩膀上，看著伊索特國王。

「陛下，我想您應該最清楚，只有一個孩子的父親不應該遭受奚落。獨生子想必會得到所有的寵愛和無微不至的照顧。」

傑米森哈地笑了出來。所有人都知道哈德里安王子的狀況。昆廷自己的獨生子每天都和死神擦身而過，他竟然還有臉嘲諷傑米森尚未出世的繼承人？

這句話讓昆廷非常不悅，他的眼神變得如冰雪般寒冷。「誰允許妳說話了？」

「我看重荷莉絲小姐的任何想法。」傑米森強硬地表示，但這句話其實和他在比武大會那天對我發怒時說的大相徑庭。「對人生的樂觀態度和探索精神是她最寶貴的特質。」

昆廷嫌惡地翻了翻眼珠。瓦倫婷娜要我對擁有的一切心懷感激，對於傑米森這番宣稱我的想法有多麼重要的違心之言，我也只能感謝地接受。

「她所說的話證明了她健康的心智和身體。」傑米森熱情洋溢地說。我不難理解自己之前為什麼會對他著迷。我只希望在結束席拉斯這件事之後能夠對他重燃愛苗。「我相信荷莉絲會為克洛亞誕下一位傑出的王位繼承人，生出半打孩子說不定都輕而易舉。」

我轉過了頭，假裝在整理耳後的頭髮。傑米森這番話接續著昆廷的侮辱之言，讓我感到極為痛苦。難道在這麼多關於我的事情裡面，他們就只關心我生兒育女的能力嗎？

昆廷不斷打量著我，彷彿我是一件待價而沽的商品。「所以你的選擇沒有轉圜的餘地？」他這句話好像在暗示傑米森在城堡北廂裡還藏著另一個愛人。

傑米森抬起頭，用那雙迷人的深邃雙眼凝視著我。罪惡感頓時淹沒了我的內心，因為有一部分的我確實希望他愛著別人。

「我對荷莉絲的情感真摯且堅不可摧。我告訴你，如果你希望我簽署這份合約，你會看見她的簽名就在我的印記旁邊。」

愧疚有如浪潮一般拍打著我。他讓我住進王后寢宮、讓我配戴屬於王家成員的珠寶，而現在，他也準備讓我參與國家大事。

一名教士舉起了手，傑米森點頭允許他發言。

「陛下，儘管全國上下都知道您對荷莉絲小姐的心意，按照律法，在您完婚之前，她的名字是不能出現在這份文件上的。」

傑米森嗤之以鼻。「荒謬。她早已證明自己能夠成為我的好妻子。」

我的胃一陣翻絞，幸好今天我還沒有吃任何東西。

妳早就知道他會迎娶妳，我告訴自己。但是……他從來沒有這樣斬釘截鐵地說過，彷彿沒有任何人能改變他的心意。

我等著腦海裡出現另一個聲音，告訴我這一切都是個錯誤。也許我還有別的方法可以不當王后，又同時取悅我的父母、提高德莉亞的地位、保護伊斯托菲家族和對傑米森盡忠。但這個聲音遲遲沒有出現。

「律法是您偉大先祖的意志，」教士毫不退讓。「如果您希望修改這些慣例，依照律法必須等到下一次聖俗議會召開的時候，也就是今年初秋。現在我們必須恪守所有既定的律法。正所謂一法弛——」

「萬法廢。」傑米森不悅地接口。這是我從小就學會的一句俗諺。克洛亞人鑽研每一項小小的習俗和規矩，因為我們相信違反了一項慣例，就等於破壞了所有律法。「如果律法要求我們再等上幾個月，那我們就等吧。」

「我同意。」昆廷國王說，這是第一次他的語調裡帶有一絲尊重。伊索特也同樣是一個有著繁複律法的國家，雖然我對他們的規矩習俗一無所知，但至少所有人都同意：律法就是律法。

「讓你我先簽字吧，如此一來合約就完成了。明年此時，你已經迎娶了荷莉絲，哈德里安也已經完婚，他們的簽名可以屆時補上。」

傑米森熱忱地點著頭。「同意。這份合約對你的王室血脈影響較大，文件就由你保管，明年換我造訪伊索特時，我們再簽署一次。」

我側目瞧著兩位國王，滿心疑惑。這份合約的內容究竟是什麼？為何和哈德里安王子有關？

「讓我們再確認一次合約。」傑米森堅定地說，直視著昆廷國王。「我和荷莉絲的長女會嫁給哈德里安王子的長子，但這是在我們同時也有男性繼承人的條件之下。因為女性在克洛亞同樣也有繼承權，如果我們所生的都是女孩，那聯姻的對象就會變成我們的次女。你接受嗎？」

雙膝一軟。原來這是一份關於未來子女聯姻的合約嗎？傑米森打算將我們的孩子送到伊索特？我緊抓著他的椅背，盡力維持站姿。

昆廷國王獰笑著，好像在思考該如何繼續討價還價，似乎奪走我的女兒還不能夠滿足他。最後他傾身向前，手伸向鵝毛筆。

瓦倫婷娜和我安靜地站在一旁，看著他們在合約上簽字。在這個瞬間，我意識到，雖然我的名字沒有在文件上，但它已經將我和昆廷、瓦倫婷娜以及哈德里安束縛在同一條血脈中。

他會奪走我的女兒，同時也奪走了一部分的我。

傑米森和昆廷握了手，室內所有人都高聲歡呼。我走向瓦倫婷娜，給了她一個擁抱。

「妳知道這件事嗎？」我低聲問。

「不，如果我知道的話，一定會事先警告妳。我希望妳能相信我。」

「我相信妳。只有妳才能體會我現在的心情。」

她拉著我的手，帶我來到牆邊。「關於昨晚的事，」她急促地絮語道：「是我一時失言。有時候當妳懷著孩子時，會有些異樣的情感，我——」

「妳不需要解釋。」

「我必須解釋。」她堅持。「我當時語無倫次，妳千萬不要當真。而且……」她輕撫著腹部。「今天早上我很不舒服，所以才會遲到。但這是很好的跡象。」

我握住她的手。「恭喜！但妳確定妳現在很安全嗎？」

她點點頭，用力回握我的手。「我很安全。」

「答應我妳會寫信給我。我會需要一些指引和建議，例如該如何忍受自己的子女被當成政治籌碼。」我感到一陣鼻酸，幾乎要落淚，但我努力壓抑住情緒。

「想像一下我所承受的壓力，我明白妳的感受。我有機會的話會寫信給妳……但有時候我只能在信上含糊其辭，因為我的信件可能受到監視。」

「我了解。」

「妳自己多多保重，荷莉絲。讓妳的國王保持笑容，一切都會沒事的。」她吻了我的臉頰。「我得去看看行李打包的情況，然後休息一下。」她微笑著說。

我屈膝行禮。「殿下。」

「妳先寫信給我，」她靜靜地說：「這樣我就有理由可以回信。」

她走到門邊等待夫君。昆廷國王充滿惡意地瞪了我最後一眼，與王后並肩離去。

傑米森走了過來，臉上的表情宛如贏得了比武大賽的冠軍。我勉強擠出一個笑臉，希望看起來是衷心為他的勝利而開心。「就算是父王也無法做到我剛才完成的事！」他笑著說：「妳剛才說得真好，不然我可能得和那老傢伙打上一架。」

「他絕對不是您的對手。」我奉承地說，傑米森放聲大笑。曾幾何時，他美妙如獎賞般的笑聲在我耳中已經變成了惱人的噪音。「我有點好奇，為什麼昆廷是為哈德里安王子打算，而不是瓦倫婷娜懷的孩子？」

「就像我說的，沒有人知道那個老傢伙心裡在想什麼。更奇怪的是他居然會找上我。」傑米森說，挽起我的手臂走向王政大廳。

「您這話是什麼意思？」

「大多數的伊索特人都喜歡同族通婚，保持血脈的高貴純正。昆廷的王室家族也是如此。他一定有什麼特殊理由，才會希望別國公主下嫁給他的王孫。」

「這倒是有點奇怪，但瓦倫婷娜說哈德里安自己的新娘也是來自外國王室。」我說，其實內心紊亂的情緒讓我根本不在乎現在嘴上說的話。我向傑米森微微一笑，試著用玩笑來掩飾心裡的不安與悲傷。「無論如何，下次您打算讓我們的子女遠嫁他國時，能不能事先讓我知道？」

他冷笑一聲。「荷莉絲，不是我們的子女。是我的子女。」

「您說什麼？」我努力維持臉上的笑容。

「我們生育的所有子女都是我囊中的飛箭，為了克洛亞，我會將他們射向任何需要的地方。」他吻了我的臉頰，然後打開房門，讓我回到仕女團的陪伴中。

在我們轉身走回寢宮時，德莉亞看見了我臉上的驚恐，諾拉也握住了我的手。我連忙壓抑住心中的情緒，一臉平靜地對經過的紳士淑女點頭。一路上，我都克制得很好，直到看見了伊斯托菲一家人。

諾斯寇特家族的成員也在場，他們也許是在互道珍重。知道伊坦也會跟著離開，我心中感到一絲安慰。

但我隨即看見了席拉斯那對湛藍的眼睛，我的心猛然一震，好像要從胸膛跳出一樣。我忍不住想像身邊圍繞著一群子女，他們每一個都有席拉斯的藍眼和我的橄欖色肌膚。這些孩子……應該是屬於我的孩子……

我急步走回臥室，沒有人看見我劇烈的顫抖與啜泣。

# 第二十二章

伊索特國王一行人離開之後，我發現自己很難承受宮裡任何幼童的目光。我忍不住去想像他們的家庭，以及他們即將面臨的未來。

很有趣的是，大多數的男孩子總是緊挨著父母，直挺挺地站著，擔心自己的表現有任何差錯；女孩子們就像我和德莉亞過去那樣，和朋友們玩在一起，對刺激的宮廷生活充滿了美好的期待。

當我們在曼妙的音樂聲中繞著彼此轉圈子，或者在節慶時盛裝打扮參加遊行時，懷抱的就是這樣的心境，一切就像是一場奇妙的冒險。我也曾憐憫那些生活在鄉間的女孩子，她們每天都必須在屬於貴族的土地上辛勤耕種，而不管如何努力，她們一輩子都不可能觸摸到綢緞或珠寶，也沒有機會和英俊的年輕紳士共舞。

此時，國王賜予寢宮的震驚已經消退，我感到自己高高在上，人們難以企及。我終於證明，那些看輕我的人犯下了多大的錯誤，我也終於向全世界展現出自身的價值，讓所有人知道我配得上國王的寵愛。

我已經擁有了一切。

然而，我卻有一股強烈的預感：當傑米森為我戴上婚戒，並且將后冠安放在我頭上時，我才是真正失去了一切。

「小姐？」說話的人聲音裡透著關懷之意。我回過神來，抬頭看見伊斯托菲伯爵和他的家人正穿過長廊走向王政大廳。原來我先前看見一個家庭中的父親為孩子指出城堡穹頂上的漂亮拱形構造，於是便停下腳步觀察他們，但一不小心就陷入自己的思緒。我搖搖頭，紅著臉讓開道路，迎向伊斯托菲伯爵。

「您還好嗎？」

「沒事。」我撒了個謊，努力不讓自己的目光在席拉斯身上停留太久。「我猜只是因為這次熱鬧結束之後覺得有點失落。」

他微微一笑。「在我年輕的時候，也常常有這樣的感覺。」他說，和身邊的妻子交換了一個會心的眼神。

伊斯托菲夫人溫柔地看著我，我心裡有一股衝動想要撲進她的懷中。她為了兒女的安危逃出自己的國家，如果我告訴她，我未來的孩子將會成為王國之間的政治籌碼，她一定能理解我的痛苦。

「別擔心，荷莉絲小姐。」她說：「加冕紀念日就快要到了，不是嗎？史嘉蕾很期待和您一起練舞。之後還有很多盛大的慶典可以期待呢！」

我擠出一絲微笑，點點頭。「謝謝您，夫人。加冕紀念日還有很多的準備工作要做，我會盡快送消息給史嘉蕾。如果能盡情跳幾支舞，我想對大家都好。」

從史嘉蕾充滿洞察力的眼神、伊斯托菲夫人關切的笑容和席拉斯低垂的目光，我意識到他們都察覺了我此刻內心的悲傷，雖然他們並不清楚確切的原因，但沒有一個人敢開口談論此事。

「我會期待您的消息。」史嘉蕾微微屈膝。我點點頭，繼續往前走。

我不斷地克制自己的渴望，但最終還是屈服了。我回眸望向席拉斯。

席拉斯也凝視著我。

他臉上泛起一抹淡然的笑，我也報以同樣的微笑，然後各自踏上了相反的道路。

親愛的瓦倫婷娜，

妳才離開不過幾天，我已經開始想念妳的陪伴。因為那份合約，我的心情依然很難平復。這讓我明白妳當初說的話有多麼準確。雖然最初是愛情驅使我投入傑米森的懷抱，但這樣的生活並不如預期中的那樣容易和幸福。在知道妳成為王后的經過之後，我無法想像妳當初是如何在無人指引下扮演好王后的角色。我很希望能夠分享妳的智慧。自從妳離開之後，我像是陷入了——

「妳在寫什麼？」德莉亞經過我的書桌。她靠得有點太近，我急忙將信紙揉成一團。

「沒什麼。」

我不能寄這樣的東西給瓦倫婷娜，儘管我知道她一定會理解我的煩惱。但我的文字裡不能透露赤裸裸的恐慌和絕望，要是信被別人攔截，那可就糟了。

「妳還好嗎？」德莉亞問：「妳看起來簡直跟伊索特人一樣蒼白。」她自己咯咯笑了起來。

「只是有點累。這幾天的娛樂活動讓我筋疲力盡。」

「妳的謊話也許可以瞞過其他人，荷莉絲，但對我一點用都沒有。」

我抬起頭，只見德莉亞挑著眉，雙手扠腰。

「好吧。只是……我原以為當上王后是一件很有趣美好的事，但現在看起來，這樣的地位好像在扭曲我的天性。我覺得我已經不再那麼上心了。」

她低頭看著我。「妳得想辦法撐過去。妳擁有的是千千萬萬女孩都無法企及的夢想。想想看吧，妳不會像別人一樣被父母嫁給某個外國的陌生男子。妳已經不是十二歲的小女孩了，別哭哭啼啼的！」

我嘆了口氣。我知道在挑選丈夫這件事情上，我比全世界的女孩都要幸運。但這絲毫不能緩解我心中的痛苦。

我撫弄著桌上那幾顆金色的骰子。「妳也會為瓦倫婷娜難過嗎？」我問。

她笑了笑。「妳會嗎？就因為她嫁給了一個老無賴？」

「當上王后對她來說難道不是很不幸嗎？妳沒看到嗎？儘管她擁有一切，卻總是孤單一人。我知道傑米森愛我，他對待我一定會比昆廷對待瓦倫婷娜那樣好上百倍。但還有許多微妙的事情，我之前完全沒有考慮過。我只是在想……如果他上了年紀，對我的熱情消退……我是不是就變成王國的一件附屬品？就像玻璃櫥窗裡的漂亮珠寶，只有在需要鼓舞人民士氣時才會被拿出來炫耀？除此之外別無所長？」

我沉默了好長一段時間，才轉頭面對德莉亞，想知道她對我這番話有什麼評論。但她卻帶著控訴的眼神瞪著我。

「妳不要這樣。」她說：「如果妳前功盡棄，也會把我拖下水。我絕對不能容忍這樣的事情發生，荷莉絲。絕不。」

「所以為了讓妳可以嫁給某個英俊的貴族青年、讓大家不再說妳的閒話，妳就寧願我生活在悲慘之中嗎？」

「沒錯！我已經受夠了！」她哀嘆，眼角泛起了淚光，但她強忍住不讓淚珠低落。「在我這一生中，永遠都有人在我背後議論，只因為他們沒有膽量當面詆毀我。現在我身為未來王后的首席女侍官，我終於能夠得到應有的尊重。如果妳是我，願意放棄這樣的機會嗎？」

「如果我們能有更好的機會呢？」我說。

「比嫁給國王更好的機會？荷莉絲，天底下哪有比這更好的機會！如果妳不堅持下去，我也無能為力。」她安靜了片刻。「妳到底怎麼了？為什麼會突然這樣胡思亂想……妳還有什麼事瞞著我？」

「沒有。」我很快地回答：「我只是想到我可能會……失去自我。我很清楚成為王后會帶來什麼好處，也很清楚我再也不能保有我的隱私。一開始是王公貴族的詆毀批評，然後是面對來訪的外國王室，而現在……傑米森已經和昆廷達成協議，要將我們還未出世的長女送到伊索特。」這幾句話像是梗在喉嚨，難以出口。「他很可能會送走我所有的子女，送給那些根本不在乎他們幸福的人！」

她深吸了一口氣，讓我寧定心緒。

「面對單一困境不是什麼難事，但是挑戰接踵而來時，我不知道是否能撐下去。」

她搖搖頭，嘴裡喃喃自語。「被選中的應該是我。」

「妳說什麼？」

她直挺挺地站在那裡，冰冷的深色眼眸怒視著我。「我說，傑米森選中的人應該是我才對。」

她轉身朝內室走去，彷彿那是屬於她的地方。我跳了起來，跟在她身後。「妳到底在說什麼？」

她氣勢洶洶地轉過身來面對我，我從未見過她如此生氣。「如果妳不是只在意自己，就會知道我一直都在小心地觀察傑米森。當時我早已注意到他對漢娜逐漸失去興趣，很快就會追求下一個女孩。哼，妳為了接待昆廷一行人惡補的那些基本知識，我早就全部都記在腦袋裡了。城堡裡的藏書能讓妳知曉克洛亞的歷史，包括王國與伊索特、摩爾蘭和卡塔爾之間的複雜關係。妳就是太懶惰了，根本沒有心思學習。」她搖著頭，瞪著天花板，然後才又看著我。「妳知道我會說四種語言嗎？」

「四種？我不知道，妳什麼時候——」

「什麼時候？就在妳一天到晚跳舞享樂和抱怨父母的那幾年。妳只需要努力去嘗試學習，但妳從來不肯。是我做到了！我不斷地在各方面精進自己。說到底，妳看起來也根本不像是典型的克洛亞人。」她衝口而出。

「妳說什麼？」

「每個人都在談論妳的小麥色頭髮，他們說妳有伊索特的血統，或者來自巴尼瑞安。這也是貴族們議論紛紛的原因之一。如果傑米森想娶克洛亞人，那她最好看起來就像個克洛亞人；如果他想立異國女子為后，他的對象最好能對王國有所貢獻，不是像妳這樣一無是處。」

我的言語也尖酸起來。「隨妳怎麼說，妳現在什麼也改變不了。」我惡聲說：「是諸神的旨意讓我跌進傑米森的懷抱。」

「哈！」她大笑。「才不是呢，那是我的失誤。那晚在舞會是我放開了妳的手。」

「不……我們——」

「我原本計劃讓妳跌個四腳朝天，然後我再趕忙過去扶妳。我那時已經看到國王正走過來，所以我打算在他第一次見到我時留下不可磨滅的印象，讓他認為我和其他投懷送抱的女孩截然不同。我想如果能製造一些意外，至少他會注意到我。但我放手的時機不夠準確，我自己摔在地上，他卻接住了妳。」她聲音裡的苦澀刺痛人心。「我錯失了機會，也將自己從他心中完全抹去。」她伸手掩住嘴巴，似乎隨時都會哭出聲來，但還是忍住了眼中的淚水。

我震驚得說不出話。我知道她一直都在為自己規劃一個更好的人生，但從未想過她也有當王后的志向，也從未想過她打算跳過我去追求這樣的目標。

我們目光相接，她的眼神變得柔和，看起來悲傷且絕望。

我對她的怒氣已經消散，取而代之的是隱隱作痛的愧疚。

「妳為什麼要保持沉默？妳那麼聰明，一定有辦法吸引傑米森的注意。」

她聳聳肩。「我原本認為他很快就會對妳厭煩，到時候自然會有我的機會。但他看妳的眼神……我知道他動了真心，我還能說什麼呢？妳一直都是我最好的朋友，當所有人都在背後說我是私生女時，妳毫不理會這些閒話，一直和我站在一起。我告訴自己，這是我能回報妳友情的方法。如果我能幫助妳贏得后冠，這個勝利也同樣屬於我。這也是為什麼我很積極地想成為妳的侍女，這是隨著妳提升地位的唯一機會。但妳現在卻想放棄一切？妳知道嗎，看著妳受人讚美愛戴，而我只能隨侍在旁，這對我來說有多難受。」

「我從來沒有想要受人讚美愛戴。」我誠摯地說，終於明白為什麼過去這幾週她看起來這麼不自在。我走上前去握住她的手。「妳對我來說不是僕人。妳是我相識最久、最信賴的好朋友。妳比世上任何人都了解我，我願意和妳分享所有的祕密。」

她搖搖頭。「所有的祕密？」她的目光再次深入我的眼睛，直抵那個我害怕說出的真相。「我知道妳還有所隱瞞，因為我無法理解妳為什麼突然想要放棄全克洛亞女孩都夢寐以求的機會。」

「如果妳和我易地而處，我想妳會了解。當妳發現將會失去自由，而愛情並不如期待中的那樣美好時，那種感覺令人恐懼。」

當她再次開口時，聲音裡透著介於同情和憤怒之間的某種模糊情感。「所以這些都不值得妳成為王后嗎？還是妳寧願在宮裡鬧出一個大醜聞？如果妳現在離開傑米森，妳不只毀了妳自己，還毀了他的威望和信譽。」

我閉上眼睛，在心裡衡量著所有的後果，然後明白我沒有別的路好走。我只能繼續走下去，贏得我原本「渴望」的后冠，或者失去一切。

「妳還真的打算放棄——」德莉亞不可置信地搖頭，轉身準備離去。

「等等。」這是一句命令。

傑米森挑選女人的品味讓我擁有支配德莉亞的權力。她轉過身來，一臉不悅。

「我當然會嫁給傑米森，我現在沒有別的選擇。在傑米森傾心於我之後，妳一定已經有了備案。我知道妳都計劃好了一切。所以給我一個名字。」

她斜眼瞧著我。「妳這是什麼意思？」

「妳想嫁給誰？」

她完全不用思考。「亞力斯塔爾．法羅。名門望族，擁有大片土地。如果妳居中安排，他絕對不會拒絕我。」

「妳愛他嗎？」

「別開玩笑了，荷莉絲，愛情是最後才需要考慮的部分。如果我們有幸能真心相愛，那當然很好。但在此之前，我並不在乎。」

我點點頭。「我答應妳。」我下意識地拉了拉裙襬，雖然上面一點皺紋都沒有。我走回到書桌前，還不太確定該在信中對瓦倫婷娜說什麼。

「等一下，荷莉絲？」

我看著德莉亞，她依然站在原地，臉上寫著疑惑。「傑米森呢？妳愛他嗎？」

「某方面還是吧！」我坦白地說：「我愛那個因為我在身邊而開心的他。即使我永遠無法滿足我父母的期待，我也還是愛著他們。而就算妳對我生氣，我也愛妳。無論發生什麼事，我都愛妳。」

我們默然對視，十年來一起相處的回憶在兩人的心頭湧現。這十年裡的每一刻，德莉亞都支持著我、關照著我，她在我心中占有珍貴無比的一席之地。

「所以這是放開一切的時候了。只要傑米森開口求婚，我就會嫁給他。這是為了所有我愛的人。」

# 第二十三章

「加冕紀念日！」今天下午稍晚時，諾拉一面喊一面衝進了房間。「陛下會在加冕紀念日典禮結束後求婚。」

「妳確定嗎？」我問。

她點點頭，越過德莉亞朝我走來。

「瓦靈頓伯爵夫人說她丈夫私底下在抱怨。夫人自己是荷莉絲的忠實支持者，但是伯爵認為傑米森應該和外國公主通婚，來保護王國的利益。」

「隨他怎麼說，現在持反對意見的人已經變成了少數。自從她和瓦倫婷娜上演的那齣好戲之後，整個宮廷都站在荷莉絲這一邊了。」德莉亞的聲音裡有著一絲哀傷，但已經沒有先前的苦澀。在了解她的心情之後，她的陪伴讓我感到自在許多。「國王越早求婚越好，一旦妳正式成為王后，任何腦袋正常的人都不會敢再公開反對妳。」她對我說，帶著一抹微笑。

諾拉走過來握住我的手。「恭喜您，殿下。」她仰著頭說。

「謝謝妳，不過還是等到我真的戴上戒指的時候再說吧。」

她笑著嘆了口氣，抽回自己的手。「距離加冕紀念日還有兩天。我們得趕緊完成編舞，然後還得幫妳的禮服做最後的修飾……不知道國王會不會又送更多的珠寶過來。」

我轉身面向梳妝鏡，任由她唸著一長串的待辦事項。我坐了下來，讓德莉亞梳理頭髮，兩人心中都沒有半點興奮之情。

「一、二、三，轉身！」德莉亞喊著，和諾拉背靠背轉了個圈子。

和接待昆廷國王一行人比起來，加冕紀念日的準備工作倉促得多。最後，我們只能把以前設計過的舞步拼湊起來，重新編排。就算是多才多藝的德莉亞也沒有辦法和時間對抗。雖然是老酒裝新瓶，但整體效果還是相當不錯。每位舞者都優雅地跳著，史嘉蕾和我湊成一對，一起隨著小提琴清亮的樂音轉圈。

「還開心嗎？」我問，雖然她燦爛的笑容已經是最好的回答。

「很開心。雖然我很想念家鄉的許多事物。」她說：「食物、空氣的味道……但我喜歡妳們每晚都跳舞的習慣。在伊索特，我們只會在特別的節日或慶典的時候跳舞。」

「妳現在已經是克洛亞人了。」我說，輕觸她的手肘，以她為圓心轉著圈子。「我們會好好教妳各種舞步，妳還有好幾年可以學呢！不過德莉亞教得比我好，她一直都是很棒的舞者。」

德莉亞對我微微一笑，然後繼續下一段舞步。「還差得遠呢。」她咕噥著說。

史嘉蕾不解地看著我，但我也只能搖搖頭。這整件事實在難以對她解釋，特別是她的哥哥在其中扮演了極為重要的角色。

我們反覆一遍又一遍地練習，讓所有人都熟悉每一個動作。到時候，全宮廷的目光都會集中在我們身上，不能容許有任何差錯。

幸運的是，史嘉蕾雖然是新手，卻很有天賦。當然我們還是必須反覆示範每一段舞步，讓她牢牢記住。而在實際演練時，她舉手投足都流露出自然的優美。

「跳得漂亮，史嘉蕾。因為妳之前沒什麼經驗，我以為妳會跳得很辛苦，顯然我是想錯了，妳手部的動作特別可愛。」

「謝謝您。」她一面說，一面與我再次起舞。「老實說，我覺得這是因為我平常練劍的關係。」

「妳哥哥沒提到妳也會使劍。」我說，腳下舞步絲毫不停。如果他說過，我一定會記得。我竭盡全力要將席拉斯．伊斯托菲逐出腦海，卻無法忘卻與他相處的每一刻和他說過的每一句話。如果不約束自己，我會在心中一次又一次重溫所有與他的對話。

「身上穿著裙子，手裡揮舞著一塊沉重的金屬可不是一件容易的事，但這會使妳腳步輕盈。」

我笑了笑。「我想也是。說到跳舞，上次席拉斯與我共舞時表現得也很棒。」別再想他了，荷莉絲。這一點用也沒有。「也許這是家族遺傳。」

「也許是吧。」她轉了個圈。「家人對我來說很重要，我們所擁有的就只剩下彼此了。」她的語調裡有一絲控訴的意味。

「為什麼這麼說？你們在這裡不是過得很好嗎？」

她搖了搖頭，和我一起完成最後的舞步。「您要知道，並不是所有人都歡迎我們來到克洛亞，而先前效忠的國王視我們為叛徒。我們想要在這裡努力工作，但對我來說，一切都還是很陌生……家族以外的人都不知道我們經歷過什麼事。我不希望我的家人受到任何傷害……有時候，危險可能也來自於愛與善意。」她棕色睫毛下的雙眼懇切地望著我。

我倒吸了一口氣。是席拉斯洩漏了祕密？還是史嘉蕾自己推敲出真相？她和德莉亞一樣都有可怕的洞察力。我輕聲開口，希望小提琴的聲音能掩飾嗓音裡的不安。「請妳相信我，我永遠都不想要傷害妳和妳的家人。」

「如果傷害已經造成，原本的善意都無關緊要。」

我深呼吸，瞥了四周一眼，確保沒有人聽見我說的話。「妳不用擔心。而且聽說傑米森會在加冕紀念日的慶典上向我求婚。」

她如釋重負地嘆了口氣。「這真是個好消息。不過我們在節慶之後很快就會離開。」

我猛然放開了手。「什麼？」

德莉亞和諾拉盯著我瞧，雖然腳下仍持續著舞步。史嘉蕾看了一眼她們狐疑的表情，才又轉頭面對我。

「我……我之前對您說過。」她平靜地說：「這很早就計劃好了。我們希望能過屬於自己的平淡生活……特別是在經歷了這一切之後。」最後一句話的聲音極輕，透著一絲疲憊。「自從我們來到克洛亞，父親就一直在尋找一塊合適的土地。現在我們終於找到了一棟在鄉間的宅邸，周圍有肥沃的原野。我和兄弟們也開始接到工作的委託，無論田地能不能有收入，我們都可以自給自足。總之，我們準備離開宮廷。」

我緊握著雙手，勉強擠出一絲微笑。「瓦倫婷娜曾告訴我……伊索特的宮廷生活有多麼壓迫和緊張，也難怪你們會渴望鄉村的生活。我很榮幸能夠在分別之前最後一次在宮中招待伊斯托菲家族。來吧，讓我們結束這段練習。」

我感到身心俱疲，只能草草地做了幾個基本動作。

練舞結束之後，我一言不發地走過寢宮，回到內室。之前我從未這樣突兀地離開過。每個人都察言觀色，並沒有跟上來，她們很清楚我現在不想受到任何打擾。

我坐在窗下，眺望著柯爾瓦德河和一路延伸出去的王都，一直到遠方目光所及的綠色平原。在地平線附近的某處，伊斯托菲家族會在那裡安居樂業。我不斷告訴自己這是一件好事，如果席拉斯離開宮廷，他也帶走了對我的誘惑，而這個誘惑很可能會毀滅我原本充滿光明的大好人生。沒有了席拉斯，我也能夠以嶄新的目光看待傑米森，再一次想起他是如何愛我、如何以熱情和無數珍寶寵幸我一人。

席拉斯是一塊我必須搬開的絆腳石。從此之後，我會踏上更平穩的道路。

然而，不知道為什麼，我看著整座城堡中最優美的景致泣不成聲，直到哭乾了最後一滴眼淚。

# 第二十四章

加冕紀念日一早醒來，一點都沒有節慶的感覺。一切都是如此尋常：平淡的天氣、平淡的陽光，一如我平淡的心情。

「荷莉絲。」德莉亞輕聲叫喚，拉開床後方的窗簾。「妳有一個包裹。」

「什麼？」

「我猜是昨晚送來的。今天這個場合，國王肯定希望妳配戴特別的頭飾，妳說是嗎？」她說，聲音裡帶著苦澀的渴望。她伸手扶我起身，臉上的笑容混雜著悲傷和決心。

「妳打開來看了嗎？」

她搖搖頭。「侍女才剛把東西拿進來。我們不敢擅自替您打開，小姐。」

我虛弱地微笑。「好吧。」她提起一件長袍，罩在我身上。「我們一起去看看。」我說，來到桌前打開包裹。

三頂安放在黑色天鵝絨布的閃亮王冠映入眼簾，美得令我屏息。我的手指輕撫過每一頂王冠，它們各自有其獨特之處。

第一頂以黃金鑄成，造型和艾斯圖斯之冠類似，另外兩頂則鑲嵌了更多的寶石。第二頂以紅寶石為主，展現出絢麗的克洛亞紅。最後一頂布滿了鑽石，有著尖塔似的裝飾。

「我最喜歡最後一頂。」諾拉說：「但不管妳戴哪一頂都會令人驚豔。」

「妳覺得呢，荷莉絲？」德莉亞問：「第一頂看起來很像——」

「艾斯圖斯之冠。」我接口。「我也這麼認為。」

「妳戴上這頂就是與國王相匹配，這訊息再明白不過。」

我當然知道這個道理。但我暗自微笑，想起了之前與席拉斯的對話。我們的衣裝就是一種語言，別人可以選擇聆聽或者忽視。

「這三頂我都不戴，但也別送回去。」我下達命令：「我要讓他們大吃一驚。」

「我心裡的嫉妒之神不願意承認。」德莉亞開口：「但今晚妳將會讓所有人屏息。」

「妳喜歡嗎？」

「那還用說，這比那些笨重的王冠要適合妳。」她讓到一旁，讓我攬鏡自照。

她說得沒錯，這就是我的風格。席拉斯曾經開玩笑說鮮花比王冠更適合我，而現在我頭上戴著一頂由無數芬芳的花朵所編織而成的花冠。我還用一些寶石別針來將花瓣固定在頭髮上，在陽光折射下，這頂花冠散發出異乎尋常的美麗光芒。

在我心中，這頂花冠獨一無二，而我也只有這麼一次機會能戴上它，走進宮廷。

我看見站在我身旁的德莉亞雙肩沉了下去。她的頭髮上也配戴著花朵，但遠不及我的花冠炫目。又一次，她必須要屈居在我之下。我現在也知道這對她來說有多麼難受，尤其是現在她必須接受成為王后的希望正式地破滅。

「我要妳知道。」我說：「如果妳當初的計劃成功，傑米森選中了妳，我也會無怨無悔地侍奉妳。過去這幾週，妳為我完成了很了不起的事。說真的，德莉亞，我永遠都不知道該如何報答妳。」

她輕輕靠在我身上，我們的額頭相觸。「好好把法羅伯爵送給我就行了。」

我咯咯嬌笑。「一言為定。如果可以的話，我會讓你們比我還要早完婚。」

「真的嗎？」

「對於妳所渴望的事物，妳已經等待得太久了。只要妳真的喜歡他，我認為這沒有什麼好拖延的。」

她給了我一個大擁抱，眼角泛起淚光。自從我們十三歲那年她遭受一次惡劣的欺侮之後，她發誓再也不會有人看見她哭泣。如果這幾年間她曾經偷偷掉淚，我也全然不知情。

我的母親一如往常不敲門就闖了進來，打斷了這感人的一刻。

「妳頭上戴的是什麼鬼東西？」

我臉色一沉。「怎麼了嗎？」我轉頭看著鏡子，從每一個角度觀賞自己的裝扮。

「把那些花從頭上摘下來。妳是一位貴族小姐，不是鄉村農婦！今天是加冕紀念日，妳得戴上一頂『正常』的王冠。」她指著自己的腦袋，上面戴著一頂小冠。那是從母親娘家帕爾斯家族代代留傳下來的珍寶，雖然不及她弄丟的那頂華麗，但擁有悠久的歷史，很適合今天的場合。

我嘆了口氣。「您說完了嗎？我選擇這頂花冠自然有我的理由。」

「不管妳有什麼理由，把它摘下來！」她氣沖沖地走到會客室，看著傑米森送來的那三頂王冠。「國王陛下送來的王冠這麼華麗完美，妳看看！」她說，一面拿起鑲滿紅寶石的那一頂。

「是很漂亮沒錯，母親，但那不是我的風格。」

她放下手中的王冠。「不行、不行，妳給我過來。妳這樣亂來，宮廷裡的貴族大人們不會滿意的！」她抓住我的手臂，硬是把我拖到放著三頂王冠的木盒前。

「我才不管那些大人們怎麼想。」我沒說出口的另一句話是：其實我也不在乎傑米森怎麼想。

「那妳就大錯特錯。國王需要他們，而妳需要國王。」

「不，不要。我就是不想——」

「荷莉絲，妳得聽我的話！」

我猛然抓住母親的肩膀，逼她看著我的眼睛。「我很清楚我是什麼樣的人。」我的聲音平靜，但如鋼鐵般堅硬。「我對自己很滿意。」

我輕觸她的臉頰。「您是我的母親，我希望您也為我驕傲。」

她目光慌亂地掃視著我的臉孔，這是有生以來第一次她認真看待自己的女兒。也許她眼眶裡的淚光只是我的想像，但當她再度開口時，聲音柔軟了許多。

「我想，花冠確實很適合妳。噢……上面也有一些珠寶嗎？」

「是啊！您喜歡嗎？」我轉了一圈，讓陽光照在點綴著花冠的寶石別針上。

她點點頭，囁囁地笑了笑。「嗯，我覺得很好看。」

德莉亞拍了拍手。「來吧，女士們。我們可不能讓未來的王后遲到。」

「您要跟我一起，還是待在父親身邊？」我問。

母親還沒從剛才的震驚恢復過來。「我會去找妳父親。等會兒在大廳見。」

我點點頭，目送她走出房間，然後轉身面對鏡子，整理好裙襬。

「我們都準備好了，小姐。」德莉亞說。我微微頷首，朝王政大廳進發。

在加冕紀念日踏入王政大廳的感覺和那天昆廷國王駕臨時類似。當我從容地走過中央走道時，所有人都凝視著我，發出驚嘆聲。我今天不但美麗絕倫，而且我做回了自己的主人。這是好幾年來從未有過的感受。

我來到大廳前端，傑米森會在此處等著我一起展開典禮。我想在加冕紀念日時，大多數國王的父親都已經不在人世，但傑米森身邊也沒有母親或兄弟姊妹。他是巴克雷王朝血脈的最後一位國王，直到他能生出繼承人。而對此，他所有的希望都放在我身上。我站在王室成員的位置，如果傑米森有任何家人，他們也會站在此處。也許我還沒有和他成為家人的感覺……但不久之後，我們就會共組家庭。

今晚，傑米森會象徵性地以古老的艾斯圖斯之冠再度加冕。出席的貴族紳士也會戴上頭冠，淑女們則是配戴王冠樣式的鑽石頭飾。在短暫的典禮之後，就是慶祝節日的舞會，這將會是克洛亞全國一整年最令人興奮的盛事，所有人會盡情跳舞直到天明。加冕紀念日在古老的歷史中有著神聖的起源，但如今已經演變成全國人民狂歡的節日。對傑米森來說，今天確實是求婚的好日子。無論人民認同我與否，他們都得慶祝歡度這一天。

號角聲響起，我也收起了心裡帶著嘲諷和批判的想法，準備好展現出王后的風範。

身披紅袍的一隊小男孩走進大廳，搖著手中的銀鈴，眾人立刻肅靜。傑米森穿著厚重的貂皮長袍，隔著大約十尺的距離跟在後方。在他身後的是捧著艾斯圖斯之冠的總主教。

紅袍男孩分站兩側，傑米森走上中央走道，然後安坐在王座之上。總主教來到王座前，高舉著艾斯圖斯之冠。鈴聲整齊地戛然而止。

「克洛亞的人民，」總主教朗聲說道：「讓我們一同歡慶。在王國曆一百六十二年的今天，我們擁有一位忠貞可靠的國王，他是偉大的艾斯圖斯的直系子孫。今天，我們向巴克雷家族的傑米森・卡蒂烏斯國王致敬。他的王家血脈承接自先王馬瑟魯斯、特拉烏、夏恩、普瑞斯利、克勞斯、利森，最後是艾斯圖斯。

「我們是最受諸神眷顧的民族，因為統治克洛亞的是全大陸上最強大的家族。在巴克雷家族長久且安穩的領導之下，我們能常保喜樂。今天，讓我們再次對傑米森國王宣誓效忠，並且祈禱他長命百歲，子孫繁衍。」

總主教將艾斯圖斯之冠安放在傑米森頭頂，歡呼聲頓時響徹了王政大廳。

「讚美諸神！」全廳眾人齊聲呼喊，傑米森輕瞥了一眼右側，知道我已經就位。

加冕禮完成後，傑米森向總主教微笑致謝，並站直身子，舉起雙手示意眾人肅靜。

「親愛的臣民，感謝你們對我的信賴，願意將治理王國的大權交到我手上。我知道我還年輕，也才剛即位不久，但我比全大陸上任何國王都更在乎人民的福祉和這片土地的和平。我祈求諸神讓我們的王國茁壯強盛。我會繼續為克洛亞奉獻出生命，不只是為了土生土長的國民，也為了那些選擇加入我們的家族。」他伸手指向大廳後方，我的目光隨之望去，只見那些從鄰國移民來克洛亞的家族都站在那裡，包括了伊斯托菲一家人。

「今晚，我們當然得好好慶祝一番！」他高聲叫道：「奏樂！」全廳所有人歡呼鼓掌，悠揚的樂聲也跟著響起。

當王公貴族簇擁著國王時，我依然凝視著大廳後方。

# 第二十五章

歡欣鼓舞的人群湧過王政大廳，如漩渦般環繞在我四周。即使如此，我與席拉斯依舊四目相接，不願分離。我先前見過他穿上更華美的衣服，但今晚的他看起來特別英俊。伊斯托菲一家明白加冕紀念日的習俗，所以也配戴了各種冠狀頭飾。不知道這些頭飾也是歷史悠久的傳家寶，還是他們為了這個場合特地製作的？

我身旁的紳士淑女互相擁抱，稱讚著對方的衣著和裝飾。許多人歡呼著拿起一杯杯麥酒，為國王、為克洛亞、為今夜……為所有的一切舉杯慶賀。但我只是定定地凝視席拉斯，看著他報以相同的目光。他表情哀戚，流露出的情感和在我心中翻絞的思緒無聲地共鳴：因為無法擁有所愛之人而傷心欲絕。

「荷莉絲！」一直到德莉亞出聲叫喚，我才猛然轉過頭。「原來妳在這兒。我們一直在找妳。」

我有移動腳步嗎？剛才流逝了多久時間？

「國王在召喚妳！」她尖銳地說。

我深呼吸，整理好心中亂糟糟的情緒。「當然。請妳帶路吧。」

我讓德莉亞執起我的手，隨著她來到大廳前端。我可以感受到她充滿疑慮的眼光不斷回眸射來。她知道我還有所隱瞞，似乎也察覺到我內心有更多的暗潮洶湧，但周圍擠滿了人，她沒有機會開口詢問，只能默默地帶我來到傑米森面前。

「妳今晚簡直就是完美女神的化身！」國王說，伸出手臂迎接我，琥珀色的酒水從他手中的酒杯邊緣低落。「我很喜歡這頂花冠。上面是寶石在閃閃發亮嗎？」

「是的，陛下。」

「了不起。阿靈漢大人，你可有看見荷莉絲小姐的花冠？是不是美極了？」不等伯爵回答，他就放低了嗓音繼續對我說：「婚禮時我們得再熱鬧一次，妳說是嗎？」最後一句話的音調異常地高，裡面有種我從未聽過的瘋狂。

「您興致真高，陛下。」

他仰頭狂笑。「當然！今天是我一生中最美好的一天。妳覺得呢？」

當我開口時，我可以感受到嘴唇在顫抖。「每一天對我來說都很美好，但我依然最期待明天。」

他有點粗魯地將我的頭髮往後撥。「對妳來說，我相信確實如此。妳真美，如果妳的臉孔出現在王國的錢幣上，那可有多漂亮，妳說是嗎？我已經決定要將妳的肖像刻印在新鑄的錢幣上。妳身體不舒服嗎？看起來怎麼有些心神不寧？」

我不知道自己現在是什麼表情，但顯然不是他所預料的那樣，因喜悅而容光煥發。「也許是天氣太熱了。我能否到外面待一會兒，透透氣？」

「當然。」他低頭親吻我。「早點回來。我希望每個人都看到妳。」他輕輕一笑，聲音再度透出一絲瘋狂。「妳回來之後，我要宣布一件大事。」

我默然點頭，暗自感謝如燈蛾撲火般從四面八方朝國王湧來的貴族，如此一來，悄然溜出大廳就更容易了些。我笨拙地擠過一對對的男女，此刻的模樣看起來一定很蠢。但我感覺胸口彷彿要炸開了一般，只想要盡快離開大廳。我不知道該往哪個方向走。如果我回去寢宮，一定會被侍女們注意到，我父母的廂房也一樣。如果我在城堡走廊上亂晃，也同樣會吸引那些準備出席宴會的貴族的目光。於是我轉身從一道側門走到外頭的廣場，那裡停放著十幾輛馬車，準備在節慶結束之後載運賓客離開。我靠在其中一輛的車廂上，忍不住啜泣起來。

我告訴自己，如果要發洩就趁現在。當我回到王政大廳時，傑米森會希望我臉上掛著笑容，也許我下半輩子都得這樣強顏歡笑。我即將嫁給一國之君，但內心深處卻有一股力量不斷呼喚著我追隨另一名男子。

我究竟該如何忘掉自己真實的渴望？該如何止住流瀉而下的淚水？

「荷莉絲？」

我轉過身，看見席拉斯藏身在火炬投射出的陰影之下，臉上也同樣淚眼婆娑。我們在驚喜中對視了片刻，想到兩人不約而同地躲在同一個地方，我們都笑了出來。

我擦了擦眼睛，他也做了同樣的動作。

「慶祝活動讓我有點喘不過氣來。」我撒了個謊。

「我也是。」他指著我的頭頂。「很美的花冠。」

我聳聳肩。「你就要離開宮廷了。我想……我想這會是你想要記住我的模樣。」

「荷莉絲——」他一陣顫抖，欲言又止，似乎在鼓起勇氣。「荷莉絲，就算在黑夜之中，妳也是我的太陽，為我的世界帶來光亮。」

我感謝諸神賜予這段兩人獨處的時光。「我希望你和你的家人終於能夠平靜地生活。如果需要任何幫助，記得你在宮裡永遠都有朋友。」

他深深凝視著我，過了好一會兒，才伸手進口袋裡。「我為妳做了一樣東西。」他說，打開了一塊手帕。

「不是一把劍嗎？」

他輕輕一笑。「也許有一天我會替妳鑄一把好劍，但我想，這個很適合現在的妳。」

他拿出一枚鑲嵌著黃色寶石的胸針，在火炬下閃爍著光芒。

「這是什麼？」

「這種寶石叫做黃水晶。荷莉絲．布萊特，如果妳是一顆恆星，妳就會是耀眼的太陽；如果妳是鳥兒，那浴火的鳳凰就是妳的化身；如果妳是一枚寶石，那唯有黃水晶才能展現妳的光彩。」

我看著這枚胸針，難以抹去臉上的微笑。黃寶石周圍環繞著一圈小珍珠，儘管在黑暗中，依然閃閃發光。

「妳介意嗎？」

我搖搖頭。

他伸手拉住我禮服的上衣，手指輕輕撫過我的肌膚。「我好想給妳更多。」

「請不要走。」雖然四下無人，我語調極輕。「留在城堡裡吧，讓我能時常找你說話。國王不想要我思考也不想要我發言，也許他根本就不在乎我的想法。我不想要成為一件孤獨的裝飾品，沒有人能讓我傾訴內心的感受。」

「我必須跟隨我的家人。」他堅決地說：「家族必須團聚才能茁壯。我很明白，一直到我死去的那一天，我都會因為離開妳而痛苦萬分，但如果我拋棄家人，我永遠都不會原諒自己。」

我點點頭。「如果你因為我而拋棄他們，那我也不會原諒自己。」

他的雙唇貼近我的臉龐，手指撫摸著我的頭髮，嗓音有如耳語一般。「跟我一起走。」他懇求：「我會無怨無悔地愛妳。我不能給妳王宮或頭銜，但我可以給妳一個家，一個妳能夠做自己，並且受到珍愛的家。」

這番話如雷轟一般讓我幾乎難以呼吸，不知該如何回答。

「做自己？但我究竟是誰？」

「別傻了。」他微笑。「妳是荷莉絲．布萊特。妳會歌唱、會跳舞，充滿好奇心。妳和別的女孩子在船上打鬧，但妳也全心關照身邊的人。妳充滿歡笑，但也理解傷悲。妳遇見了一個異邦人，但妳待他如友。到目前為止，這就是我眼中的妳。我也許要花上一輩子才能真正了解妳，但妳也是世上唯一一個讓我想要一探究竟的女孩。」

淚水再度湧起，但不是因為悲傷或恐懼，而是因為有人真正地看見我原來的樣貌，接受且愛惜這樣的我。席拉斯說得沒錯，他還沒有完全了解我，但無論如何，他都願意牽起我的手，和我共度一生。

「我很想隨你而去，但我沒有辦法。你應該很清楚。如果我們現在被人看見，我的名聲就毀於一旦！我會永遠都無法回到宮廷。」

「為什麼妳想待在宮廷裡？」

一瞬間，我猛然驚覺我從未真正渴望戴上那頂后冠。過去生活中那些不斷重複上演的戲碼現在看來都令人生厭，一切都是毫無意義的虛無。這突如其來的領悟帶給我醉人的解放感。

「和我一起遠走高飛吧！」他再次懇求。「就算妳失去了宮中的虛名，妳會擁有我家人的愛與珍惜。只要能和妳在一起，我拋棄祖國家鄉都在所不惜，因為妳給了我活下去的目標，我要將餘生的人生歲月全部獻給妳……妳改變了我的世界。」

我深深地望進席拉斯．伊斯托菲的藍色眼眸……我知道我必須隨他而去。也許是因為愛情——那一段曾經令我擔心受怕、洶湧如浪潮的情愫——但還有我胸中一股無名的悸動。我冷靜了下來，同時也下定決心要追隨他到天涯海角。

「準備馬匹。」我說：「通知你家人。如果三十分鐘之後我沒有回來，你就先走。」

「今晚？」

「沒錯。我還有一些事情得辦，如果沒有處理好的話，我就走不了了。到時候為了安全，你一定要先走。如果我能成功，那今晚就必須一起離開。」

席拉斯點點頭。「我會在這裡等著妳。」

我伸臂擁抱他，輕吻了他的臉頰，隨即轉身走回王政大廳。我接下來要做的事帶給我前所未有的恐懼，但我無法逃避。

我必須對我的國王坦白一切。

# 第二十六章

在我離開王政大廳的這段短短時間裡，宴會侍者已經湧入，準備開始節慶活動。我只能緊貼著牆邊才免於被困在人潮之中，然後慢慢擠到大廳前端。

傑米森正伸手戳著一名朝臣的胸膛，因為某句幽默的評論而放聲大笑。他顯然很享受此刻大廳裡的氣氛和臣民的愛戴。

「荷莉絲！」看見我回到了大廳，他喊道。「來吧，我得宣布這個好消息。」

他舉起了手，正要下令所有人肅靜，但我立刻拉住他。

「求求您，陛下。在這之前，我必須和您單獨談談。這事很急。」

他瞧著我，似乎難以相信我在此刻有什麼緊急的需求。「當然可以，跟我來。」

他帶著我來到國王的私人起居室，關上房門，將大廳的喧囂阻絕在外。

「我親愛的荷莉絲，究竟發生了什麼事？」

我深吸了一口氣。

「我知道您今晚會正式向我求婚，立我為后。」他微微一笑，這件事早已傳遍整座城堡。「我必須讓您知道，我還沒有準備好答應。」

傑米森持續了一整晚的興奮之情戛然而止。他愕然瞪視著我，好像我正拿著一把斧頭在劈砍王政大廳的彩繪玻璃窗，碎片散落在我們四周一樣。他小心地摘下頭上的艾斯圖斯之冠，放在手邊的桌上。

「我不明白。」

「這很難解釋。您給予了我尊重和關愛，但我還沒準備好過這樣的生活。」我向他伸出手。「您曾經說過，王后這個身分會改變一個人，而我發覺……我……」

傑米森的表情變了，他快步走來，抓住了我的肩膀。「荷莉絲，我的摯愛。沒錯，我打算在今晚宣布我們的婚約，但這不代表我們要急著完婚。妳可以不用著急，慢慢去適應這個新身分。這並不會改變我對妳的感覺。」

我吞了吞口水。「可是……如果我自己的感覺已經……」

他的臉孔霎時烏雲籠罩，嘴巴仍然因為震驚而微張著。只見他有些猙獰地咬緊牙關，瞪視著我。

「荷莉絲，妳一直都在對我說謊嗎？」

「不。我確實愛過您。」

「愛過？現在呢？」

「現在……我不知道。對不起，我真的不知道。」

他轉過身，伸手撫著下巴，在房裡踱步。「在和昆廷簽下合約時，我在心中已經視妳為后。我已經將妳的肖像畫送到鑄幣廠。就在我們說話的當下，我們的名字已經被繡在壁毯上，準備掛滿整座城堡。然後妳現在告訴我，妳要離我而去？」

「傑米森，求求你，我不想要冒犯或者傷害你，但是——」

他舉起手不讓我再說下去。「妳到底想要什麼？」

「我必須離開城堡。如果我讓您蒙羞，我願意承擔任何罪名，任由您懲罰。我不會有一絲怨言。」

他搖搖頭。「我不會那麼做。我花了多大的心力來維護妳的名聲，怎麼能夠親手毀掉它？」他沉吟不語了片刻，抬起頭看著我，表情變得柔和許多。「如果妳一定得離開城堡，那就走吧，我無所畏懼。因為妳終究會回到我身邊，荷莉絲。我心中沒有任何懷疑，妳最終一定會屬於我。」

他不知道席拉斯牽著馬在外面等著我。他也不知道我馬上就會嫁給那個來自伊索特的年輕人。在我餘生中，我只想盡可能遠離他和那頂璀璨的后冠，而他對此一無所知。

但現在並不是說明一切的好時機。

「我永遠都是您忠實的僕人。」我說，深深屈膝低頭。

「噢，那當然。」當我起身時，他朝著房門微微頷首，我毫不遲疑地走出房間。

王政大廳裡的慶祝氣氛正在最高潮，雷鳴般的歡笑和興奮的話語交織成喧囂的交響曲。我拉著裙襬，快步前進。當一名侍者捧著餐盤經過時，我拿起一杯麥酒，一飲而盡。

「原來妳在這兒！」德莉亞跑了過來，抓住我的手。「國王求婚了嗎？他為妳戴上戒指了嗎？」

「現在是妳的機會了。」我告訴她。

她愕然放手。「妳說什麼？」

「這是妳的機會。無論有沒有我在身邊，妳都一定能成功。」我向她保證，然後急步離開了王政大廳。

席拉斯站在廳外廣場的馬車之間，牽著兩匹黑色的駿馬。他眉頭深鎖，馬兒身上掛著他倉促打包好的行囊。

「希望你已經準備好出發了，」我告訴他。「我可不想等到傑米森改變心意。」

「等等，妳告訴國王了？」他大驚失色。

「我告訴他……部分的事情。上路後再解釋吧，我們走。」

「讓我來。」他扶著我上馬，然後拿起火把和韁繩，兩騎絕塵而去。

「我們要去什麼地方？」我問。

「到了之後妳一定會笑出來。」他說。

他放鬆了韁繩，我也跟著照做。我們穿過市鎮街道，聽著歡慶的聲音從酒館傳出，開懷地大笑。遠離宮廷的每一刻都讓我的呼吸更加輕鬆，笑容也更加燦爛。我知道我真正的心之所向，而他就在我身邊，伸手可及。我會跟著席拉斯·伊斯托菲去任何地方，墮入被人遺忘的深淵也在所不惜。

奔馳片刻之後，我的花冠被風吹落，消失在身後的黑暗之中。

# 第二十七章

親愛的瓦倫婷娜，

在妳繼續讀下去之前，請先放鬆心情安坐。我沒有時間含糊其辭，只希望這個消息不會驚嚇到妳和妳即將出世的寶貴孩子。

我已經離開了克瑞斯肯城堡。

當妳冒著危險將心中的祕密分享給我之時，我認為自己也應該對妳坦白我自身遇到的危機。

我想在我第一次看見席拉斯・伊斯托菲的時候，我就愛上他了。當時我並沒有意識到，但今天早晨，我已經身在伊斯托菲家族位於達希爾郡的新莊園，等著席拉斯的家人回來。宮廷裡沒有任何人知道我們昨晚騎馬私奔，包括我的父母。伊斯托菲一家在稍晚時不動聲色地離開城堡，他們的旅途會花上較長的時間。

這座莊園有很多地方需要修繕，但主樓外有一些小屋子能夠當作席拉斯和蘇利文的工作坊。這裡還有一座漂亮的花園，當然也需要修整。我相信伊斯托菲夫人不會介意我一起幫忙，畢竟，我之後就會成為她的媳婦。妳想得沒錯，我和席拉斯會儘早成婚。如果可以的話，大概就是這一、兩個星期吧！我會寫一封信給父母，通知他們我現在人在艾比克雷莊園。其實這裡離布萊特家族的領地不遠。

在他們抵達之後，我會告訴他們，我將在傑米森試著挽回我之前嫁入伊斯托菲家族。我和他分別時，他很明白地告訴我他會這麼做，而我不想讓他失望。我敢打賭，他很快就會找到另一個合適的對象。

希望妳不會為我的選擇感到失望。看來伊斯托菲家族和伊索特王室的關係並不是太好，昆廷國王的表現再明顯不過。妳我之間的友誼對他們來說還是一個祕密，但是如果妳允許的話，我希望能夠告訴我未來的夫家我們是多好的朋友。

如我所說，我知道這是個令人驚訝的消息，但也許會讓昆廷國王感到高興，畢竟他並不怎麼喜歡我成為傑米森的王后。我很清楚我現在只是一介平民，但還是希望妳能夠有時間回信給我。最近我揮別了許多人事物，其中我最想念的就是妳。

如果妳有空的話，請盡快回信給我。告訴我妳那邊發生的一切。妳永遠都是我信賴的朋友，希望我在妳心中也有同樣的地位。請將信寄到布萊特家族的宅邸：瓦林哲爾廳，達

荷莉絲

希爾郡，克洛亞王國。

妳親愛的朋友，

「妳要寫信給誰？」席拉斯問，看著我抽出一張新的信紙。

「朋友、家人。我再來要寫給我父母，通知他們回家。」

他搖搖頭，環顧這棟塵埃滿布、有待整修的空蕩莊園。「妳為了這樣的地方離開宮廷……老實說我覺得有點難堪。我希望可以給妳更多，荷莉絲。」

我站起身來，走到他身邊。我身上還是昨晚那件禮服，但已經沾滿泥汙。「席拉斯．伊斯托菲，只要你在我身旁，就算這是一間簡陋的茅屋，我也甘之如飴。我並不想念宮廷生活，一點也不。」

「不管怎麼說。」他雙臂環抱著我。「當我說我不希望妳擔心自己名聲的時候，並沒有想到會有多可怕的後果。」

「我這算是私奔嗎？」

「也許不算吧。妳只是在沒有監護人同行的情況下，跟著另一個年輕男子離開城堡，留下妳的未婚夫去處理這羞辱的爛攤子。我差點忘了，他剛好是克洛亞的國王！」

我扮了個鬼臉。「聽你這樣說好像真的很恐怖。我在克瑞斯肯城堡住了這麼多年，相信我，一個星期之後就會有另一個大八卦出現，我的事情很快就會像風一般被人遺忘。」

「妳真的這樣認為？」

我歪著頭想了一會兒。「嗯，也許一個星期太快了些。讓我算一下，今天是第一日，如果五十天內宮廷裡沒出現另一個吸引大家注意的八卦，我就任你處置。」

「一言為定。」他給了我一個吻。能夠自由自在地和席拉斯在一起，就是人生中最美好的經驗。

遠方傳來清晰的馬蹄聲，我們起身奔到莊園門口，只見一輛馬車沿著飽經風霜的老舊道路緩緩駛來。伊斯托菲夫人從車窗探出頭來，朝我們揮手。我和席拉斯站在大門的階梯前，歡迎我的夫家來到他們在克洛亞的新家園。

# 第二十八章

「讓我把最後一個結打好，就大功告成了。」史嘉蕾幫我穿上她的禮服。這件禮服的袖口比較樸素，沒有伊索特風格那種繁複的設計。這也是我即將前往瓦林哲爾廳的裝扮。我的信花了一天的時間才送達克瑞斯肯城堡，然後又隔了一天才收到我父母的回信。現在該是我面對現實的時候。

「你們本來就打算在我們的家族領地附近找地方住嗎？」我問，對於接下來的任務仍舊緊張不已。

「不完全是這樣。」她笑著回答：「我們當初找到了四棟莊園，這間是最便宜的。」

我環顧四周，看著我和席拉斯已經共度兩天的破敗房間。至少我們已經盡力打理好這間臥室。「我可以想像。」

「席拉斯之前要我發誓絕不告訴妳我們要住在哪裡。他說，妳之後會在克瑞斯肯城堡住上一輩子，知道了也只是徒增煩惱。我想這一切都是命運使然。」史嘉蕾轉過身，換我幫她繫緊腰間的束帶。她挑衣服的品味令我滿意。

「命運嗎？等下午開始和整棟房子的蜘蛛網奮戰時，我們恐怕就要一起詛咒命運了。」我開著玩笑。

她咯咯笑著，讓我拉緊她的馬甲。我發現我還沒完全喪失淑女穿衣時必備的巧手，這倒是令人欣慰。

「好了，看起來美極了。」

「妳希望我陪妳一起過去嗎？」她提議。

「沒關係，妳母親陪我去就可以了。而且我也不知道瓦林哲爾廳的僕人看到我一個人出現時會不會有什麼無禮的舉動。」

「我相信一切都會沒事的。」她吻了吻我的臉頰，說：「結束之後，早點回來這裡，好嗎？」

「我想席拉斯也不會希望我離開太久，我保證會在這週結束前回來。」我對她承諾，然後起身去找伊斯托菲夫人。

夫人在莊園門口等著，她穿上手套的動作和我母親驚人地相似，這是貴族女子著裝完成的最後一個步驟。她走了過來，給了我一個溫暖的擁抱。

「都準備好了嗎？」她問。

「是的。史嘉蕾的裙襬有一點長，但是比我那件髒兮兮的裙子好多了。我真的很謝謝妳們。」

夫人笑著說：「親愛的孩子，只要妳開口，我們都願意幫忙。那我們出發吧。令尊令堂一定有很多話要對妳說，可別讓他們等太久。」她眨了眨眼。「我想他們現在已經夠討厭我了。」

我順從地登上馬車。一路上，大部分的時間我們都沒有說話，享受著悠閒的平靜。

「席拉斯說你們很快就會成婚。妳已經下定決心了嗎？畢竟妳才剛結束一段正式的關係。」她問。

「那說不上是真正的戀愛關係。」我看向窗外，記憶在我腦海裡一幕幕地浮現。「那很短暫，而且是其中一人單方面地掌控一切。也許我被突然得到的地位沖昏了頭，沒有看清楚傑米森對待我的真正方式。我很不想承認，但是伊坦是對的……您可千萬別告訴他我這麼說。傑米森只想要我漂漂亮亮地取悅所有人，他不想要我獨立思考，也不容許我辜負他的期待。我不認為這是真正的愛。」

她搖搖頭，臉上露出理解的微笑。「妳說得沒錯。」

「我愛席拉斯。他看見了我真正的樣貌，並且接受我的所有特質，包括缺陷。既然我已經明白自己的心意，就不想再蹉跎下去。」

她拍拍我的腿，看起來很滿意。「這和我當初與丹席爾相識時很像。很多人都認為我的決定太過倉促……但我就是情不自禁，因為他徹底擄獲了我的心。」

我對這種感覺太熟悉了。當你了解自己的真心時，沒有什麼能夠讓你回頭。

馬車駛上通往瓦林哲爾廳的大道。當我們停下時，我看見父母站在宅邸大門前的階梯上。母親已經戴好了手套，這意味著她不會在此久待。

「噢，天啊。」我喃喃地說。

「看起來情況不妙。需要我留下來陪妳嗎？」

「沒關係，他們會想要和我單獨談。事情平息之後，我會立刻寫信給您。」

我走出馬車，向伊斯托菲夫人揮揮手，這才轉身面對我的父母。

父親指著另一輛馬車。「上車。」

「我們要去哪裡？」

母親雙手抱胸。「回去克瑞斯肯城堡。妳得跪在傑米森國王面前，請求他的原諒。在他看上另一個女孩之前，妳得讓一切恢復原狀。」

「如果他看上另一個女孩，那再好不過。傑米森需要一個了解他立場的伴侶、一個適合成為王室成員的伴侶。」

「原本要成為王室成員的人是妳！」母親氣勢洶洶地從階梯下來。「還有我們！妳知不知道妳到底闖了什麼禍？」

「克勞蒂亞。」父親警告似地說。

「我知道！」她吼了回去。我發覺他們似乎有什麼事瞞著我。「荷莉絲，很抱歉要讓妳失望，但妳絕對不能嫁給這個小子。他是伊索特人，在克洛亞也不過是一介平民。」

「母親。」我低聲制止她再說下去。伊斯托菲夫人的馬車就在身後幾尺而已。

「那個女人也很清楚自己是異邦人！她的兒子也是！這有什麼好遮掩的？荷莉絲，妳昨晚不告而別已經讓我們成為宮中的笑柄。現在妳立刻給我上車，在所有人知道妳私奔的原因之前彌補造成的傷害。國王對妳一向寬宏大量，因為他愛慕著妳！如果妳給他原諒的機會，我相信他不會改變心意，他還是會給妳幸福。」

「也許他會，母親。」我回答，聲音在她的吼叫中顯得特別平靜。「但無論他再努力，都不可能給我幸福。因為我並不愛他。」

母親瞪著我，絲毫不讓步。「荷莉絲，算我求妳。現在立刻上車。」

「如果我拒絕呢？」

「那妳就不再是布萊特家族的一員。」父親接口。

我看著他，試著了解他真正的意思。父親身後的宅邸大門緊閉著，他和母親都已經換上了旅行的服裝。裝著我個人衣物的皮箱就放在門口的階梯上。如果我不乖乖地跟著他們回去見傑米森，我將永遠進不了自己的家門。

「我是您的獨生女，」我輕聲說：「我不是您原本期望的男孩，我也不如您希望的那樣聰明有才幹，但是我已經盡了全力。父親，請您不要拒我於家門之外。」

「上、車。」母親再次下令。

我看著那輛漆黑、閃亮且致命的馬車，然後轉頭回望我的父母。我搖搖頭。

我拒絕了最後的機會。

父親點了點頭，守衛從階梯上拿起我的皮箱，扔在我腳邊。一陣玻璃碎裂的聲音從箱中傳來。我只希望那瓶香水不會毀了我所剩不多的衣物。

「諸神在上。」伊斯托菲夫人喘著氣說，飛快地下了車。「把荷莉絲的東西拿起來。」她命令自己的車夫拾起我的皮箱。伊斯托菲夫人直視著我母親，絲毫不畏懼對方眼中的怒火和輕蔑。

「妳想幹什麼？」母親惡聲問。

伊斯托菲夫人搖搖頭，伸臂抱住了因為震驚而沉默的我。「我費盡心力才讓我們家族團聚在一起，我不懂您為什麼毫不猶豫地想要拆散自己的家庭？她可是您的女兒。」

「輪不到妳來對我說教。如果妳這麼關心荷莉絲，從此之後她就歸妳管好了。看看她之後會如何報答妳。」

「伊斯托菲家族會好好照顧她。我會把她當作親生女兒、以她為榮。如果有朝一日，荷莉絲的成就超越我們所有人，我也不會意外。」

母親壓低了聲音。「如果她嫁給妳那個下賤的兒子，那是痴心妄想。」

「來吧，夫人。」我低聲說：「跟他們怎麼說都沒有用。我們走吧。」

伊斯托菲夫人始終維持風度，沒有惡言相向。她帶著我回到自己的馬車。我踏進車廂，腳步有些虛浮。我坐在能夠看見瓦林哲爾廳的位置。宅邸旁的樹木映入眼簾，在我還小時，總是喜歡去那裡摘蘋果，我也喜歡在那片青翠的原野上跳舞。我遠遠望去，看見了那座以前我常常爬上爬下的鞦韆。曾經，在家鄉的時光是如此快樂，直到父母意識到我是他們飛黃騰達的唯一希望、直到現在我辜負了他們的期望。

我看著父母走進宅邸，大門關閉時，冷酷的金屬摩擦聲最後一次告訴我這個事實：現在我所擁有的，只剩下席拉斯了。

再也不會有人在城堡等候我的歸來，也沒有舒適的寢宮讓我安睡。布萊特家族已經與我斷絕關係，連我從小長大的瓦林哲爾廳也不再歡迎我。於是我隨著馬車離開家鄉，現在唯一帶給我慰藉的，只有伊斯托菲夫人溫暖的雙臂，環繞在我冰冷顫抖的肩膀上。

# 第二十九章

為了讓我和席拉斯能儘早完婚，艾比克雷莊園的整修工作都集中在主廳。伊斯托菲一家打算邀請附近所有的家族前來觀禮，一方面是展現善意，一方面是告訴克洛亞人他們並不是傳聞中野蠻的外邦人。

主廳的地板被仔細地刷洗過，一磚一瓦都好像有了生命。伊斯托菲一家從伊索特帶來的家具和壁毯都被擺在最顯眼的位置。伯爵夫妻很快地雇了許多家僕，並且以仁慈和豐厚的食宿贏得了他們的忠心。

我很快就融入了這個新家。我的新家人盡了最大的努力來籌辦這樁婚事，希望在能力範圍內舉辦一場最盛大的婚禮。

「是這一塊嗎？」伊斯托菲夫人問，看著那些準備用來製作新娘禮服的布料，她打量著代表我個人風格的金色綢緞。

「我聽說最近新娘都流行穿一身白，象徵著神聖與純潔。」

我忍住翻白眼的壞習慣。「在我私自離開城堡後，穿白色恐怕只會招致批評。」

史嘉蕾興奮地說：「荷莉絲，如果妳喜歡白色，那就穿呀！可以請你再拿一些這種布料嗎？先生。」她問裁縫師，手裡抓著象牙色的絲綢。

「不，不行。」我堅持。「席拉斯說過我是他的太陽，我想他會喜歡我穿金色。」

「他的嘴真甜。」史嘉蕾說：「但也許妳說得沒錯，妳比較適合金色。」

我的父母此刻就在森林和原野的另一邊、在那片布萊特家族世世代代擁有的土地上，但他們卻拒絕過來與我重聚。想到此處，新婚的歡喜也蒙上了一層陰影。他們對於女兒的行為感到羞恥而不願回去克瑞斯肯城堡，所以只能一直待在鄉間，也許他們會到大陸的另一端去旅行。

無論如何，如果沒有父母的允許，我和席拉斯等於是私定終身，這在克洛亞是一件很危險的事。我記得很清楚，當初傑米森花費了多大的力氣才說服貴族朝臣接納我，因為在克洛亞有太多的律法和規範束縛著婚姻制度。

在正常的情況下，締結婚約的兩個家族會簽署合約，達成交換禮物的共識，以此證明這樁婚姻會給兩家都帶來利益。

正式訂婚之後，如果有任何一方反悔，就需要再簽署另一份合約來廢止婚約。而如果婚約是由父母代表子女簽署，那就只有教士或者國王本人才有權力宣告婚姻無效。私奔或者在沒有一方家族同意的情況下，閃婚都意味著律法遭到踐踏，這對新人不但得不到祝福，還會招來無盡的批判。

德莉亞．葛瑞斯的一生就是最好的證明。

雖然我原本的家人對這樁婚事沒有什麼好話可說，我的新家人給了我毫無保留的關愛。伊斯托菲伯爵夫婦全心全意地籌備婚禮，為得到一個新女兒而感到無盡的喜悅。

「那就金色吧。」夫人也同意。「妳想要哪種樣式？伊索特風格的衣袖設計比較繁複，也許我們也可以在領口的地方也下點工夫。看看這樣的搭配如何？」

我微微一笑。她對每一個環節都很在意：新娘禮服、晚宴的菜餚、音樂……她一心只想要為我們所有人建立幸福的新人生。

「我想那看起來會很美。」

裁縫師點點頭，拿起所有的衣料，準備回去工作。他表示能夠五天內製作出一件新娘禮服，這符合婚禮日程的安排。裁縫師離去後，一名女僕走了進來，在伊斯托菲夫人耳邊說了幾句話。

「當然，立刻請她進來。」

我的心一陣雀躍。母親終於來了，我知道她終究會回心轉意，給予女兒祝福。她會讓我配戴布萊特家族的傳家珠寶，一切都會如我想的那樣美好。

但我的希望很快破滅。走進房裡的不是我的母親，而是一名僕役打扮的年邁女子。她來到我的面前，屈膝行禮。

「荷莉絲小姐，經過這麼多年，我想您已經不認得我了。但我一直都在您的家園瓦林哲爾廳服務。」

我仔細打量她的臉孔，但她說得沒錯，我並不記得她。「很抱歉，我真的不記得妳。我的父母都好嗎？宅邸裡有發生什麼事嗎？」

「他們身體都好，小姐，但是心情悲傷。我想他們很後悔將您趕走，不過對此我不敢多言。昨天有一封給您的信寄到瓦林哲爾廳，在經過這許多事情之後，您也許需要一些朋友的安慰，所以我打算今天過來一趟。稍早出發前又有另一封信寄到，所以我一併帶過來給您。」

她呈上兩封信，我立刻認出其中一個信封上德莉亞的筆跡，但另一封不知來自何處。

「非常感謝妳……對不起，請問妳的名字是？」

「海絲特，小姐。」

「海絲特，我欠妳一次人情。」

「這沒什麼。我們的人生都需要多一點善意，不是嗎？」

我微笑。「妳說得對。妳需要人護送回瓦林哲爾廳嗎？或者騎馬回去？」

伊斯托菲夫人轉頭去叫喚僕人，但海絲特立刻舉手制止。「不必麻煩了。今天天氣很好，我想散步回去。我得上路了，祝您新婚快樂，小姐。」

她腳步緩慢，不知道從這裡步行回瓦林哲爾廳要花上多少時間。

「我們先告退，讓妳好好讀信。」史嘉蕾說，拉著她母親離開了房間。

我給了她一個感激的笑容，隨即先打開德莉亞的信，滿懷恐懼地想知道克瑞斯肯城堡裡的最新消息。

親愛的荷莉絲，

我注意她並沒有稱呼我為「小姐」。

妳說得沒錯。妳離開的那個晚上，傑米森很需要陪伴。我最好朋友的離去讓他傷心欲絕，當晚我陪著他，我們從未這樣深入地談心過。隔天一早，陛下就送給我一件新禮服。我終於站上了我一直渴望的位置。

城堡裡還發生了其他事情。前日西廂的某個區域失火，幸好火勢並沒有蔓延。沒有人承認縱火，而起火的房間當時雖然空無一人，但我猜那是分配給某個伊索特家族的廂房。他們都集中在同一個區域。甚至有謠言說是傑米森自己放的火，這當然是惡意中傷的謊言。克瑞斯肯城堡可是他的家。

妳離開之後，陛下的心情很不穩定，但過去這幾天他似乎已經平靜下來。他現在很少大聲說話或吼叫，我建議他可以舉辦一場比武大會來慶祝夏至，而籌備工作讓他精神一振。我沒有辦法像妳那樣一直逗他大笑，但他偶爾還是會為我露出微笑。現在我是整個宮廷裡唯一能做到這點的人，所以我的地位應該還算穩固。我猜想，即使我真的擄獲了他的心，他也不會再次貿然表白。

老實說，我隱約感覺到他還在等妳回來，但我不明白他的心思，畢竟妳不告而別的方式深深傷了他的心。

另外，宮中最近也流傳著謠言，說妳其實是一名女巫。許多人認為是妳對國王下了咒語，才會導致他對妳瘋狂迷戀。別擔心，我已經粉碎了這個謠言。但還有另一個謠言說妳其實已經懷了身孕，因為妳一向無拘無束的個性，許多人對此深信不疑。妳也知道，單憑我一個人的力量無法破除宮廷中所有的流言蜚語。

最後一個謠言吸引了我的興趣。有人說妳那晚不但私自離開城堡，妳還是和伊斯托菲家的長子同行，就是那個精通鑄劍的小伙子。他們說妳很快就會和他成婚，還說你們早就計劃好要私奔了。

因為傑米森現在很需要我的陪伴，我無法親自來找妳證實這件事，但對於這些聳動的故事，我很希望能知道真相。

我認為，如果妳真的愛上了那個年輕人，那會讓傑米森認清我才是他唯一的選擇。這就像妳當初和國王交往時，我也認清自己只能扮演輔佐陪襯的角色。我想一旦他知道妳的心另有所屬，他會很快地釋懷，然後投入我的懷抱。

我還是得說，我很遺憾妳跟國王的戀情告終。雖然我自己也想得到傑米森的寵愛，不代表我就希望妳搞砸一切。也許妳不願意相信，我承認過去這幾週裡，我的所作所為配不上是妳最好的朋友。我很抱歉。

我得停筆了。這一陣子宮廷裡的注意力都集中在我身上，我可不想讓任何人失望。

希望妳一切都好，老朋友。替我問候妳的家人。

德莉亞・葛瑞斯

我輕輕搖著頭，將信摺了起來。雖然她說自己很抱歉，卻沒說她有多想念我，或者希望我早日回去。我依然很想念她的陪伴。

「雖然她信裡沒說，我想她還是很想我的。」我對自己說。

德莉亞一向不擅長用言語表達內心的感受，我想對於文字也是如此。我比全世界任何人都還要了解她。我想縱使集傑米森的寵愛於一身，宮廷生活也依舊會讓她感到孤獨。她一定很想念我們一起相處的時刻，即使她不好意思將這份思念寫在信中。

總有一天，我們會重溫過去的美好時光。

我拿起第二封信，看著信封上細緻娟秀的手跡。我翻到背面，赫然發現上面蓋著伊索特的王家印信。

「瓦倫婷娜！」我充滿期望地低呼。

親愛的荷莉絲，

對於妳的消息，我感到驚訝，卻也不怎麼意外。我常常在想，如果可以重新考慮的話，在比武大會上我可能就不會支持現在這名騎士了。也許有另一名騎士更深得我心。

我瞪著這幾句不知所云的話。比武大會？騎士？我停頓了一下，再次檢視信封背面的印信。我凝目細瞧，發現印信的封蠟有一部分被融掉了，然後又重新密封才寄出。

我瞬間想起瓦倫婷娜說過她的通信可能被人監視，這一定是某種密語。我猜她所說的騎士是指昆廷國王。我也有同樣的感受，如果一切能夠重來，我一定不會選擇成為傑米森的王后。

我很希望能夠再次見到妳，我們可以再玩一局黃金骰子。

……這意思是她有事要跟我談？需要我的安慰嗎？

我一直很用心照顧我的花園，但那株我親手栽種的珍貴花朵已經凋謝了。沒有了它，我的心彷彿被黑影籠罩。

我定定地看著這段文字，其中隱含的訊息令人痛心。她失去了腹中的胎兒。

我呆坐在椅上，忍住湧向眼眶的淚水。她之前為了懷上孩子而無比焦慮，在確定身孕之後也曾沉浸在喜悅中。但如今她已經是第三度流產了……我無法想像她此時承受的痛苦和悲傷。

期待妳的回信讓我感到欣慰。在妳完婚且安頓下來之後，別忘了花點時間寫信告訴我婚禮上的所有細節，我相信那絕對會是令人難忘的一天。我很想再次與妳在克洛亞相聚，一起享用美味的蜂蜜蛋糕。

很抱歉我沒辦法在信中多說。因為花園的荒蕪，我現在身心俱疲，但我很快就會送新消息給妳，跟妳分享一些伊索特宮廷裡的八卦。雖然妳在這裡沒有認識的人，但這些故事都挺有趣的，也許能為妳的鄉間生活帶來一些點綴。

請多多保重，荷莉絲小姐。希望妳身體健康，期待妳的回信。

妳最親愛的朋友，

瓦倫婷娜

我忍不住嘆息，希望她此時此刻就在我身邊。我將信件塞進裙子的內袋裡，全世界只有一個人我能與之分享瓦倫婷娜的心事。

# 第三十章

這幾天，席拉斯不是在宅邸內幫忙整修，就是和蘇利文待在外面的小屋裡，專注在新作品上。看來雖然我和他私奔的謠言已經傳開，他還是接到了不少工作委託。宮廷裡的貴族們已經兩次親眼見識過伊斯托菲兄弟的傑作，他們精湛的工藝無庸置疑。

我的目光穿過小屋無玻璃的大扇窗戶，看見席拉斯正賣力敲打著一塊金屬，蘇利文在一旁進行磨光的作業。

「午安，兩位。」我說，在窗沿上坐下。

「我的夫人！」席拉斯叫道。他伸手擦擦汗，過來給了我一個吻。蘇利文將手邊未完成的作品收藏在茅草堆之下。「宅邸裡這麼忙，妳怎麼有空過來陪我們？」

「我有件事想跟你談談。」

蘇利文靜悄悄地走出門外。如果任何人留心的話，就會發現他是多麼體貼的男孩。平常他似乎都活在自己的小世界裡，但他懂得尊重別人的隱私。

「什麼事呢？」

「還記得那時候傑米森要我負責接待瓦倫婷娜嗎？」

他放聲大笑。「當然記得。妳的表現令人驚豔。我是說，全伊索特宮廷裡沒有人能讓她露出一抹微笑，更別說和她談笑風生了。」

「當時我也很有成就感，但在我們深入談過後，心中卻多了許多疑慮。你知道我們之後變得很親近。」

席拉斯眉毛揚起，凝視著我。「我知道。我看得出來妳很替她擔憂，我也希望妳可以即時來找我談。我得承認我並不希望妳們之間的友誼可以長久。」

我嘻嘻一笑。「我知道你跟伊索特王室的關係不太好。」

「妳不知道的事情還有很多。」

「不管怎樣，我很在乎瓦倫婷娜。她很信賴我，願意和我分享重要的祕密。」

他側眼瞧著我，雙手抱胸。「什麼祕密？」

我嘆了一口氣。「她剛剛流產了，這是她失去的第三個孩子。」

席拉斯倒吸一口氣，呆站在那裡。「妳確定嗎？」

「是的。上次來訪時，她就告訴我前兩次流產的事，並且要我保守祕密。她剛剛寄來的信裡也說到她又失去了一個孩子。我很擔心她的情況。」

他抓著頭髮。「三個孩子……我得告訴父親。」

「不行！」我舉起手阻止他。「我答應她保守祕密，我不能辜負她的信任。我之所以會告訴你，是為了能對你解釋我接下來的無理要求。」

「什麼無理要求？」

「你可以……我是說，我們最近可以前往伊索特嗎？」

「荷莉絲！」他一臉震驚，斷然吼道。

「我們不會待太久！」我對他保證。「瓦倫婷娜現在孤零零一人，她一定很擔心國王會因為她再次流產而怪罪她，甚至跟她離婚，或者發生更糟糕的事。我想讓她知道她有朋友可以幫助她。」

「那就回信給她呀！」

「那不一樣！」我反駁。

他搖搖頭，盯著鐵爐裡的火焰。「我無法帶給妳如宮廷般奢華的生活，對於這點我已經釋懷——」

「我本來就不想要那樣的生活。」我插口說。

「我下定決心，會盡全力對妳千依百順。」他靠了過來，放低了嗓音。「但現在對我的家族來說，伊索特是一個非常危險的地方。國王視我們為叛徒，而且暗影騎士團不會容許我踏進國土一步。諸神在上，當初是我說服全家人離開伊索特。」他雙手緊握。「我絕不能再回去那裡，現在不行……也許永遠都不行。」

我垂下頭，盡量不表現出失望的模樣。這次私奔造成的後果不是我能夠預料的，我已經開始擔心我不但沒有為席拉斯的人生帶來幸福，反而置他和家人於危險之中。我不想讓他因為我而更增憂煩。

「你說得對，對不起，我會寫信安慰瓦倫婷娜。」

他吻了我的額頭。「我很不想這麼說，但從現在起，我們得花多一點心思在自己身上，好好展開我們的新生活。」他微笑著說：「我感覺好像已經等妳等了一輩子了。」

「有那麼久嗎？爵士？」

「好吧，也許沒那麼誇張。」他的笑容讓一切都變得美好，我迫不及待想成為伊斯托菲家族的一員。

「對了。」我說，轉身準備回去莊園。「我的朋友德莉亞·葛瑞斯說國王剛剛賜給她一件新禮服，她也提到現在宮裡流傳著我即將和別人成婚的謠言，她很想知道真相到底是什麼。」

他開懷地笑了。「當然了。告訴她，妳其實是去和一群吉普賽人浪跡天涯。噢，不對，告訴她妳已經放棄塵世，和卡塔爾的僧侶們住在洞穴裡。我手邊有些工具，我們可以把妳的名字刻在石頭上。」

「等你找到夠大的石頭再說吧。」

說笑完之後，我緩步朝莊園走去。我在心裡思量著該怎麼安慰和鼓勵瓦倫婷娜。現在德莉亞八成也在臥室裡踱步，想著我到底是不是跟別的男人私定終身了。

除此之外，我今天還有另一封信要寫。

親愛的父親大人和母親大人，

我很抱歉。我知道我讓你們失望了。不僅僅是因為我拒絕嫁給國王，也因為我虛擲了這幾年來在宮廷裡得到的關注和寵愛。我的所作所為很少符合你們的期望，這有一部分是來自我的天性，另外的一部分我自己也無法解釋。但我並非有意表現出叛逆的樣子，我只是希望在生活的每一樣事物中找到樂趣，所以我無法當一名端莊拘謹的淑女。辜負了你們的期待，我願意道歉。

我不能挽回已經發生的事。但我誠摯地相信，國王陛下很快就會找到更合適的對象，這名幸運的女孩將會成為克洛亞偉大的王后。即使我滿懷善意，也無法領導整個王國。如果我嫁給國王，一切只會變成一場災難。我希望在我離開陛下之後，全國人民會因此得到更高的福祉。

我也相信席拉斯・伊斯托菲是我能共度一生的男人。我知道你們對此並不滿意，因為儘管來自於一個歷史悠久的伊索特家族，他也算不上是一位貴族紳士。你們也因為他並非土生土長的克洛亞人而厭惡他。我不知道這些對異邦人的偏見從何而來。我只知道我關心那些我真正認識的伊索特人。這開闊了我的視野，讓我更了解外面的世界。

我愛著席拉斯，兩天之後我們就會成婚。這封信是我最後的希望，但願你們能原諒我，前來參加我的婚禮。那將會是我一生中最重要的一天。

沒錯，我不是你們期望得到的男孩，我也不會成為王后。沒錯，我讓布萊特家族在宮廷裡蒙羞。但這些都不重要。宮裡的權力遊戲只會像墳墓一樣吞沒那些沉迷其中的人。布萊特依舊是全克洛亞最強盛的家族之一，你們擁有大片的土地和資產，遠遠超過王國裡大部分的人民，你們還有一個獨生女，她依舊渴望在你們的人生中占有一席之地。

請你們考慮前來參加我的婚禮。如果你們還是不克出席，我會等待你們願意重新接納我的那一天。我相信那一天很快就會到來。也許我真的沒有什麼才能，但是永遠懷抱希望就是我最大的優點。

婚禮的時間訂在兩天後的午後五時，地點是艾比克雷莊園。

滿心的愛，

女兒 荷莉絲敬上

# 第三十一章

「以這枚戒指為證，荷莉絲．布萊特，我將娶妳為妻；我以此身起誓，將盡全力守護妳；我以此心起誓，將永恆的忠誠奉獻於妳；我以此生起誓，我會帶給妳溫飽。諸神為見證，此情永不渝。」

我的左手無名指輕輕滑進席拉斯親手打造的戒指。過去這幾個月我戴過太多華麗繁重的珠寶，所以我希望自己的婚戒樸實無華。儘管席拉斯不太同意我的看法，他還是打造了這枚樣式簡單的黃金戒指。戒指戴好後，我抬頭望著他，唸出我的誓詞。

「以這枚戒指為證，席拉斯．伊斯托菲，我將委身於你；我以此身起誓，將盡全力照顧你；我以此心起誓，將永恆的忠誠奉獻於你；我以此生起誓，將與你共享人生的一切。諸神為見證，此情永不渝。」

席拉斯也戴上了他那枚樣式相同但稍大一些的黃金戒指。於是我們正式結為夫妻。

「你可以親吻新娘了。」教士說。

席拉斯低頭與我雙唇相接，完成了最後的儀式，掌聲和歡呼聲如雷般響起。艾比克雷莊園的大廳幾乎站滿了人，這有些出乎我們的意料。附近的居民都首次前來與伊斯托菲家族結識。其中許多人我從小就認識，也有一些人曾經與我一起在城堡裡生活過一段時間。他們都很想看看那位讓我願意拋棄國王的男子究竟是何方神聖。

伊斯托菲伯爵夫婦也讓辛勤打理整個莊園的僕人們出席典禮。他們站在大廳後方，在端出祝賀用的麥酒之後，也與所有賓客一起享用。

在人群中還有我的父母。

他們看起來沒有笑容。事實上，當整個大廳都在鼓掌和舉杯祝酒時，他們似乎還在無聲地抗議。我當作什麼也沒看見，至少他們還願意出席，我已經心滿意足。

「讓我們舉杯。」伊斯托菲伯爵朗聲說：「敬我們美好的鄰居和朋友，感謝你們支持我們在克洛亞安居。敬這完美的一天和這場最幸福的婚禮。敬席拉斯和荷莉絲。荷莉絲，打從初次見面我和家人就很喜歡妳，我們很高興妳加入全克洛亞最惡名昭彰的家族，可憐的女孩。」

伯爵的玩笑話逗樂了全場的賓客，我也忍俊不禁。我對於即將踏入的新生活已經做好了準備。

「敬席拉斯和荷莉絲。」他以這句話結束了致詞。

眾人也附和地舉杯。一飲而盡之後，悠揚的弦樂聲響起，所有人都三三兩兩地閒談了起來。

「我有一個姊姊了！」史嘉蕾歌唱般地喊著，給了我一個熱情的擁抱。

「我也有一個姊姊了！我一直都很想要有兄弟姊妹，今天我一口氣有了三個！」薩爾也不甘示弱地伸臂抱著我的腰。最後，蘇利文也過來擁抱我，臉頰如火燒般通紅。我很驚訝，因為這不是一個拘謹簡短的擁抱，他緊緊地抱著我，持續了幾秒鐘。我想他一直以來都需要這樣的溫情，只是羞於開口，於是我也用力地擁抱他。

他終於鬆開手，臉上掛著微笑。「歡迎妳成為我們的家人。」

「謝謝你。也謝謝你為我打造的頭飾，我好喜歡！」當時在小屋裡，他急忙藏在茅草堆下的原來就是他準備送給我的結婚禮物。這件黃金頭飾光彩奪目，優雅地安放在我的頭髮上，上面有兩個小環扣著一條白紗，垂落在我身後。頭飾前方也有小環的設計，讓我可以插上美麗的花朵。最後的效果令人驚豔。如果能回到克瑞斯肯城堡的話，今後的每一個節慶我都要配戴這件珍品。

他微微點頭，然後欠身退後。席拉斯輕推了一下弟弟的手肘，這是兄弟之間親密的特殊互動。一切的一切都如此完美。

「來吧，夫人。」席拉斯拉起我的手。「在岳父岳母大人找到藉口溜走前，我得去向他們請安。」

席拉斯無視我所知道的任何克洛亞禮節，大步走到母親面前，給了她一個大擁抱。

「岳母大人！」他叫道。我退了一步，看著母親驚恐的表情，努力忍住不笑出聲來。「還有岳父大人。」他向父親伸出手。「你們今天能撥空前來，我和荷莉絲都很高興。」

「我們可能沒辦法待太久，」父親倉促地說：「我們打算明天就回克瑞斯肯城堡，等會兒就得回去檢查行李。」

「這麼急著回宮？」我問。

「我們比較喜歡城堡裡的寓所，」母親淡淡地說：「我受不了瓦林哲爾廳裡空蕩蕩的回音。」

一間偌大的宅邸，裡面卻沒幾個人，那樣的感覺確實挺詭異的。

「請用過了甜點再走吧，伊斯托菲夫人準備了蘋果蛋糕。依照伊索特的習俗，他們會把蛋糕砸在我頭上，這會帶來好運。」

母親笑了，我把這個罕見的笑容當成了她給我的結婚禮物。「砸在妳頭上？」

「對呀。不過我可以比任何人先享用甜點，所以我沒有任何怨言。」

她搖搖頭。「妳總是很樂觀。」她閉上雙眼，深深吸了一口氣才再度開口。「我希望之前能更了解和欣賞妳的特質。」

「還有的是時間。」我輕聲說。

她點點頭，淚水在眼睛裡打轉。母親還沒有從打擊中完全恢復，但是她看起來是有心要放下過去，朝未來前進。我也希望自己在她心中依然占有一席之地。

「我們會留下來享用蘋果蛋糕。」父親答應我。「但之後我們真的得動身上路，宮裡有許多……許多事需要處理。」

我點點頭。「我了解。能否請您告訴國王我現在很快樂。告訴他，我希望他也擁有同樣的幸福。」

父親呼出一口長氣。「我會視情況對陛下說應該說的話。」

這不是我想聽到的回答。我真心期盼國王能有美好的未來，也希望得到他的祝福，但父親顯然認為現在和國王說這些不是明智之舉。

我屈膝行禮，讓席拉斯挽著我的手離開。

「我希望他們能留在這裡，但這很困難。」

「每個人都還在調適。」他安慰我：「相信我，一切都會好轉的。」

「但願如此。」

「別皺眉頭，荷莉絲。這可是新婚之日。如果妳不開心起來，我要怎麼給妳驚喜？」

我停下腳步，看著他臉上頑皮的笑容。「驚喜？」

他卻不回答，自顧自地哼起歌來。

「席拉斯．伊斯托菲，別賣關子了！」我說，拉著他的手臂。他還是一逕地笑著，直到他決定不再故作神祕。

他轉頭看著我，雙手捧起我的臉龐。「很抱歉我不能帶妳去伊索特找瓦倫婷娜，但我可以帶妳去伊拉多爾。」

我一口氣差點緩不過來。「去伊拉多爾？真的嗎？」

他點著頭說：「下週結束前，我有兩把獵刀的委託工作要完成。在那之後，我們就朝海邊出發吧。」

我撲進他的懷裡，雙臂緊緊抱住他。「謝謝你！」

「我說過我想要給妳我能付出的一切。這只是個開始。」

「荷莉絲，我能跟妳談談嗎？」伊斯托菲夫人來到我身後。

「那我去招呼其他客人。」席拉斯表示。

「你會把我寵壞的。」我警告他。

「那再好不過。」他說，喜氣洋洋地去和最靠近的一對夫妻打招呼。

「伊斯托菲夫人。」聽見他的母親這樣稱呼我，我忍不住咯咯笑。

「這倒也是，我終於是伊斯托菲家的人了。」

「妳本該生在我們家。」她伸臂攬住了我。「趁這裡還沒太忙亂，我想跟妳單獨談談。我們到外頭走走吧？」

「樂意之至。」

她朝著大門點點頭，我們一起來到了大廳外的花園。這裡野草蔓生，還需要一番修整，但無論誰來到這裡，都會覺得空氣清新，胸懷一暢。高大茂密的灌木牆提供了一個可以漫步和思考的好地方。過去這兩週裡，我常常來到此處，悠閒地沐浴在陽光下。此刻太陽正緊貼著地平線，天空呈現一片美麗的紫色餘暉。

「看到妳和席拉斯完成終身大事，我很欣慰。現在沒有人可以質疑妳的地位，這樁婚姻也讓伊斯托菲家族和克洛亞的連結更為緊密。」她笑著說。

「在此之前真是一團混亂，我根本不敢想像能有今天，但我們做到了！這麼多友善的人來見證我們的愛情，連我的父母也來了……這一切都太完美了，令人難以置信。」

「的確。」她同意。「我希望今天會讓妳永生難忘。婚姻不是一件容易的事，但如果妳能夠常常回到這裡，接受我們的關愛，我想任何困難都會迎刃而解。」

「我會記住您的話，謝謝您。」

她微笑著停下腳步。

「這裡隨時都歡迎妳。現在妳和席拉斯已經正式結為夫妻，我們還是得尊重一些家族傳統。我想將這件寶物傳承到妳手上，它悠久的歷史會為妳帶來好運。」

伊斯托菲夫人從右手手指上摘下了一枚藍寶石戒指，在逐漸黯淡的夕陽中閃爍著微光。「很久以前，一位伊索特的偉大英雄持有這枚戒指，他後來將戒指傳給了第五個子女，也是他的三子。之後戒指就成為伊斯托菲家族代代相傳的寶物。雖然我們的家族史在克洛亞並沒有任何意義，但那依舊是一段深刻豐富的歷史。未來有一天，我會告訴妳所有古老的故事，現在妳必須驕傲地戴上這枚戒指。」

她想讓我繼承伊斯托菲家族的過去。我能想像她也曾經對席拉斯講述過這些即將融入我人生的故事，我們的過去和未來從此就會緊密地交纏在一起。

我顫抖著接過戒指。

「真美，您確定要將它給我嗎？這難道不是該由史嘉蕾來繼承？」

「我有別的東西留給她。妳是我長子的妻子，我丈夫同樣也是家族的長子，這枚戒指代表的就是這樣一個意義。我們伊索特人非常尊重傳統。」

「這我知道。」在和伊斯托菲一家人相處的過程中，我注意到他們努力地維持原來的生活風格。在每一項日常工作中，都有無數的細節必須注意，而每一個細節都自有其獨特的重要性和意義。「如果這是家族傳統，那我會好好愛惜它。只要您保證，史嘉蕾不會因此而不開心。」

伊斯托菲夫人再次擁抱我。「妳戴上戒指之後，就正式融入了伊斯托菲家族的血脈，她高興都來不及呢。」

「聽您這麼說，我——」

這個充滿溫情的時刻被一陣高亢的尖叫聲打斷。

「那是什麼？」我問。

在談話之間，我們已經走到了灌木叢深處，無法看見宅邸。那聲尖叫還在持續，我們急步奔過樹叢，想要一探究竟。我們終於來到樹牆的邊緣，朝莊園的方向望去。只見入口處出現了十幾匹駿馬。

「他們來了。」伊斯托菲夫人屏息說，臉上寫著極度的恐懼。「他們終於來了。」

# 第三十二章

他們。因為瓦倫婷娜，我很清楚他們是誰。

「暗影騎士團。」我聲音極輕，伊斯托菲夫人並沒有聽見。

更多的慘叫聲此起彼落，我不假思索地朝宅邸衝去。席拉斯在裡面。我才跑了幾步，伊斯托菲夫人就抓住了我的手臂。她的力量之大，我一個不穩就摔倒在地上，新娘白紗發出斷裂的聲音。

「妳在做什麼？」我大聲問，忍不住喊叫。「我們得去救他們！」

「小聲點！」她伸手掩住我的嘴，直到我冷靜下來。「妳幫不了他們。我們沒有馬匹、沒有刀劍，什麼都沒有。妳我的丈夫會命令我們留在原地，所以不要輕舉妄動。」

「我們的家人在裡面！」我堅持。「我們的家人！」

她緊抓著我的雙手，將我拖到了一片樹叢的掩蔽處，我一路上不斷踢著腳反抗，只想立刻趕到席拉斯身邊。

「看著我，荷莉絲！」過了片刻我才停止掙扎，和她目光相接。她的模樣讓我驚駭莫名，絕望和悲傷讓這位原本高貴驕傲的女子變成了完全不同的一個人。「如果妳以為我不會因此而心碎，那妳就錯了。丹席爾和我早就約定好，當危險來臨時，我們其中一個人一定要活下去。這就是我們現在要做的……」

她撥開枝葉，朝宅邸望去。眼前的景象呈現出駭人的反差：美麗的天空、芬芳的花香……和撕裂著空氣的可怕尖叫聲。

「我們為什麼不去救他們？為什麼要做這樣的約定？」

她沒有回答，我試著站起身來，但她立刻壓制我。

「我也答應了席拉斯要保護妳。伏低身體！」

席拉斯的名字讓我震驚得無法動彈。席拉斯也早就料想到會有今天嗎？我從來都不知道他有這樣的計劃。他很可能會死在刀劍之下，我怎麼能躲在樹叢後袖手旁觀？

我遮住耳朵，但打鬥聲和慘叫聲依舊清晰可聞。我只想大聲喊叫，要所有人停手。但我剛才已經冒過險了，我不能讓發誓要保護我的伊斯托菲夫人也陷入危險。

「我不明白……」我一遍又一遍地問，話裡帶著哭音。「為什麼不去幫助他們？」

她還是不說話，只是小心翼翼地觀察著樹叢外的情況。她的雙手仍然像鐵箍一樣緊抓著我，以防我又想起身奔向危險。

我想起席拉斯說過的話：暗影騎士團帶來的是絕對的殺戮和毀滅。一想到席拉斯身軀破碎的模樣，我忍不住乾嘔起來。

這恐怖的時刻彷彿會永遠持續下去一般。我在內心不斷祈求，無論大廳裡發生了什麼事，席拉斯都可以倖免於難。然而罪惡感隨即襲上心頭，因為我的心思完全集中在席拉斯身上，忘記了別人也可能遭難。薩爾還如此年幼……蘇利文擁有一顆溫柔體貼的心……他們也許都已經慘遭殺害。還有我的父母……或許他們從來沒有疼愛過我，但這不代表他們再也沒有機會去嘗試。

我無法感受時間的長短，也不知道過了多久，慘叫聲漸漸消逝，取而代之的是一陣病態的狂笑。我知道行凶者準備離去，因為他們已經完成了任務，正對死者開著殘酷的玩笑。那是一種令人作嘔、心滿意足的笑聲，透著殺戮帶來的純粹快感。

接著另一種聲音傳來，那是火焰燃燒的劈啪聲。暗影騎士縱馬奔馳而去，一直到馬蹄聲完全消失，我們才敢站起身來。

「諸神在上，求求您……」我喃喃祈禱著：「求求您。」然後才張開眼睛。

儘管我聽得很清楚，依然難以相信他們居然會放火。雖然救人的時機早已喪失，我們還是從花園急奔到大廳門口。我試著壓抑心中的恐懼，只想趕快知道是否有任何生還者。

我們發現火勢集中在宅邸一角，尚未蔓延開來。也許有機會救出那些還活著的人。

我在大門前停下腳步，一時之間沒有勇氣踏進大廳，害怕即將映入眼簾的景象。

「母親？」一聲嗚咽從大門旁的陰影處傳來。

「史嘉蕾，是妳嗎？謝天謝地！」伊斯托菲夫人奔了過去，緊緊抱住女兒。「我的女孩！我的女孩沒事！」

我看著整棟宅邸，裡面沒有任何聲息。難道史嘉蕾是唯一一個倖存者嗎？

「凶手是暗影騎士團嗎？」我問，雖然我已經知道答案。

伊斯托菲夫人猛然轉過頭。「妳怎麼會知道他們？」她問，輕撫著女兒臉頰的每一寸肌膚，難以相信她安好無恙。

「瓦倫婷娜和席拉斯告訴我的。」

她搖搖頭，回頭看著女兒。「我以為只要離開伊索特，他們就會放過我們……但是我錯了。」

我完全不明白其中緣由。「為什麼他們要這樣對待伊斯托菲家族？」

「母親，他們戴著面具闖進來，手持出鞘的長劍，見人就砍，連女僕都不放過。我不知道自己怎麼了……我嚇得全身無法動彈，無法反抗。」

「妳本來就不該動手。我不是說過嗎？」她的母親斥責。「妳應該馬上逃跑！」

「其中一人抓住我的肩膀，他瞪著我瞧了好一會兒，我以為他是要慢慢地折磨我。但他拉著我的手腕，將我摔到了門外。我試著想要奔跑，但雙腿不聽使喚。我爬到門邊的草叢躲了起來。我很想反抗，母親……我想要狠狠地傷害他們。」

伊斯托菲夫人緊緊抱著女兒。

「我不知道他們為什麼會放過我！我看到他們……看到……」她啜泣起來，無法再說下去。

我搖搖頭，無法理解這一切。我拉起裙子，準備朝屋內走去。

「妳在做什麼？」伊斯托菲夫人問。

「看還有沒有倖存者。」

她的藍眼睛變得空洞。「荷莉絲，聽我說。他們不會留下活口。」

我感到彷彿有異物梗在喉嚨。「我必須……我必須去……」

她搖著頭。「荷莉絲，拜託。」夫人說，她的聲音帶著明確的警告。「看到那些……情景，只會對妳造成更多傷害。」

她語氣中有一種斬釘截鐵的感覺，彷彿無論裡面是什麼樣的慘狀，她都不會驚訝。火焰逐漸吞噬了整個東側的廂房，逼人的熱氣洶湧而來，但她的話依舊讓我感到一陣冷顫。也許在我的意識中，我們能夠等待危險過去，然後在屋裡找到生還者。但在伊斯托菲夫人心中，一切都已經太遲了。

「我得進去……」

她低下了頭，不忍再看我。於是我邁步向前。

我才剛踏進屋內，就差點被一名逃命出來的僕人撞倒，他手上還捧著婚宴時的金色餐盤。看來還是有人生還，我心中燃起一絲希望，深吸了口氣。但我立刻後悔這麼做，因為一陣濃煙嗆得我直咳嗽。

我轉向大廳入口。片刻之前，我們才在此為未來的幸福舉杯慶祝。火苗吞噬了餐桌和壁毯，以及地上的一具屍體。他就倒在門邊，那是薩爾。

我垂下眼睛，伸手掩住嘴巴，壓住想要尖叫的衝動。

伊斯托菲夫人說得沒錯，目睹這樣的情景只會造成更大的傷害。知道有許多人遇害是一回事，親眼見到一張毫無生氣的臉孔又是另外一回事。飛濺的鮮血和焚燒的臭味將銘刻在我的記憶裡，永遠無法抹去。

我想要再往裡面前進，想要找到席拉斯。剛才從外面看不出真正的火勢，現在我才知道暗影騎士團其實在宅邸四處都放了火。烈火已經在整間大廳蔓延開來，我也沒有聽見任何求救的呼喊。如果席拉斯也和他的父母一樣，希望危險來臨時，我和他其中一人一定要存活，那我現在就得趕緊逃離火場。而且我也不想看到他支離破碎或被烈焰吞噬的慘狀。如果我再往裡面走，可能最後會難以脫身。

我劇烈地咳嗽著，努力吸進空氣，然後奔回到宅邸外。

伊斯托菲夫人看見我臉上的恐怖表情，會意地點了頭。我看了史嘉蕾一眼，兩人空洞的臉孔有如一對鏡像。她還沉浸在剛才目睹的殘酷景象，眼神裡彷彿遊蕩著那些慘死劍下的冤魂。我走過去擁抱她，她也緊緊抱住我。

伊斯托菲夫人牽著我和史嘉蕾的手，來到莊園前。這條道路才剛剛為了我的婚禮而修繕過。

「我們要去哪裡？」史嘉蕾問。

「瓦林哲爾廳。」我失神般地說。

伊斯托菲夫人揚起頭，邁步向前。「來吧，女孩們，眷戀回首是沒有用的。」

但我依然忍不住回頭望去。烈火已經點燃了簾幕，從窗戶竄出，火苗朝著天空張牙舞爪。她說得對，我們必須往前走下去，不再回頭。

顯然伊斯托菲家族已經不止一次經歷過這樣的慘痛經驗，不然夫人怎能如此鎮定地離開？她好像早已預知到悲劇遲早會再次降臨，否則她為何要和丈夫訂下其中一人必須存活的約定？

當席拉斯告訴我關於暗影騎士團的事情時，他彷彿是在述說一個遙遠的故事。但毫無疑問，他和他的家人以前就面對過這幫凶徒。只是這一次他沒能逃過毒手。

如果我們有餘暇思考，也許會在馬廄找到幾匹馬來代步。但我們終究只能步履蹣跚地朝我從小長大的家園走去。

再次回到瓦林哲爾廳，似乎帶給我一種難以名狀的安全感。我心中感到疑惑……我不是一直都寧願遠離這個家、遠離我的父母嗎？在接近莊園入口時，我豎起耳朵傾聽，擔憂會不會又聽見馬蹄聲和尖叫聲傳來，不知道是不是又要再度逃亡。

但四周一片寂靜，沒有馬蹄聲，也沒有尖叫聲。全世界彷彿只剩下我們三人。

我們終於來到瓦林哲爾廳的前門，一名管家正在階梯上等著。他提著一盞燈，驚訝地發現回來的不是布萊特伯爵夫婦，而是三名模樣狼狽的女子。他極目遠望，也沒有瞧見我父母當初乘坐的那輛豪華馬車。

「來人呀！」他朝屋內喊道。在我們登上階梯時，一群家僕已經準備好接待我們，其中包括了那個兩週前替我送信到艾比克雷莊園的善良婦人海絲特。

「荷莉絲小姐！究竟發生了什麼事？」她問：「您的父親和母親呢？」

我無法回答，猛然跌坐在地上，放聲哭叫。

# 第三十三章

我的父母已死，我的丈夫也死了，我現在是孤身一人。雖然我早已意識到這點，但海絲特的這句問話對我還是一記重擊。

「布萊特伯爵和夫人不會回來了。」伊斯托菲夫人替我輕聲回答，她的表情依舊冷靜但空洞。淚水在她滿布煤灰和塵土的臉頰上洗出兩道白色的痕跡。即使如此，她的高貴氣質絲毫未損。她走上階梯，但一名家僕擋住了她。

「瓦林哲爾廳不能庇護妳。」他氣鼓鼓地挺著胸膛說。「伯爵大人和夫人厭惡妳這種人，他們絕對不會——」

「那已經不重要了！」海絲特打斷他。「老爺和夫人已經死了。現在荷莉絲小姐才是瓦林哲爾廳的主人，從現在起，我們都要聽令於她。而這些是小姐的家人，我們會好好照顧他們。」

「海絲特說得沒錯。」另一人附和。「荷莉絲小姐現在是布萊特家族的家主。」

「讓我帶妳們到會客室。」海絲特說。

「謝謝妳。來吧，我的好女孩。我們進屋吧。」伊斯托菲夫人扶我起身，我們拖著腳步來到主會客室。壁爐溫暖地燃燒著，我坐在爐火前烤著冰冷疼痛的雙手。史嘉蕾靜靜地啜泣著，幾乎沒有發出任何聲音。我與她感同身受。此時此刻，我們的內心百感交集：為失去的人悲傷、因存活下來而內疚、對未知的將來感到恐懼。

「一切都會沒事的。」伊斯托菲夫人柔聲對史嘉蕾低語，輕撫著女兒的頭髮。「我們會重建家園，我保證。」

史嘉蕾將頭靠在母親身上，但這句保證並不足以緩解現在的傷痛。我瞥了一眼伊斯托菲夫人，她眼神茫然，看著房裡虛空的某處。她剛才展現出超凡的理智阻止我莽撞的行為，堅毅地帶著我們逃回瓦林哲爾廳。我相信，接下來這幾天我們還是能夠依靠她。但我也知道她深受打擊。這樁他們預料終究會降臨的慘劇帶來了令她心碎的結局。

「他們為什麼要這麼做？」我再次發問，雖然我並不期待得到更多答案。「他們幾乎殺了所有人，卻放過了史嘉蕾。他們什麼也沒拿，只放火燒屋。我不明白。」

伊斯托菲夫人閉上眼，費力地吸了一口氣。

「很不幸地，親愛的荷莉絲，我們明白。」

我抬頭看著她。「這樣的事情之前發生過，是嗎？」

「他們從沒做到像今天這樣的地步。」她搖著頭說，終於安坐在椅上。「我們也曾痛失親人，還有一些財物的損失……我只是希望威脅不會一路尾隨我們到克洛亞。」

我也搖頭。「您得解釋得更清楚才行。」

她嘆了口氣，坐直身子。家僕們帶著盛滿食物的托盤和毛巾走了進來，還有幾盆清水。一名女僕將一盤麵包和桃子放在我身邊，但我現在吃不下任何東西。伊斯托菲夫人道了聲謝，將雙手伸進水中，然後洗掉臉上的灰燼和塵土。

家僕離開後，她轉頭面向我。

「妳還記得我們抵達克瑞斯肯城堡的那天嗎？」

過去的回憶讓我臉上泛起一抹虛弱的微笑，但兩行淚水也默默地流過臉龐。「我永遠都不會忘記。」

「當傑米森國王聽見我們家族的名字時，我知道只有兩種情況會發生。他可能會嚴厲地懲罰我們，也許將我們全家關進高塔，或者直接驅逐出境。他也有可能會留我們在城堡，將我們擺在顯眼的位置供他差遣。所以最後當他同意讓我們隨意找地方安居時，我感到非常驚訝。」

「為什麼會是那兩種情況呢？」

她將頭靠在高聳的椅背上，仰望著天花板。「因為這樣的事情時常發生在與王室有遠親關係的家族上。」

我凝視著她，試著理解她所說的話。「王室？」

「這是一段複雜的歷史。」她說，傾身向前。「讓我長話短說。昆廷國王是傑德瑞克大帝的直系子孫。屬於帕爾杜斯家族的傑德瑞克將伊索特的王位傳給他的長子，昆廷屬於長子這一條血脈，所以能夠繼承王位。但傑德瑞克總共有三個兒子和四個女兒。

「在這三位王子和四位公主中，有些人與外國王室聯姻，有些人選擇安分地待在宮廷為王兄效力。幾個世代之後，他們有些人的血脈完全斷絕，而伊斯托菲家族就來自其中一個血脈分支；我們的先祖是傑德瑞克大帝的第三個兒子，奧柏倫王子。妳手上的戒指就是當初大帝賜給奧柏倫的。」

我低頭看著手指上的寶石戒指，它閃爍著典型的伊索特藍。我思索著她的話，在我記憶中，席拉斯從未對我說過這樣的故事。

「除了屬於嫡長子譜系的昆廷和哈德里安，以及奧柏倫譜系的我們，還有另一個家族同樣是傑德瑞克大帝和帕爾杜斯家族的子孫，那就是諾斯寇特家族。妳還記得他們嗎？」

我點點頭。很不幸地，諾斯寇特家族給我的深刻印象全部來自伊坦。那男子可一點也不像擁有王室血統的樣子。

「所以伊斯托菲家族和諾斯寇特家族都屬於王室血脈的旁支，是昆廷和他的子女之外擁有繼承王位權利的家族。在繼承權上，男性優先於女性，所以我丈夫和兒子也……我兒子……」她說到這裡，難以自制地啜泣起來。今天的悲劇將會為她帶來無盡的淚水，對此我沒有絲毫疑問。

史嘉蕾在椅子上縮成一團，被自己的悲傷淹沒。她今天已經承受太多了。於是我站起身來，伸臂抱住她的母親。

「我很遺憾。」

「我知道。」她嗚咽著回抱我。「我也為妳難過，年紀輕輕就失去了父母。我很抱歉，荷莉絲。如果我知道妳會因此遭遇任何危險，我絕對不會同意席拉斯接近妳。我以為他們已經放過我們了。」

「這些暗影騎士到底是誰？」我問，想到當初席拉斯也不清楚他們的真實身分。「誰會想要對你們下毒手？」

「妳想，誰會想要剷除掉可能會造成王位紛爭的家族？」她問。

我心裡立刻有了答案，卻難以相信。「難道是國王本人？」

我整理自己的思緒，也許這也不是太荒謬的答案。每當我想起昆廷國王的模樣，都會感到一陣寒意。他孤立瓦倫婷娜，強迫體弱多病的哈德里安出席每一次公開場合，即使知道這會為王子帶來極大的痛苦。如果他能這樣對待他理應疼愛的家人，那對其他人施以殘酷的手段也不足為奇。

「在我們離開伊索特的幾週前，我們前往城堡去晉見昆廷國王，祝賀他登基二十五週年。妳也親眼見過這個虛榮的老人，也看過他如何惡待身邊的人。妳就知道忤逆他會有多大的危險。雖然我們寧願留在家裡，但還是前去履行作為臣民的責任。顯然他察覺我們的殷勤之情並不是出自真心。

「當我們回到家之後，發現莊園裡養的家畜都遭到屠殺。從傷口看來，那不是狼或者熊的傑作。而我們的家僕……」她停頓了一下，擦拭掉淚水。「他們說身披黑色長袍的武士闖進來，將他們綑綁起來。那些企圖反抗的人都當場被格殺。我們在一棵樹下找到堆積起來的屍體。這是很強烈的訊息，時間點也非常微妙。昆廷無法忍受任何人威脅到他隨時都可能斷絕的血脈。在我們離開伊索特之後，諾斯寇特家族就成為呼聲最高的潛在繼承人。有許多人一開始就認為他們比昆廷更有資格繼承王位。我猜他們很可能會成為暗影騎士團的下一個目標……

「但是諾斯寇特家的人很聰明。妳也有看到他們跟著昆廷和瓦倫婷娜一起來訪克洛亞。他們在每一個公開場合都不落人後，展現出忠誠的一面。他們無懼於任何威脅和損失，也擁有堅強的勢力。昆廷如果想要對付他們，恐怕也不是一件容易的事。」

我歪著頭思考。「所以諾斯寇特家族也曾遭受暗影騎士團的攻擊嗎？那這支……部隊的真實身分或許也沒有那麼神祕？他們一定是國王本人的手下？」

「我也看不出有其他的可能。」她疲憊地聳聳肩。

我側身坐在椅子的扶手上，雙臂依舊攬著伊斯托菲夫人。「這樣看來，昆廷國王不但虛榮，而且愚蠢。如果他自己沒有健康的繼承人，然後又殺光所有有資格繼承王位的貴族，難道王位不會落到其他莫名其妙的人手上嗎？到時候如果沒有一個人民擁戴的領袖來保護伊索特，整個王國也很可能陷入混亂，甚至被其他國家併吞。」

她輕拍我的手。「妳比昆廷更有智慧，但很可惜妳沒有他的權力。如今，我和史嘉蕾成了無國無家之人。」她抿著雙唇，忍住更多的淚水。

今天發生的事情將許多人的生命撕成了碎片。

我和她有可能從傷痛中恢復嗎？

我低頭看著自己的小手。這雙手軟弱無力，無法抵擋凶惡的襲擊，也無法挽救失去的愛人。但是那枚戒指依舊在我的手指上。我看著閃爍著微光的藍寶石，想起伊斯托菲夫人說過，這枚戒指曾經屬於一位偉大的國王。我的目光落在左手無名指上另一枚簡樸的黃金戒指，對我來說，它擁有更珍貴的價值。

「您沒有失去所有的家人。」我說。她抬起頭看我。「我在今天嫁入了伊斯托菲家族，您身邊還有我。而且，雖然我父母生前並不喜歡我，我依然是他們的合法繼承人，瓦林哲爾廳和周圍的領地都屬於我，也屬於我的家族。」

伊斯托菲夫人終於露出一絲笑容，史嘉蕾也不再埋頭飲泣。

「妳們沒有失去一切，妳們還有我。」

# 第三十四章

當我從夢中醒來時，有幾秒鐘的美妙時刻我忘卻了發生的一切。

我揉揉眼睛，才發現中午的太陽已經高掛在天空。我依稀記得自己是在日出時來到臥室。此時我躺坐在地板上，伊斯托菲夫人和史嘉蕾則是在我床上安歇。我當時將衣櫥推到門邊，清出空間讓我們三人安坐，一起思考今後該怎麼做，但我們很快就沉沉睡去。

我的父母已經離去，蘇利文、伊斯托菲伯爵，還有小薩爾也已經不在人世。

還有席拉斯。

席拉斯對我說過的最後一句話是什麼？「那再好不過」，當我說他會寵壞我時，他這麼回答，期待著日後寵愛嬌妻的甜蜜時光。我試著重溫那個時刻。在腦海中的景象裡，我還看見新娘白紗的一角，因為當時我回頭過去看他，只見他臉上掛著頑皮的微笑，好像在計劃某個我完全意想不到的驚喜。

「那再好不過。」他說：「那再好不過。」

「我有一個想法。」伊斯托菲夫人打斷了我的思緒。她安靜地從床上起身，讓史嘉蕾繼續安睡。

「噢，謝天謝地。」我輕嘆一口氣。

「我不敢說這是一個好辦法，但至少是我們現在能做到的。」她坐到我身邊的地板上，縱使是在慌亂悲傷的時刻，她依然保持寧定。「我和史嘉蕾必須離開，而妳要留在這裡，好好生活下去。」

「妳說什麼？」我的心沉了下去。「妳要拋下我嗎？」

「不是的。」她堅定地說，輕輕托起我的臉龐。「我是在保護妳。讓妳不再遭受危險的唯一方法就是盡快遠離我們。雖然我已經年邁，史嘉蕾也沒有爭奪王位的力量，但昆廷國王在發現我們還活著之後，還是有可能會再派人來下毒手。他永遠都會是籠罩我們的一道陰影。唯有永遠離開妳身邊，我們才能確保妳的安全。」

我別過頭去，思索著該如何反駁她。

「妳繼承了可觀的領地和財產，親愛的女孩。花點時間哀悼失去的親人，療傷止痛之後，也許妳可以找到另一個——」

「我永遠不會愛上別人。」

「噢，荷莉絲，妳還這麼年輕。妳眼前還有大好的未來。好好過生活，然後生兒育女。在這個黑暗的時代，這就是我們最大的希望。如果我的離去可以讓妳免於昨天那樣的慘劇，我會感到很欣慰。但妳要知道，」她輕撫著我骯髒的頭髮。「與妳分離帶給我的悲傷，並不亞於與兒子天人永隔的痛苦。」

我努力以樂觀的角度看待她所說的話。我唯一能感受到的就是她對我的關懷，幾乎等同於我對她的尊敬。這份相互的情感一直都存在於我們之間。在這悲傷的時刻，知道依舊有人愛惜著我，這對我來說彌足珍貴。

「但，妳們要去哪裡？」

她看著我，似乎有點驚訝我這樣問。「回去伊索特。」她理所當然地說。

啊。所以她說要永遠離開我身邊是這個意思。

「妳瘋了嗎？」我大聲問，史嘉蕾翻了個身，繼續熟睡。「妳知道昆廷想要殺害妳們，這不是等於羊入虎口？」

她搖搖頭。「我不這麼認為。在伊索特，男性才擁有繼承王位的權利，雖然這並非律法明文規定，但是長久以來的傳統。這也是為什麼我們家族比諾斯寇特家族更有威脅：他們的祖先是傑德瑞克大帝的女兒。」

她停頓了片刻，回想著所有的細節。「但她是傑德瑞克的長女，這在伊索特傳統裡也是令人看重的地位。過去曾經有許多貴族擁戴她的兒子史威坦王子，在其他譜系都慢慢消亡時，她的直系血脈曾經有很大的勢力……」

她的眼神突然變得遙遠，彷彿望著一幅過去的情景。

「我想昆廷國王之所以一直沒有出手對付諾斯寇特家族，是因為他們不再以史威坦王子的後裔自居。」她眨著眼，回到她想說的重點。

「丹席爾和我很早就告訴子女他們的血脈和身分，他們也知道國王可能因此視他們為眼中釘。他們理解為什麼每晚他們的房間外都有守衛，也理解為什麼我們必須出席昆廷國王每一個慶祝活動，展現對王室的忠誠。如今，就算我和史嘉蕾遭到國王的毒手，那也無損家族榮譽；但如果連累了妳，那是我所無法承受的罪惡。」

我起身走到窗邊。想起母親生前常說，最好在陽光之下做出重要的決定。小時候我一直認為這是她不答應我某些要求的藉口，因為我總是在睡前的時候胡鬧。但長大之後，我有時候也會走到陽光下思考，希望溫暖和光亮能夠掃去心中的陰霾。

「妳打算走到昆廷國王面前，告訴他，妳依舊是他忠心的臣民，即使他手上沾滿了家人的鮮血？」

「沒錯，我確實打算這樣做。」她閉上眼睛，斟酌著字句。「我會告訴他，伊斯托菲家族的男性血脈已經斷絕，我也會宣誓效忠，所以他可以高枕無憂。其實，就算不是為了妳，我還是想回去伊索特，那裡畢竟是我的家鄉，我希望能夠保護它，拯救那裡所有美好的事物。因為王座上的那個邪惡老人終究有死去的一天。他死後不會有人哀悼或留戀，只會留下一個分裂混亂的王國。」

「這太危險了！他可能會當場殺了妳，這樣一來，伊斯托菲家族就真的消失了，妳沒有想過嗎？」

「很有可能。」她坦然說，彷彿接受了那個自從她嫁入伊斯托菲家就註定的命運。「我已經活得夠久了。我愛過許多人，也養育了許多子女。我一輩子都在擔憂和躲避厄運。現在我要以我的生命來守護伊索特，也守護妳。妳應該也明白我的心意了，我們非走不可。」

沐浴在陽光下無助於沉重的心情，溫暖的陽光也改變不了什麼。

我轉過身，投入伊斯托菲夫人的懷抱。

「我不知道能不能一個人走下去。」

「別說傻話，」她以母親的語調說：「想想妳過去這幾個月的成就。妳是一個絕頂聰明的年輕女孩，妳一定能夠做到。」

「那如果我說妳回伊索特是很愚蠢的行為，妳會聽我的話嗎？」

她輕輕一笑。「也許是吧。但我不能將餘生都浪費在躲藏和逃亡上。我必須親自面對那個怪物。」

「怪物。」我重複這個詞。昆廷確實是一個怪物，但我寧願面對惡龍也不想要獨自待在這裡。

「我會時常寫信給妳，即使沒有什麼值得說的事情，我也還是會寫信給妳。我的信會淹沒整個瓦林哲爾廳，到時候妳說不定會後悔嫁入我們家呢。」

「別開玩笑了。我全心全意地愛妳和妳所有的家人，從第一天認識你們家族以來，就是如此。」

「不要再說了，我又會落淚的。哭泣已經帶來太多痛苦了。」她親吻我的額頭。「現在我得來安排安葬的事宜。我想妳也是……我沒有時間舉辦隆重的喪禮，丹席爾、席拉斯、蘇利文和薩爾天上有知，應該也會諒解。我只想讓他們盡快安息。」

她低下頭，清了清喉嚨。除了昨夜的短暫崩潰之外，她一直都在壓抑自己的情緒，我猜這是為了我的緣故。

「然後，」她再度開口，聲音帶著些許顫抖。「我們得回去艾比克雷莊園，看看還能搶救出什麼。如果天氣允許的話，我們會儘早動身。我得寫封信給諾斯寇特家，如果他們能派伊坦來護送我們上路，那會安全許多。」

她絮絮叨叨地說著，著手安排這些事項。在這種時候，她竟然還有籌劃這一切的精神和力氣。我對此無比驚訝，只因此刻心裡的傷痛讓我根本沒有辦法思考別的事情。

# 第三十五章

諾斯寇特家族很快就捎來回信，表示願意接待伊斯托菲夫人和史嘉蕾，她們需要待多久就能待多久。於是他們敲定了日期，伊坦會帶來一輛馬車，讓母女倆有一趟舒適的旅程。諾斯寇特家似乎很樂意在危難時刻伸出援手，但我心中卻充滿不安。如果他們也和伊斯托菲家族一樣受到國王的猜忌，這樣豈不是更容易讓昆廷有理由問罪，然後一網打盡？

「昆廷很驕傲，看不起女性繼承人的血脈，這也是諾斯寇特家族至今依然安泰的原因。我想他們不認為收留我們會造成什麼危險。」

伊斯托菲夫人推斷，但這並不能讓我安心。

「我還是覺得這很冒險。」我雙手抱胸。「您不再考慮一下——」

「請原諒我打擾，女爵閣下，有一個寄給您的包裹。」海絲特拖著緩慢的步伐進來。

「它挺沉重的，所以先擺在門邊。」

「沉重？」

她點點頭。我和伊斯托菲夫人交換了一個眼神。「謝謝妳，海絲特。妳是說放在前門那兒嗎？」

「是的，女爵閣下。」

伊斯托菲夫人跟著我下樓。我還不大習慣「瓦林哲爾廳的女爵閣下」這個頭銜，這像是壓在肩頭上的沉重負擔。我不知道自己還能承受多少重量。

「嗯哼。」伊斯托菲夫人說：「這東西挺小的，怎麼會如此沉重？」

在那張父母生前擺滿鮮花的圓桌上有一個小木盒。我拿起盒上的信封。

「啊……」我喘著氣，捧著信的雙手顫抖起來。

「怎麼了？」

「印信，是克洛亞的王室印信。」我吞了吞口水。「是傑米森國王寄來的。」

「要我替妳讀信嗎？」她提議。

「不。」我猶豫了片刻。「沒關係，我來就好。」

我撕開封蠟，那一手熟悉的字跡映入眼簾。那雙國王之手之前不知道寫給我多少充滿愛意的文字。

我最親愛的荷莉絲，

在發生這麼多事之後，也許妳不會相信我所說的話，但對於令尊令堂和妳未婚夫的驟世，我也感到心碎。那些使妳哀傷的悲劇同樣讓我心痛，我在此致上最誠摯的哀悼之意。身為貴族成員，妳當然能夠享有王國的年金保障。我衷心希望妳能再幸福地活上五十年，所以我決定將布萊特家族的年金總額一次賜予妳，讓這筆財富作為我原諒妳先前魯莽行為的見證，也代表我此刻與妳感同身受的哀痛。

「諸神在上！」我打開木盒，和伊斯托菲夫人震驚地看著裡面滿滿的金幣。

「這是國王賜給我的慰問金。依照克洛亞的傳統，王室會支付丈夫過世的貴族女子一筆年金。」

「就算妳的婚姻只維持了一、兩個小時嗎？」她不可置信地問。

「我之前說過，克洛亞有很多關於婚姻的律法，所以人民才不會草率結婚。但我現在已經成了寡婦……雖然在信裡傑米森只稱席拉斯為我的未婚夫。」

「這是很特別的制度，我不敢妄加評論。在伊索特，我們也是有一大堆的習俗和規矩。」她捧起閃閃發光的金幣。「諸神在上，妳可真富有，荷莉絲。」

我低頭繼續讀信。

我希望這筆財富能讓妳維持作為貴族仕女和克洛亞第一美人的生活和風範。

另外，我最近和妳的好友德莉亞・葛瑞斯很親近。希望這個消息帶給妳更多安慰，而非悲傷。夏至即將來臨，我已經邀請德莉亞擔任我在慶典上的正式舞伴。也許一點節慶氣氛能夠稍微沖淡妳現在的哀戚。回來克瑞斯肯吧，讓我和德莉亞一起照顧妳。令尊令堂已經離世，妳一個人待在鄉間太孤單了，在這裡妳會過得更自在舒適。

荷莉絲，妳永遠都會在我的心裡占有一席之地。我請求妳讓我再看看妳、讓我直視妳美麗的眼睛、讓我知道妳會再次露出笑容。這會為我帶來無上的喜悅。希望早日見到妳。

傑米森

克洛亞國王謙卑地聽任差遣。

「陛下邀請我回宮。他想盡快見到我。」我說，將信遞給伊斯托菲夫人。「看起來他終於和德莉亞在一起了。」

「啊，那算是好消息，不是嗎？」

「是的。」我回答，但是語調並不是十分肯定。對於德莉亞，我心中的感受依然很複雜。因為思念她而難過，也希望她同樣想念我。對於先前發生的一切感到罪惡，但也為她現在的成功高興。至少，我們之中有一人可以實現自己的渴望。「我也很想與她重逢，好好聊聊彼此的近況。」

「那就去吧。轉移一下注意力也好，讓生活有所期待。我和史嘉蕾也會盡快動身。這棟宅邸很漂亮，但一個人待著感覺太空曠、太孤寂了些。」

我一屁股跌坐進椅中，如果母親看到，一定會罵我動作粗魯。這一瞬間，我真希望她就在身旁，再多的金幣都換不回她的一聲斥責。

我壓抑住情緒，抬頭看著伊斯托菲夫人。「我想妳說得對。妳一直都很有智慧。」

她輕輕一笑，低頭繼續寫給諾斯寇特家的回信。

「請原諒我今天不能陪妳，我有些事要去處理。」

「妳不用這麼客氣。」她說，抬起頭看著我。「妳是這裡的主人。」

噢，我差點又忘記了。於是我故作驕傲地揚起下巴。「既然如此。我有一些事情要辦，妳可別來管我。」

「這才像樣。」她笑著說。

我走下大門的階梯，來到馬廄。現在正好是馬兒刷毛的時間。

「早安，女爵閣下，」馬夫說：「對不起，我不知道您會過來。」

「沒關係。」我說，輕拍他的肩膀。「我想騎梅姬出去一趟。」

他打量了我一番。「您現在穿的不是騎馬的束裝，小姐。」他說：「也許我可以幫您安排馬車？」

「不用了，衣服的事我沒放在心上，我只是需要吹吹風，思考一下。」

他給了我一個會意的眼神，然後牽出那匹漂亮的黑馬。

「如果有人問起，你就說你今天都沒見過我。」

他眨了眨眼答應，我隨即一拉韁繩，梅姬就如風般疾馳而去。我騎得很快，毫無畏懼。馬兒和我一樣都專心致志在眼前的目標。

梅姬載著我穿過濃密的樹林，朝西奔去。牠對這一帶的地形很熟悉，在灌木叢和樹根之間靈巧地跳躍，逐漸接近我原本的新家：艾比克雷莊園。

在一株大柳樹下的土堆呈現明亮的棕色，大約有幾寸高，但幾年之後經過風雨的侵蝕，很快就會夷為平地。

伊斯托菲夫人將僕役也葬在她的家人身邊，我不清楚這是她自己的善意或是伊索特的傳統。所以有二十餘座墳墓整齊地排列在宅邸外圍，這不包括其他的死者。我的父母被葬在瓦林哲爾廳神廟旁的陵墓，那些不幸遇難的鄰居也都各自有安息的所在。

我們在莊園的廢墟裡沒有搶救出太多東西。我在灰燼中發現兩枚銀色戒指，我分不清楚哪一枚屬於生前的父親，但還是將這些戒指和他葬在一起。

罪惡感和悲傷不時交雜在我心中。如果當時我們早了幾分鐘回到大廳，我也會慘遭毒手；如果伊斯托菲夫人將藍寶石戒指傳給我時，讓席拉斯在一旁見證，那他就能倖免於難。如果、如果、如果……每一個如果都是命運無情的訕笑。

我把梅姬拴在一根低垂的樹枝上，親暱地搔搔牠耳後，然後緩步走到席拉斯遺體的埋葬之處。一座臨時的石頭墓碑矗立在土堆上。

「我努力勸你母親不要離開。我用盡了我能想到的所有理由……但都沒有用，她心意已定。」

一陣風吹過，樹葉沙沙作響。

「噢，不，我是沒有跪在地上求她，那太不像我了。我現在是瓦林哲爾廳的女主人了。她一直提醒我要記得自己的身分地位。但是老實說……」我忍住淚水。「我只想成為伊斯托菲家的夫人。如今你已經不在了，艾比克雷莊園也付之一炬，雖然我坐擁財富和頭銜，但我感覺一無所有。」

枝葉又是一陣騷動。

「我心懷感激。我知道能夠逃過一劫，安然站在此處是上天的恩賜。但我想不透為什麼諸神要讓我一人獨活，我對祂們還有什麼用處？」

四周一片寂靜。

「傑米森邀請我回宮。我不敢相信他會就這樣原諒我。我猜大概是出於憐憫吧！」我搖搖頭，凝視著遠方的地平線。「如果我不去，恐怕又會冒犯國王。而我之前已經給了他太多痛恨我的理由。我現在只怕……我想，我必須放手讓你走。」

我忍不住啜泣起來，用衣袖擦拭止不住的淚水。「我以前一直感覺有一股力量不斷將我推向你。我不清楚那究竟是怎麼一回事，但自從我第一次見到你，我們之間就有一縷無形的羈絆，牽引著我走向你去的任何地方。」我搖搖頭。「那種感覺已經不在了，但我對你的渴望始終不變。」

我好希望他能回答我，希望他能像以前一樣，在我耳邊輕聲說出那些充滿智慧的字字珠璣。但這個願望再也無法實現。

他已經永遠離開我了。

我再也感受不到他的存在。

「我只想告訴你，雖然我感受不到你在我身旁，我也不會忘記你。如果未來有一天，我能再次墜入愛河，那也是因為你讓我知道愛情的真正感受是什麼。在遇見你之前，那些以愛情為名的一切都是謊言。直到你握著那柄金色寶劍、安靜但驕傲地走進王政大廳的那一刻，我才看到了真相。

「不知道我是否告訴過你，你在開口說出任何一句話之前，就擄走了我的心。從那一刻起我就已經屬於你。在我們目光相觸的那一瞬間，我就失去了自己。而你承諾要毫無保留地愛我，你也確實做到了。謝謝你，席拉斯。謝謝你。」

我環顧四周，只要我的心還有跳動的一天，這片景象將永遠刻印在我的記憶中。

「我愛你，也謝謝你愛我。」我吻了自己的手，然後輕輕觸碰了席拉斯墳上的石碑。

我翻身上馬，梅姬抬頭長鳴了一聲，絕塵而去。這一次，我沒有再回頭。

# 第三十六章

這一段時間我對任何事情都提不起勁，包括那些我原本熱愛的事物。我沒有胃口，也沒有興致打扮，生活中的一切都無法激起我的熱情。當然，對於伊坦．諾斯寇特的來訪，我也沒有半點期待。更別說他來到瓦林哲爾廳的目的是帶走我僅存的家人。

然而，不管我的心情有多低落，伊坦還是騎著一匹駿馬來到通往大門的道路上，身邊還有一輛華麗的馬車，車廂漆著比伊索特藍稍深一些的藍色。

我站在門前的階梯上，等著以貴族禮節接待這位客人。他的陰鬱表情和我們初次見面時沒有什麼兩樣，似乎沒有人能夠看透他心裡真正的情緒。他翻身下馬，朝我走來。我伸出右手致意。

「伊坦爵士。歡迎來到瓦林哲爾廳。」

他依照禮儀執起我的手，動作卻突然靜止。

「怎麼了？」

他盯著我的手。「妳戴的這枚戒指……它並不屬於妳。」

我舉起左手，讓他看見席拉斯打造的婚戒。「既然我已經嫁入伊斯托菲家，就有權繼承這枚戒指。請進吧，你姑母和表妹已經等候多時。」

我領著伊坦走進大廳，他的腳步聲在我身後迴響。瓦林哲爾廳確實需要多一些人聲的滋潤。我實在不想開口說話，但還是輕聲告訴他：「我必須先提醒你，伊斯托菲夫人目前身心狀況都還好，但她一直強忍悲痛照顧史嘉蕾，還有費神安排之後的事。我不知道她是不是能繼續壓抑自己。請你在旅途上多加留意。」

「我會的。」

「至於史嘉蕾……她目前還處於崩潰的狀態。我不知道夫人是不是告訴過你，她之前把自己鎖在房間裡，把任何她看到的東西都扔到窗外。我們毫無辦法。」

他面具般的表情終於有些變化，似乎是真心為表妹感到心痛。「妳和她談過嗎？」

「沒有。她幾乎完全不說話。我真的很愛她，希望她能盡快恢復過來。但你得做好心理準備，因為她可能會一直維持這樣的狀態。我不知道該怎麼安慰她，伊斯托菲夫人也束手無策，只能期望時間為她撫平所有的傷痛。」

他點點頭。

「那妳——」他停頓了片刻，然後清了清喉嚨。「那……妳呢？妳還好嗎？」

我無法掩飾自己的錯愕。伊坦居然會關心我？即使這只是客套話，那也匪夷所思。

「世上唯一一個我能與之分享真心的人已經不在了，我的父母和他的許多家人也隨著他離去……這一切都令人難以承受，但我會努力撐下去。很抱歉我只能對你說這些。」

我沒有告訴他，其實我昨夜一整晚都用枕頭蒙著臉，不讓別人聽見我的哭聲。我也無法告訴他我感到多麼內疚，因為許多人死去而我還活著。雖然我早已不視伊索特人為敵（也許他們的國王除外），伊坦也還遠遠不是能夠傾訴心情的朋友。

「我很遺憾。」他說。

我很希望自己能夠相信他這句話。

「她們在這裡。」我說，請他一起走進伊斯托菲夫人和史嘉蕾所在的會客室。

伊斯托菲夫人抬起頭，起身招呼姪子。「噢，伊坦，親愛的孩子。謝謝你過來一趟。有你在，這趟旅程會令我安心許多。」

史嘉蕾看了看伊坦，但隨即轉過了頭，眼神空洞。

伊坦和我對視一眼，我聳了肩，像是在說：懂我的意思了吧？

「隨時都任您差遣，惠特莉姑媽。只要您準備好，我們隨時可以動身。」他表示。

「那就別浪費時間了，」她回答：「我們越早抵達伊索特越好。」

我早已破碎的心又再次沉了下去。

伊坦扶著史嘉蕾走下前門的階梯。她一言不發的模樣似乎嚇著了伊坦，他不斷回頭看我，眼神裡充滿不安。但我也不知道還能說什麼，目前一切只能順其自然。

在伊斯托菲夫人、史嘉蕾和我身上，可以看見悲傷如何深刻地改變一個人。伊斯托菲夫人依舊以堅定的步伐向前邁進；史嘉蕾則是完全墜入自己的世界裡；而我……我面對一成不變的每一天，對於未來沒有任何打算，害怕眼前的道路會帶我走向更黑暗的深淵。

我站在車廂外，伊斯托菲夫人給了我最後一個擁抱。

「再會了，荷莉絲。」她說：「我會很想念妳。」

「我也會很想妳。妳安頓好了之後，記得寫信給我。」

「我該寄到這裡還是克瑞斯肯城堡？」

我搖搖頭。「我也不知道。」

她嘆了一口氣。「等妳確定後再通知我吧。」

伊坦伸出手，協助她登上這輛即將遠去的馬車。

「妳看起來很不放心。」伊坦靜靜地說。

「沒錯。我希望她們能留在這裡。」

「她們應該和家人待在一起。」

「我就是她們的家人，我是伊斯托菲家的人。」

他微微一笑。「還差得遠呢。」

我正要反駁他，但伊斯托菲夫人從車窗探出頭來，她戴著原本屬於我母親的手套，這是一件臨別的禮物。我不想因為和伊坦吵架而毀了我們互道珍重的一刻。伊坦轉身上馬，他喜歡單騎在前引導，而不是和馬車並肩而行。

「我檢查過我們待的房間。」她向我保證。「不過我們本來就沒帶什麼東西過來，應該沒有任何遺漏。」

她還是如此鉅細靡遺。我笑了笑。「還有一件事。」我對她說。也許伊坦這個人就是和我不對盤，但他先前對於傑米森的看法卻十分準確，說不定這次他又說對了。

我捏住右手上的藍寶石戒指，準備摘下它。

「不，荷莉絲，不行！我說不行。」

「這枚戒指屬於妳的家族，應該由史嘉蕾繼承。」我殷切地說。

「不，妳的好意我心領了。」她放低了聲音。「我不認為她現在想要繼承家族的任何事物。這不能怪她，不是嗎？」

我搖搖頭。

「妳說過妳是伊斯托菲家的一員，」她提醒我。「那這枚戒指就屬於妳。」

「我不知道。」

「既然如此，妳還是先戴著它吧。如果有一天妳真的不喜歡它，妳可以帶來伊索特交還給我，這樣好嗎？」

想到日後我們重逢的情景，我忍不住露出微笑。「一言為定。」

「妳什麼時候出發去城堡？」她問。

「再過幾個小時。我打算在傍晚的時候抵達，那時候大家都在用晚餐，越少人注意到我越好。」我無法想像宮廷裡的人會怎麼看我。

「我希望妳知道……如果國王依然愛著妳，而妳對他也重燃愛苗，妳不需要為此羞愧或內疚。身為席拉斯的母親，這些話由我來說應該更有說服力。」

我嘆息。「謝謝妳這麼說，但我早就再也不想接近那頂后冠。而且……傑米森……我也不清楚他是不是真的愛過我，或者我真的愛過他。我現在的目標是幫助德莉亞鞏固她的地位，順利坐上王座。在那之後……老實說，我不知道之後我還能做什麼。」

「妳會適應新生活的。」

「我怎麼知道？」我輕聲說：「如果妳們出了任何事，我該怎麼活下去？」

「我已經請諾斯寇特伯爵送出消息。妳不用擔心。昆廷國王可能認為我的兒子們威脅到他的王位，但我現在只是個老寡婦，他不會將我跟女兒放在心上。伊坦也會沿途保護我們的安全。」

我帶著疑慮地看著遠處馬背上的伊坦。「但願如此。」

我們相對無語了片刻。該說的話都已經說了，除了最後那句道別，但我卻還沒準備好說出口。

她從車窗低下頭親吻我的臉頰。「我愛妳，荷莉絲。我現在就開始想念妳了。」

我點點頭，退後了一步。「我也愛妳。」

我不想在她們面前掉淚。我不能再成為造成任何痛苦的泉源。

「我一有空就會寫信給妳。」她承諾。

我再次點頭，哽咽得說不出話。她最後一次伸手輕撫我的臉頰，然後縮身回車廂。

伊坦在馬背上時倒是英姿煥發。他策馬來到我面前。「妳放心，我會好好保護她們。我知道你對我個人、我的國王和伊索特沒有什麼好感，但妳必須相信，我願意為我的家人犧牲性命。」

我點點頭。「我也一樣。但如今是我的家人為我犧牲了性命。」我深吸一口氣。「抱歉，這實在難以承受。」

「確實如此。傷痛會持續很長一段時間，但終究會慢慢撫平。」

我現在的模樣想必十分悲慘，因為就連伊坦竟也對我顯露出同情和憐憫。

「謝謝你。我也相信你一定會保護她們周全。我替那些膽敢阻擋在你面前的蠢蛋祈禱。」我說。

他簡短地對我點點頭，然後引導著馬車奔馳而去。於是她們就這樣慢慢離開了我的世界。我不知道沒有她們陪伴的生活會是什麼樣子。

我看著馬車駛到道路的盡頭，然後轉了個彎。我一動也不動地凝視前方，直到馬車消失在遠方矮丘的頂端。我依然站在原處，只因為我不想就這樣一個人走回那棟空蕩蕩的大宅邸。

我想必是站了很久，因為當管家來到我身旁時，我才發覺臉頰被烈日曬得有些疼痛。

「布萊特夫人？」

「是伊斯托菲夫人。」我糾正他。

「請原諒我，女爵閣下。您知道，積習難改。請問您要用哪個皮箱來打包行李？」

我深吸一口氣，走回屋內，但才進到門廳就停下了腳步。

在我和瓦林哲爾廳之間似乎有一道無形的高牆，讓我寸步難行。我的呼吸有些急促，如果再這樣下去有可能會昏厥過去。我只好扶著那張圓形木桌，大口喘著氣。

「我想……就用床邊那兩個皮箱吧。就算遺漏了什麼東西，城堡那裡也應有盡有。」我指示管家。我只想盡快支開他，好讓我有時間獨處。

他鞠躬行禮，轉身上樓去取皮箱。我在窗邊坐下，打算就這樣望著瓦林哲爾廳外的景象，直到離開的那一刻。胸口似乎有一股奇怪的搔癢感，我不耐地伸手撫胸。

我不知道日後都會是什麼樣的人陪伴在身邊，我只知道在這個世界上，很難孤身一人走下去。

我心中百感交集，各種思緒和情感紛沓而來，一連串的疑問形成了一個悲觀的漩渦。而對於這些疑問，我沒有任何答案。

時間慢慢流逝，太陽斜掛到了天空的另一邊。

胸口那股奇怪的感覺再度出現。但這並不是之前那種搔癢，而像是……像是一縷絲線拉扯著我的心。

我感受著這股拉扯，呼吸又急促了起來。我想要弄清楚這究竟是什麼感受。終於，我明白了，這和我第一次見到席拉斯之後的感覺一模一樣。無論發生什麼事，我都要跟隨這股力量。

太陽逐漸落到了遠處的森林頂端。我沒有太多的時間。

我快步上樓，衝進自己的房間，從衣櫥裡抓起兩個皮製小包，因為我知道梅姬載不了任何皮箱。我摺好三件簡樸的衣裙，找到一支化妝筆和幾瓶香水，將這些東西全部都塞進其中一個包裡，然後在另一個小包裡裝滿了傑米森送來的金幣。

「海絲特！」我高聲叫喚：「海絲特，我需要紙筆！」

我換上騎馬用的長靴，將脫下來的小鞋也塞進包裡。我也只能帶得了這麼多東西。

海絲特走了進來，手裡拿著信紙和墨水。

「謝謝妳。」我取過紙筆。「聽著，海絲特。我不確定這一趟會離開多久，但我相信你們都會好好照顧這個家。我一有空就會寫信回來。」

「是的，女爵閣下。」

「還有這個盒子。」我說，將傑米森送來的木盒交給她。「把它藏在安全的地方。」

「是的，女爵閣下。」

我坐了來下，鵝毛筆在手中狂亂地飛舞。

親愛的國王陛下，

當您讀到這封信時，我人已經在伊索特。我又一次無法依約回到您身邊，我只能祈求您再次原諒我。我打從內心深處希望有朝一日能夠來到您面前，祝福您與任何一名您心儀的幸運女孩成婚。但我現在還不能回去克瑞斯肯城堡。就像我人生中其他的挑戰一樣，我還沒有準備好面對那邊的一切。

我希望您成為全大陸上最幸福的國王，也希望諸神讓我們的道路再次交會。我一直都會是您忠誠謙卑的僕人。

荷莉絲

我將信摺起，交給海絲特。「寄到克瑞斯肯城堡，越快越好。麻煩妳了。」

「遵命，女爵閣下。」她溫和地說：「也請您保重。」

我點點頭，抓起斗篷，起身朝馬廄走去。

我走過一道又一道柵欄，終於找到了梅姬。「原來妳在這兒，好女孩！」

我迅速放好馬鞍，知道陽光很快就會燃燒殆盡。我將行囊緊緊繫在牠身上，然後翻身上馬。

梅姬很了解主人的心思，牠察覺到了我心中的焦急，所以全速奔馳。雖然我不認識通往伊索特的道路，但還是能猜到伊斯托菲夫人一行人的大致方向。在經過席拉斯的墳墓時，我給了他一個飛吻，並且暗自祈禱順著這條路走，就能夠追上他的母親和妹妹。

今天，每條道路都空無一人，空氣乾燥得令人難受。我疾馳過鄉間，目光尋找著那輛馬車，同時感覺到塵土在肌膚上堆積。

「加把勁，好女孩！」我激勵著梅姬，牠也賣力追逐著即將西下的太陽。

我開始覺得這次又會陷入困境，因為夜晚即將降臨，而我並不認得這附近的路。除此之外，我還是孤身一人。我瞇著眼搜尋遠方的地平線……終於看見了那輛藍色馬車，一名高高瘦瘦的騎士引導在前。

「等等我！」我朝距離遙遠的馬車瘋狂喊著。「等等我，我也要一起去！」

沒有人聽見我的聲音，於是我繼續喊叫，直到伊坦注意到我。他舉手示意馬車停下，史嘉蕾從車窗探出頭來，一臉疲憊。她的母親隨後也伸出頭，想知道究竟發生了什麼事。

「妳到底跑來這裡做什麼？」伊斯托菲夫人驚訝中帶著一絲不悅。「妳看起來很不安，一切都還好嗎？」

「不，我不好。」我感到筋疲力盡，全身的肌肉都在痠痛。於是我下馬，朝馬車走去。「我不想要這樣。我無法回到之前的生活，我也不能讓妳們就這樣離開我。」

伊斯托菲夫人側頭看著我。「我們已經討論過這個話題了。」

「不，那是妳單方面的決定，但我不想要別人擺布我的人生。我現在是瓦林哲爾廳的女主人，但我同時也是妳的媳婦……妳必須要聽聽我的想法。」

她打開車門，走下馬車來到我身邊。「好吧。」

我疲累不堪，全身髒兮兮的，心裡也還沒確定該如何開口說服她。

我深吸了一大口氣。「我是伊斯托菲家的一員。我手上還戴著這枚傳承自妳的戒指。妳們是我的家人。」我簡短地說。「單憑這點，我拒絕離開妳們。如果妳們即將踏入危險的地方，我也要與妳們一同赴難。」

「胡說八道。」伊坦反駁道。

「噢，別來煩我！」

「妳就不能像以前那樣憎恨我們嗎？」

「我並未憎恨過你們。」我說，凝視著伊斯托菲夫人的眼睛。「也許只除了你。」我轉頭對伊坦說：「但也沒那麼嚴重。」

「真感謝妳的抬舉。」

「伊坦。」伊斯托菲夫人瞪了他一眼，這就足以讓他閉上嘴巴。她隨即轉過頭來面向我。「妳真的想要離開妳的人民？妳的家園？」她靜靜地問。「我們是過來人，我可以告訴妳，這比妳想像的還要艱難。」

「我想要以妳們為榮，以席拉斯為榮。我想要與妳們一起生活，無論此生長短，也不要再回到虛無瑣碎的宮廷或獨自在瓦林哲爾廳虛度時光。」我雙手交握，聲音懇切，同時強忍著淚水。「我也不想傷害昆廷國王，如果妳能相信我的話。鮮血已經流了太多了，我不想再看見任何暴行。但是我希望得到答案，知道無可懷疑的真相。我要看著那個男人的眼睛，聽他承認他謀殺了我的丈夫，聽他告訴我他為什麼要這麼做。」

「荷莉絲……」她開口，聲音柔和了許多，原本的堅持似乎有所動搖。

「我不能回去。」我毅然說：「如果妳不讓我乘坐馬車，那我只好騎著這匹漂亮的馬兒跟在後面了。妳會見識到我頑固的一面。」

她轉頭看了史嘉蕾一眼。這幾週以來，年輕的女孩第一次露出微笑。

「看來妳心意已決。」

「沒錯。」

「那就上車吧。伊坦，請你將這匹馬拴在馬車的後方。我想荷莉絲小姐會希望帶著牠同行。」

「妳不能讓她搭乘這輛馬車！」伊坦堅持道。「她不能和我們一起回伊索特！」

「你沒有資格命令我，爵士，我只是與我的家人同行。你剛才也說過，能為家人犧牲性命是無上的榮耀。」我給了他一個堅如鐵石的眼神。他嘆了口氣，策馬奔向前方。我將梅姬的轠繩綁在馬車車尾，取下行囊，然後爬進車廂。

在馬車開始移動之後，我的心情才寧定下來。

「妳帶的東西不多。」史嘉蕾說。

「只有一半是衣物。」我對她說，抓起一把金幣。

「這些就是國王賜給妳的錢嗎？」伊斯托菲夫人的聲音很輕，好像擔心有人在車廂外偷聽。

「我只帶了一部分，剩下的我請海絲特藏了起來。我想這趟旅程也許會需要用到一些錢，可以補貼生活所需，或者拿去賄賂伊索特的貴族，請他們在昆廷國王面前美言幾句。如果妳執意趕我回去，這筆錢還可以拿來重新裝潢瓦林哲爾廳。」

她笑了笑。「席拉斯一直都很欣賞妳這點：妳的樂觀和決心。但我還是得提醒妳，這不會是一條輕鬆的道路。我不確定在伊索特等待著我們的是什麼樣的命運。」

我看著她凝重的表情和史嘉蕾蒼白的臉孔，然後望向車窗外伊坦僵挺的身影。

我知道自己正走向迷霧般的未來，甚至可能會面對死亡。但之前胸口那股撕心裂肺的拉扯消失了，因為我已經走在心之所向的道路上，而不是回到那個熟悉但空洞的世界。

「別擔心，母親。」我對她保證。「我不害怕。」

# 謝辭

嗨，可愛的讀者們，謝謝你們閱讀我的書，我愛你們。

讓我分享一個小祕密：其實這本書並不是我一個人完成的，所以無論你們是否享受閱讀的過程，請你們和我一起感謝以下這些貴人。他們都為這次的創作計劃貢獻了無數時間和心血。

首先，我要感謝我超棒的經紀人艾拉娜．帕克。我是一個很需要鼓勵與安慰的人，而一直以來，她都毫無保留地支持著我。接著，我要感謝 Laura Dail Literay 經紀公司的團隊，尤其是迷人的國際市場經理莎曼莎．法比恩，感謝她將我的作品推廣到世界各地。

我也要感謝才華洋溢的編輯艾莉卡．蘇斯曼，她讓我的文字發出更耀眼的光彩。同時，我也要感謝伊莉莎白．林區，在她的協助之下，我才能順利完成這本美麗的小說。

說到美麗，我得感謝為原書封面拍攝照片的葛斯．馬克斯，以及負責設計的艾莉森．多納提和艾琳．費茲西蒙。

我也要感謝來自 HarperTeen 的團隊：奧布里．丘奇瓦德、夏儂．考克斯、泰勒．布萊菲勒、薩布里娜．阿巴勒和其他所有給予靈感和建議的朋友。說真的，在這方面有太多人要感謝了。

出版一本書需要很多人的共同努力，我對所有參與其中的人心懷感激。

諾斯達爾．丘奇不斷給予我支持，也時常為我祈禱。還有我的閨密們：艾莉卡、潔妮、瑞秋以及凱倫。她們每週都聽我講述這篇故事，感謝她們不但沒有感到厭煩，還持續地鼓勵我。

感謝我親愛的卡拉威，他是全世界最棒的老公，我知道你們都因此而嫉妒我，但你們不知道他有多愛我。

還有我的小蓋伊丹，他繼承了母親給予溫暖擁抱的天賦。這真的很棒，因為我隨時都需要一個吻與擁抱。我的小祖祖則是世界上最優秀的啦啦隊長，她的鼓勵總是能讓我不再懷疑自己，勇往直前。

最後，同時也是最重要的，我要將無盡的感謝獻給上帝。當我如溺水般陷入低潮時，祂賜給我寫作的動力，那是一條讓我攀附的希望之繩。一直到現在，救主基督的仁慈與大度依舊如滔滔不絕的暖流般淹沒著我。祂賜給我向世人說故事的機會，為此我依然感到無比驚奇……而這僅僅是祂恩典的涓滴細流。

就像我過去已經虔誠地說過無數次，讓我此刻再說一聲：感謝主。祢成就了一切。

國家圖書館出版品預行編目資料

決愛后冠1 誓約（The Betrothed）／綺拉•凱斯（Kiera Cass）著、陳岡伯 譯
– 初版. -- 臺北市：三采文化，2021.9
面： 公分. --
ISBN：978-957-658-573-9（平裝）

1.翻譯小說 2.歐美奇幻 3.青少年文學

874.596　　110007740

◎封面圖片提供：
Gromovataya / Shutterstock.com
99Art / Shutterstock.com

iREAD 145

# 決愛后冠 I 誓約

作者｜綺拉・凱斯（Kiera Cass）　譯者｜陳岡伯
責任編輯｜戴傳欣　文字編輯｜徐敬雅
美術主編｜藍秀婷　封面設計｜高郁雯　內頁設計｜高郁雯
內頁排版｜陳佩君　校對｜黃薇霓

發行人｜張輝明　總編輯｜曾雅青　發行所｜三采文化股份有限公司
地址｜台北市內湖區瑞光路 513 巷 33 號 8 樓
傳訊｜TEL:8797-1234　FAX:8797-1688　網址｜www.suncolor.com.tw
郵政劃撥｜帳號：14319060　戶名：三采文化股份有限公司
本版發行｜2021 年 9 月 10 日　定價｜NT$380

suncolor

suncolor